吞噬星空

典藏版 1

我吃西红柿 著

ARTTIME 时代出版
时代出版传媒股份有限公司
安徽文艺出版社

图书在版编目（CIP）数据

吞噬星空：典藏版. 1 / 我吃西红柿著. — 合肥：安徽文艺出版社, 2019.12（2025.6重印）
ISBN 978-7-5396-6737-9

Ⅰ. ①吞… Ⅱ. ①我… Ⅲ. ①科学幻想小说—中国—当代 Ⅳ. ①I247.5

中国版本图书馆CIP数据核字(2019)第246314号

TUNSHI XINGKONG DIANCANG BAN 1

吞噬星空 典藏版1

我吃西红柿 著

出 版 人：姚 巍
责任编辑：李 芳 秦 雯
装帧设计：周艳芳 田星宇

出版发行：安徽文艺出版社 www.awpub.com
地 址：合肥市翡翠路1118号 邮政编码：230071
营 销 部：(0551)63533889
印 制：湖南天闻新华印务有限公司 电话：(0731)88387856

开本：710mm × 1000mm 1/16 印张：18 字数：290千字
版次：2019年12月第1版
印次：2025年6月第11次印刷
定价：32.00元

目录
CONTENTS

第1章

罗峰

天空湛蓝，仿佛一块巨大的蓝色翡翠，盛夏的太阳像个大火球，高高悬挂在天上，看太阳的位置，估计也就下午三点。

Y区第三高中。

“丁零零……”随着铃声响彻整个校园，校园中顿时响起了一阵喧哗声，各栋教学楼中涌出了许多学生，三五成群，说笑着朝校门口走去。

“罗峰师兄！罗峰师兄！”一个浑厚的声音响起。

“阿峰，有人喊你。”

那些学生之中，有一个手里拿着书的青年，他穿着蓝色运动服，身高大概一米七五，显得比较瘦。此时，他疑惑地转过头，喊他的是一个男生，身高大概有一米九，长得十分壮，手臂更是粗得惊人。

“你是？”罗峰疑惑地看着来人，自己似乎不认识眼前的人。

这两人的外形差别很大，一个十分壮硕，好似一头黑熊，一个却骨瘦如柴。

可是这个身高一米九的男生显得有些拘谨，他仔细看了看罗峰，心中暗道：“看样子，传言没错，罗峰师兄是挺好说话的。”

“罗峰师兄，我、我有事想请你帮忙。”壮硕男生缓缓说道。

“什么事？”罗峰一笑，问道。

“我练拳的时候，出拳发力，总感觉不对，不知道师兄有没有时间指导一下我？”壮硕男生连忙说道，“武馆老师说，以我的体魄，按道理一拳可以打出更大的力道。可是，我出拳发力总是达不到预期的效果。”

壮硕男生期盼地看着罗峰。

“哦，是这样……”罗峰略微停顿了一下，点点头，“这样吧，这个星期天下午，你去武馆找我。”

“谢谢师兄，谢谢师兄了。”壮硕男生连连道谢。

罗峰笑了笑，就和同学一道离开了。

目送罗峰离去，壮硕男生的脸上露出兴奋之色。

壮硕男生猛地一握拳，手臂上的青筋暴起，他兴奋地低吼一声：“成功！”

“罗峰师兄竟然答应了！”一个穿着校服的男生惊讶地说道。

“传言果然没错，罗峰师兄是很好说话的，人也很好。”壮硕男生咧嘴笑道。

“可是……不对啊，我们第三高中近5000名学生中，只有三个人获得了武馆高级学员称号。三名高级学员当中，张昊白和柳婷都是很高傲的，根本不肯浪费时间指导我们。”校服男生疑惑地道，“罗峰师兄的脾气竟然这么好？”

现如今，很多学生在接受文化教育之余，也会加入武馆，开发身体潜能。

Y区第三高中，有三个年级，一共近5000名学生。

他们绝大多数都是武馆的初级学员，只有极少数是中级学员。而高级学员一共才三个人。

“耳听为虚，眼见为实。你们都看到了吧！罗峰师兄和另外两个人可不一样。”壮硕男生撇撇嘴，又道，“张昊白和柳婷的家里都很富裕，他们从小就得到家里的培养，才变得这么强。至于罗峰师兄，和他们可不同。”

校服男生点点头，道：“我也听说了，罗峰师兄和我们一样，家里的经济条件一般，住的还是廉租房呢。”

“对，罗峰师兄能走到今天这一步，完全是靠自己一拳一脚练出来的，哪里像张昊白和柳婷这俩人啊？”壮硕男生握紧拳头，深吸一口气，“我的榜样就是罗峰师兄。我一定要在三年内，也就是高中毕业前，通过武馆的考核，获得武馆高级学员的称号！”

此刻，他们谈论的那位罗峰师兄，正和一个穿着运动服的男生顺着学生人流，朝第三高中的大门走去。

“阿峰，刚才那个请你指点的大块头还在他同学面前夸你呢。”运动服男生说着不由得笑了起来，“大块头夸你人好，还夸你好说话。”

罗峰笑了笑：“怎么，魏文，你嫉妒了？”

“嫉妒你？”魏文一摸鼻子，嘿嘿笑道，“你做梦吧！我只是感慨，那个大块头不知道他崇拜的罗峰师兄的真面目啊。我可记得清清楚楚……那次在武馆的比擂台上，你连挑三个人，打得他们爬都爬不起来。”

罗峰闻言一笑。

那一战堪称他的成名战。

罗峰拍了拍魏文的肩膀，笑道：“走吧，回家。”

魏文夸张地一闪身，大声嚷道：“阿峰，你轻点，你这一拍，我的骨头都快断了！”

“又装！”罗峰撇撇嘴，没好气地道。

魏文是他从小一起玩到大的好朋友。虽然他们不是亲兄弟，但是感情和亲兄弟也差不多。

小学、初中、高中，一路走来，他们的感情很深。

“咦？”魏文忽然盯着前方，对罗峰道，“阿峰，你看！”

“嗯？”罗峰当即看过去，只见校门口的学生中，有一个穿着牛仔裤和白色衬衫，扎马尾辫的少女，少女缓缓地从校门口走出来。

罗峰的心跳猛地加速。

他的脑海中浮现出一个名字——徐欣。

高一的时候，罗峰和徐欣被分到同一个班级，他第一次看到徐欣，就觉得眼前一亮。每次课间休息的时候，他都坐在徐欣的后面，就这么默默地看着她的背影。

因为高二分班，高二、高三阶段罗峰和徐欣没有在同一个班级。每当看到徐欣时，罗峰总是忍不住想多看几眼……

“离高考只有一个月了，”罗峰在心中默默念道，“大家都忙着复习，我也不能分心，否则会后悔终生。”

“以后怕是再也见不到徐欣了，你可别后悔。”魏文道。

“魏文，”罗峰摇摇头，“别说了，获得武者称号之前，我是不会分心的。”

“兄弟，你够狠！”魏文竖起大拇指，“武者？我们整个高中有近5000人，没有一个人获得武者称号。你真是有理想，还是你厉害！”

“嗯？”罗峰忽然瞥了校门口一眼，“张昊白？”

在校门口的一群学生之中，有五个人显得很惹眼。为首的青年身高足有一米八，穿着白色衬衫、白色长裤，胸肌很明显。他身边的四个人，或是身体壮硕，或是脸上有疤痕，一看就是很凶悍的人物。那白衣青年正是Y区第三高中武馆三名高级学员之一——张昊白。

“罗峰。”张昊白看了罗峰一眼，不由得发出一声低哼。

在第三高中，如果问张昊白最讨厌谁，显然就是罗峰。

毕竟，获得武馆高级学员称号的三个人中，有一个是女生，男生就他们两个！

在学习成绩方面，张昊白却不如罗峰。

体力上，罗峰和张昊白都获得了武馆高级学员称号，而罗峰曾经在武馆内连续战胜三名学员，打得那三个人爬都爬不起来，被打的人之一就有张昊白。

家庭条件方面，张昊白的家里明显更有钱，他的家庭条件比罗峰好得多，可学习成绩和体力都被罗峰压一头。在学校，人们夸赞张昊白的时候，经常会有人拿张昊白和罗峰比。因此，张昊白对罗峰的怨气很大。

“我们走。”

张昊白舔了一下牙根，牙根似乎还隐隐作痛，那次他被罗峰打得掉了一颗牙。

“这张昊白，自那次在武馆被你教训后，就乖多了，再也不敢来招惹你了。”魏文目送张昊白几人远去，笑着对罗峰说道。

对于张昊白这个纨绔子弟，罗峰从来没有放在心上。

“多一事不如少一事。”罗峰说道，而后和魏文一道回家。

“嘀——”

回家的途中，街道上，汽车的鸣笛声不时响起。

现如今，汽车用的都是电能，街道旁几乎都闻不到那种汽油味了。

“魏文，还有一个月就高考了。这一个月，我们可都要努力一点。”罗峰和魏文在人行道上缓缓地走着，“武馆那边，可以暂时放松一点。每天做一些恢复性的训练即可，主要精力还是应放在文化学习上。高考是很重要的，我们可都学了十多年，就看这一次了。”

“对啊，十多年的文化学习，就看这一次考得如何了。”魏文感叹一声，“高考啊高考，这可是千军万马过独木桥。”

“嗯。”罗峰点点头。

他家里的经济条件不算好，但他如今是武馆高级学员，就算他的文化成绩再差，也能有一份保镖的工作，养家糊口肯定没问题。可是……他岂会甘心去当一名保镖?

此时，距Y区上空大概1000米处。

一只巨大的黑冠金雕正疾速飞过，它的身体有20余米长，仿佛一架大型战斗机，全身的羽毛隐隐泛着金属光泽，头顶的羽毛是黑色的，宛若一顶黑色的皇冠，它那巨大的利爪则是金黄色的。

它那一双泛着蓝光的眼睛，朝下方的城市俯瞰，眼中竟然隐隐露出一丝杀意。

“轰！”

黑冠金雕原本飞行的速度就很快，这时它的速度又猛然加快，瞬间突破音障，达到了骇人的程度。同时，一道高亢的鸣叫声从黑冠金雕口中发出，竟然产生了肉眼可见的冲击波，冲击波朝下方的城市迅速扩散。

Y区白田路的一个十字路口，罗峰和魏文正在等红绿灯。

忽然——

“嗷！”一道刺耳的鸣叫声猛然响起。

这声音和春雷炸响的声音不一样。雷声是很大的，震耳欲聋，而这高亢的鸣叫声是刺耳的。

罗峰感觉到鼓膜都在隐隐作痛，不由得皱起了眉头。

路上的不少行人都捂住了耳朵。

“是飞禽鸣叫的声音。”罗峰抬头看天。

在高亢刺耳的鸣叫声中，街道旁边的一座摩天大楼上，一块块巨大的玻璃龟裂开来。有十多块玻璃甚至当场从高空掉了下来，有的砸在了人行道上，有的砸中了行人，有的则砸到了路灯。

“啪！”

“砰！”

……

一时间，阵阵炸裂声响起。

其中有一块玻璃就砸在罗峰身旁的路灯上，玻璃碎片飞溅，吓得行人连忙闪开。

“哇！”魏文连续后退两步，躲开了一块玻璃碎片。

其中一块玻璃碎片仿佛刀片一般射向罗峰。

“嗯？”罗峰目光一扫。

他并没有闪躲，而是淡定地站在原地。他的右手闪电般伸出，瞬间抓住了朝他飞来的玻璃碎片。这玻璃碎片隐约地照出了他的模样，他看了一眼，随手一扔，玻璃碎片仿佛暗器一般直接射向远处的垃圾桶，“哐当”一声，玻璃碎片被投进了垃圾桶。

马路上，受到影响的车流很快恢复了正常，人行道上的行人议论纷纷，有些人受伤了，好在大多数人平安无事。

“好厉害！”罗峰不由得仰头看了看天空，“在高空中发出的一声鸣叫，竟然就这么厉害，恐怕这是极为厉害的飞禽怪兽。魏文，你不是对各种怪兽很熟悉吗？你知道这是什么怪兽吗？”

魏文眯着眼，而后兴奋地道：“阿峰，我们这个城市的500米高空处有防御系统，这飞禽怪兽绝对在500米之外的高空上。这么远的距离，它发出的声音还能有这么大的威力，不简单啊！一般的怪兽可不敢在城市上空这么叫嚣。

“这么厉害，还这么嚣张，而且声音很独特。我若猜得没错的话，它应该是飞禽怪兽中极为可怕的黑冠金雕。”魏文郑重地道。

“黑冠金雕？”罗峰眼睛一亮。

他当然听说过黑冠金雕的大名。

“在雕类怪兽中，黑冠金雕排第三。”魏文继续说道，“成年黑冠金雕的体长一般可达到21米，翼展在36米左右，飞行时最快速度可以达到3.9倍音速。音速按照340米/秒计算的话，它的速度就是1326米/秒，也就是一小时约飞行4774千米。”

罗峰知道黑冠金雕厉害，可是听到1326米/秒的极限速度，他依旧感到震惊。

一秒钟，也就是眨眼之间啊！一眨眼，黑冠金雕就到1000米开外了。

“这黑冠金雕的羽毛比金刚石还要坚硬，应该达到了三级克罗合金的硬度。”魏文兴奋地道，“网上可是有视频的，黑冠金雕随怪兽群冲击过军队，遭受到口径为20毫米的火神炮轰击。火神炮可是能一分钟发射7000发子弹，7000发子弹啊，那可是子弹金属流，而且，每一发子弹都能轰穿50毫米厚的钢板。可是，火神炮轰击在黑冠金雕身上，竟然连它的一片羽毛都没有轰炸下来。”

“后来，还是一名神秘武者，手持一把克罗合金战刀，化作一道流光，将黑冠金雕劈成了两半。”魏文激动地道。

罗峰听着，心中也很激动。

那段视频在网上流传开了，他也看到过。

“我一定要成为武者，终有一天，我要像那位前辈一样，手持战刀，力劈黑冠金雕、大力魔猿此等怪兽。”罗峰在心中默默地道。每一个年轻人的心中都有一个梦想，罗峰的心中就有这样的梦想！

那位神秘的武者是在国际上排名前100的超级武者！

“阿峰，阿峰，你想什么呢？快到家了。”魏文连连喊道。

罗峰这才从翻涌的思绪中回过神来，这是一个由政府建造的廉租房小区——南岸小区，罗峰的家就在这个小区，他在这里生活了18年。

第2章

RR病毒

罗峰的家在其中一栋36层住宅楼的第32层。

“阿峰，今晚去武馆吗？”魏文朝另外一栋住宅楼走去。

“今天晚上我要去做家教，等家教的工作结束后，我可能会去一趟武馆，时间难说，你就别等我了。”罗峰笑着一挥手，便踏着楼梯飞速朝楼上跑去。

罗峰一步四级台阶，仿佛一头豹子，眨眼的工夫，便到了二楼。

三楼、四楼……

“噔！噔！”

罗峰飞奔上楼，他手脚很灵活，时而还避让开台阶上的其他人。

“阿峰啊，放学了？”

“是啊，王叔。”罗峰的气息丝毫不乱，作为武馆高级学员，他以这种速度上楼和普通人散步没多大区别。

按照住户们的意见，廉租房小区并没有安装电梯。因为一旦安装电梯，住户们就需要缴纳更多的租金。其次，对于现如今的绝大多数人而言，爬几十层楼梯是很轻松的事。

对他们来说，住宅楼安装电梯是件很奢侈的事。

因为电费很贵，毕竟整个城市的防御系统使用的就是电能，整个国家都急需电能。

32楼！

这一楼层一共有8户人家，罗峰家就是其中之一。

罗峰拿着钥匙，打开了家门。

“哥，回来啦？”屋里传来声音。

“嗯。”罗峰关上门，目光一扫，整个家便一览无余。

他的家是一室一厅的结构，面积只有36平方米。

罗峰一家四口就住在这36平方米大的地方，自从他记事开始，他们就一直住在这里。

“阿华，看什么书呢？”罗峰朝阳台走去。

阳台上，一个皮肤白皙、身材消瘦的少年坐在轮椅上，少年的手中捧着一本英文书。

罗峰看了一眼，笑道：“哦，是投资大师的书？”

罗华点了点头。

对于投资和股票，罗峰一窍不通。

“你继续看书吧。”罗峰笑了笑。

罗峰的目光不经意间扫过弟弟的双腿，心中一紧。弟弟在幼年时，被车轧断了双腿，自大腿以下都被截肢了，遭受的打击很大，生活也因此发生很大的变化，不过弟弟一直在接受远程网络教育。

弟弟长期待在室内，晒不到太阳，脸色因此有些苍白。而且弟弟没有朋友，性格比较内向。

“爸妈的薪水都不高，又要养我和弟弟两个人，家庭负担太重，只能住廉租房。我必须改变这个家的命运！”罗峰在心中默默地道。

“我一定要让爸妈和弟弟住进大房子，而且是有电梯的大房子。

“让爸妈能够睡一张大床。

“让弟弟不必下一次楼都那么辛苦。

“房子一定要有很大的落地窗户，阳光可以照进来！”

这些话，罗峰不知道在心中想过多少遍，正因为如此，他从小就很努力。

所以——

他才会成为第三高中近5000名学生当中，获得武馆高级学员称号的三名学生之一。这三个人中，只有他家庭条件普通，另外两个人都家境殷实。

“哗哗——”自来水不断流下，电水壶很快便满了。

插上电水壶的插头，罗峰便捧着历史书坐在沙发上，背着书中的要点。

忽然——

“嘀！”

电水壶的水烧开了，罗峰当即放下书，将水倒进热水瓶，而后，他又倒了一大杯热水放在桌上。

“2226年，洪泽湖发生了洪泽战役……嗯，是2226年。”罗峰将一个个历史事件都记住。文化课的各学科之中，罗峰的数学成绩最好，不过他对历史最感兴趣。因为每当他看到历史事件，他都感叹不已。

这是关于人类变革的一段历史！

“阿华。”罗峰走到弟弟身旁。

“哥，什么事？”罗华放下手中的书。

“这书上一共有139个要点，我已经圈出来了，你来抽查一下。”罗峰递过手中的历史书。

罗华一听，不由得笑着接过书，道：“好的，难得有机会考你，你听好了，我可要出题了。答错了，你可就丢脸了。”

“问吧。”罗峰笑着，又坐在了沙发上。

“曾以一人之力，在长江江畔，斩杀虎头怪蛟，解救数十万百姓，令数十万百姓成功转移到JN基地市而英勇牺牲的人是谁？死时多大年纪？事件发生的具体日期？”罗华仔细翻看了一下，便提了问题。

“英勇牺牲的人是被国家追授四星英雄勋章的董南彪，死时39岁，事件发生在2218年……”罗峰不由得皱起眉头。

罗华追问道：“具体日期是2218年几月几日？”

“嗯，好像是……”罗峰不确定地道，“好像是6月18日。”

“哈哈，第一个问题你就答错了。”罗华摇摇头，继续道，“被追授四星英雄勋章的董南彪死时的确是39岁，不过事件发生的具体日期是2218年6月16日。”

“啊！”罗峰不由得一拍脑袋，摇头苦笑，“16日和18日我经常弄混，你再问一题。”

“好，听仔细了，第二题。”罗华显得很兴奋，“2223年，在……”

兄弟俩一问一答，时间过得飞快。

“这本书里我提问的内容已经有一半了。我问了68个问题，你答对63个，错了5个。”罗华抬头看了看墙上的挂钟，“爸妈快要回来了，我再问你最后一个问题，下次再提问另外一半内容。”

“最后一个问题？好，问吧。”罗峰注意力高度集中。

“这个问题是最基本的。你将大涅槃时期的主要事件复述一下。”罗华说道。

罗峰的表情有些严肃，这大涅槃时期的历史是人类变革史上最重要的一段历史。

“23世纪初，全球连续出现了几次病毒性流感，2203年发生了S病毒流感，2209年发生了甲型、H型流感，2213年发生了更可怕的R型病毒性流感，R型病毒性流感在传播的过程中衍变出了二十多个变种病毒，令病毒防疫工作变得更加艰难，许多国家都出现了死亡病例。”

罗峰想了想，接着道：“随着防疫工作的进行，疫情被控制。不过，在2215年1月，R型病毒性流感衍变出了最可怕的变种病毒，被称为RR病毒。过去R型病毒性流感的诸多变种病毒是通过体液传播的，部分变种病毒通过水传播，在水中存活时间很短。可是，RR病毒不仅可以通过体液和水传播，最可怕的是，它还可以通过空气传播，在空气中存活的时间更是达到三个小时。”

“RR病毒一出现，便迅速在全球范围内传播开来。不管是人类，还是飞禽走兽，都感染了RR病毒。等人类发现RR病毒时，已经晚了。被RR病毒感染后，死亡率极高，达到30%。

罗峰缓缓说着：“在这一过程当中，许多动物濒临灭绝，人类也死伤惨重。

后来，幸存的人们发现，他们的身体变得更好了，几乎每一个人的力量、细胞活性都增强了，就算是一个普通人，也能轻易打破过去举重、百米跑等项目的世界纪录。然而……灾难开始了。”

第 3 章

JN基地市

罗峰顿了顿，又道：“一直生活舒适的人类，身体素质陡然变好了。而同样中了RR病毒后幸存下来的飞禽走兽，它们一直遵循着大自然优胜劣汰的规则，这一次的身体变革，也令各种飞禽走兽的实力大大增强了，部分可怕的怪兽更是拥有了智力。

“2215年9月，海洋生物开始向人类发动攻击，无数飞禽走兽蜕变成的怪兽也开始进攻人类居住地。

“在人类和怪兽的战争中，人们震惊地发现，他们一直引以为傲的热武器，只对一些低级怪兽有效。那些厉害的怪兽，根本无惧子弹炮火。子弹打在它们的身上，甚至劈不开它们的鳞甲。导弹的威力倒是很大，但是被反应快、速度快的怪兽轻易避开了。

“当人类使用核弹攻击时，却震惊地发现怪兽的防御力太强，只有核弹攻击范围的核心区域的怪兽丧命，而其他区域的怪兽并没有死。虽然他们杀死了一批怪兽，但是核辐射导致更可怕的怪兽产生，最出名的便是血妖天狼，血妖天狼拥有飞行能力，屠戮了不少人。人类这才知道，核辐射竟然可以令部分怪兽发生变异，从而变成极为可怕的怪兽！

“怪兽中有极可怕的变异怪兽，人类当中也涌现出了强者。那血妖天狼最后便是被一个同样能飞行的超级强者，也是现如今国际排名第二的雷神打成重伤，逃走的。

“在关键时刻，那些强者救下了许多老百姓。此外，他们还协助军队抵抗怪兽群。在那期间，涌现出了许多可歌可泣的故事。

“人类科学家克罗德森纳根据怪兽尸体的材料和在月球上发现的蓝金金属，发明了比金刚石更加坚硬的合金——克罗合金。因此，人类的强者不再徒手搏斗，而拥有了能劈开怪兽鳞甲的兵器。”

罗峰对书中记载的这部分历史记得很清楚。

“在战争中，大量城市被摧毁。国家紧急构建六大基地，将大量人口朝六大基地转移。我国和I国的强者人数是数一数二的，A国、E国和R国则是科技领先。

“海洋中的怪兽很多，导致许多岛国都覆灭了。直至现在，海洋依旧是怪兽的领地。

“怪兽和人类的战争很激烈，地球上能自保的只有我国、I国、A国、E国和R国。其他国家早已支离破碎。关键时刻，以这五大国为核心，建立了地球联盟，地球联盟联军在全球各国建立了众多人类基地。

“怪兽和人类的战争，从2215年9月开始。直至2221年3月，超高频激光炮研制成功后，人类接连击杀十余头S级怪兽，以及两头SS级怪兽，怪兽和人类的大规模战争终于结束了。”

罗峰唏嘘不已。

战争持续了五年半的时间，人类死伤惨重。

直至如今，虽然陆地上人类占优势，但是海洋中的怪兽太多，海洋依旧是怪兽的领地。

“从2213年到2221年，这八年是人类历史上的大涅槃时期。”罗峰坐在沙发上，缓缓地道。

“当——”

钟声回荡在屋内。

墙上的挂钟响了五下，已经是下午五点。

“大涅槃时期。”罗华也唏嘘不已，“哥，说实话，我真的无法想象，大涅槃时期之前，全球的国家竟然超过了200个。那时候，人口才70亿而已。有些国家真的太小了，恐怕一头厉害的怪兽就能将其灭掉。”

罗峰点点头，道：“现如今，全球有五大强国及23个市。”

整个地球一共有五大国家：C国、I国、A国、E国、R国，以及南美洲、非洲等地的23个人类基地，也就是23个市。

C国一共有六大人类基地，也就是如今的六大市。

罗峰的家就在JN基地市八大卫城之一的Y城的Y区。

整个JN基地市的人口近2亿，JN基地市八大卫城之一Y城的人口达千万。不过JN基地市的居民主要是从各地迁移过来的，当然，其中也有部分当地人。

“好遥远。”罗华看向墙上的挂钟，“现在已经是2256年，大涅槃时期已经过去30多年。现如今，几乎每个人都会去武馆修炼，现在可比30多年前强了很多。”

罗峰点点头。

30年来，人类中的强者的确多了不少，科技也进步了许多。不过，飞禽走兽中也出现了不少可怕的怪兽。

“咔！”

房门被打开，只见一对中年夫妇走了进来。那中年男子身上的衣服都被汗浸湿了，还沾了油漆等污渍，他整个人显得十分疲惫。而那中年妇女个子不高，手上拎着一个菜篮，篮子里有一些蔬菜和肉。

“爸，妈。”罗峰立即站了起来。

这对夫妇就是罗峰的父母，父亲名为罗洪国，母亲名为龚心兰。

“小峰啊，你看书，你看书，不用管我。”罗洪国连忙笑着说道。儿子要高考了，在罗洪国看来，复习自然是最重要的事。

罗洪国低头便看到了桌上的一大杯凉开水，不由得心中一暖。每次回来他都会看到桌上有一杯凉开水，正是罗峰准备的。

他工作了一天，很疲累，他端起这一大杯水，仰头喝完，畅快地呼出一口气。

“你快去洗澡，看你这一身臭汗。”龚心兰笑道。

“哈哈。”罗洪国笑了笑，就去拿换洗衣服了。

龚心兰看了看两个儿子，笑着说道：“小峰、小华，今天妈妈给你们做红烧肉。”

“我最喜欢吃红烧肉了！”罗华立即喊起来。

罗峰不禁笑了。

罗峰看着母亲系上围裙去做晚饭了，顿时若有所思起来。

罗峰心里很清楚，妈妈每天都是傍晚下班后去买菜，因为这时候的肉价比上午便宜很多，不过，傍晚时候的蔬菜和肉都不如上午的新鲜。

罗峰看了看卫生间，心中默默地道：“我一定要尽快获得武者称号，到时候，妈妈就不用每次下午去买菜了，爸爸也不必去做装修那种脏活累活了。”

罗峰一直很希望爸爸妈妈能有时间歇息，享受午后阳光，享受美食。

“小峰啊。”洗完澡的罗洪国走了过来，“爸爸有事和你说。”

“什么事？”罗峰看着父亲。

罗洪国微微一笑，道：“是这样的。小峰，我一直没问你，高中毕业后，你有什么打算，你能跟爸爸说说吗？”

罗洪国很少和罗峰谈这些事情，因为他不想给罗峰太大的压力，他知道，罗峰一直很努力，也一直做得非常好。

罗洪国刚开口，正在炒菜的龚心兰动作也慢了一些。身为母亲，她对儿子的前途也是很关心的。

“爸，我是这样想的。”罗峰直接说道，“以我的文化课成绩，考进JN第一军校应该难度不大。现在我已经获得武馆高级学员称号，到了JN第一军校，会直接被当成军官培养。那样一来，爸妈你们到时可以住进军区家属小区。”

“如果考不上JN第一军校呢？”罗洪国问道，“小峰，你可别给自己太大压力。”

“JN基地市一共有两所重点军校。就算我高考发挥失常，上不了第一军校，上第二军校也是绝对没问题的。”罗峰很清楚自己的成绩，他平常考试成绩比本科录取分数线高50分左右，而成绩只要达到本科线就能上第二军校。

现如今，高考没有一本和二本的区分，只有本科和专科两种，也只有一条分数线。本科线以上就是本科，本科线以下就是专科。

“在第二军校，凭借武馆高级学员这一身份，我也会被当成军官培养，待遇不会差太多的。”罗峰笑着说道。

考上本科，十个人中有两个人能达到。

可是，能获得武馆高级学员称号的高中生，却是千人中才有一个。

“嗯！你有把握就行。不过，小峰，别给自己太大压力，我和你妈只要生活安稳点就满足了。”罗洪国微微点头，“你这孩子就是给自己太大压力了。”

“没事的。”罗峰嘿嘿一笑，“我没啥压力，年轻人嘛，就是得有点冲劲。”

罗峰嘴上这么说，心中却暗道：“爸、妈、弟弟，等我高考结束后，你们很快就可以过上好日子了。等我获得武者称号，你们就不必再这么辛苦了。”

“快点拿碗盛饭，晚饭好了。”龚心兰笑着催促道。

“好的。”罗洪国笑着站起身来去拿碗筷。

“真香啊！”罗峰在汤锅旁闻了闻，帮忙端碗。

“我闻到了红烧肉的香味，哇！”罗华兴奋地大叫一声，转动车轮，轮椅朝饭桌靠近。

一家四口吃着饭，其乐融融。

晚饭后，罗洪国夫妇带着罗华下楼吹吹风，罗峰则去做家教了。

傍晚六点，天已经完全黑了。

“这份家教工作很快要结束了。”罗峰仿佛一头豹子，迅速穿梭在小巷之中，前面是一个死胡同，他却整个人一跃，直接腾起两米，左手轻轻地搭在墙头，略微一用力，他便到了另外一条巷子中。

他飞奔前行，算是家教前的热身。

此时，罗峰的速度保持在15米/秒，也就是时速5.4千米。这并非罗峰的极限速度，可是，也能起到热身的效果了。

“呼！呼！”罗峰大口喘着气。

“还有一个月就要高考了，我暂时不能来这里做家教了。这大半年时间，也赚了一些钱。”

第4章

罗峰的实力

这是去年他刚刚获得高级学员称号的时候，找到的一份家教工作，教导一个少年练习基础身法。

薪水是一个小时100元。

每个星期教五天，每次都是晚饭后教一个小时。也就是说，一个月薪水有2000多。

“爸爸每天都要辛苦工作，一个月工资也就两三千。我只是每次做一个小时家教，一个月就和爸爸收入差不多，这就是武馆高级学员和普通人的差别。如果我能成为武者，差别会大得惊人。”罗峰心中暗道。

这时，前面的巷子里有一辆货车正在掉头，堵住了路。

不过，罗峰并没有减速。他突然一蹬地，跃起两三米高，在巷子的墙头上连踏了两步，之后飞速跃下，继续飞速前行。

片刻后，罗峰已经跑到一个幽静的住宅小区外。

“这才是爸妈应该住的地方。”罗峰停了下来，看着眼前的住宅小区。

这个小区的住宅密度比较低，里面有人工水池，还有大量的花草树木。其中的高层住宅都有空中花园。

除了高层住宅外，还有联排别墅。

要知道，现如今，C国一共有六大基地，也就是六大市，每一个市的人口数量都很惊人，如JN基地市就有近2亿人。自然，土地是非常稀少的，叠加别墅、联排别墅都很少，价格很昂贵，占地更多的独栋别墅更是要缴纳巨额税款。

“我去18栋1801号。”罗峰站在小区门口，对小区保安说道。

“等一下。”小区保安按了一下可视电话，旁边的摄像头顿时对准了罗峰。

可视电话中传来1801号业主的声音：“是小罗，让他进来。”

“好的，先生。”小区保安立即放行。

一个小时之后，罗峰走出了小区。

“嗯，家教工作结束了，我去一趟武馆，看看我最近实力有没有提升。”

极限武馆是地球上的第一大武馆，由世界第一强者创立。

现在武馆遍布全球各地。

“嘀！”在武馆正门口刷了一下学员证，罗峰进入了武馆。

极限武馆仿佛一头巨大的怪兽盘踞着，论占地面积，极限武馆比一所学校还要大。武馆的正门很宽，足以让十辆轿车并行进入。武馆内，有三栋通体银白的巨型建筑，建筑的造型很像飞船。

“师兄！”

“师兄好！”

去高级学员教学楼的路上，罗峰碰到了武馆的许多学员。这些学员看到罗峰胸前挂着的高级学员证，一个个立即恭敬地打招呼。

武馆内的三栋巨型建筑，分别是初级学员教学楼、中级学员教学楼，以及高级学员教学楼。

其中，高级学员教学楼的一楼、二楼都是大型的教学厅，每一个大型教学厅足以容纳数千人。武馆的教员，都是在这大型教学厅进行授课的。整个极限武馆的学员，有三四万名之多。

16岁才可以进入武馆学习，30岁后就禁止再来武馆学习。

整个极限武馆的高级学员一共有数百人，大多都是20多岁。

而罗峰才18岁。

高级学员练武厅在教学楼三楼，只有高级学员才能进入。

在长宽足有百米的大型练武厅中，此时有十几人。

“疯子。”

“疯子，来啦。”

一进入这个大型练武厅，十几名高级学员就热情地和他打招呼。

“王哥、杨哥、李姐。”罗峰笑着喊道，看着这群大哥大姐，他的心中暖暖的。这十几人都年满20岁，罗峰自然是其中最小的一个。当然，Y区极限武馆的高级学员不止十几人，所有高级学员加起来是超过100名的。可是没有老师授课时，大多数人都懒得来武馆。

只有家里没条件、无法修炼的人，才会来武馆的练武厅修炼。

而有钱人家，一般都有专门的修炼室。

所以说，这十几个人，几乎都是住的廉租房。因为都是穷人，大家自然抱成团，形成了小集体。

当初，罗峰大战有钱人家的高级学员，连续战胜了三个人，因而得了“疯子”的外号。

“修炼了半个月，不知道我的实力提升了多少。”

罗峰朝练武厅角落的拳力测试机走去。练武厅角落并排放着两台拳力测试机，不管是中级学员还是高级学员，甚至是武者，都是需要测试拳力的。

罗峰缓缓深呼吸一次，整个人完全放松下来。突然，他整个人仿佛懒洋洋的狮子陡然发狂一般，脊椎如弓弦一般瞬间绷紧，脚发力，力量传至腰胯，通过脊椎传递到右手，而后，他的右拳仿佛发射的炮弹划过一道弧线。

“砰”的一声，罗峰的右拳砸在拳力测试机的拳靶上。

拳靶猛地一阵晃动。

拳力测试机的屏幕上顿时出现了一个数字——809千克。

“疯子，不错啊，啧啧，你都突破800千克的关卡了。”一个身高超过一米九的壮汉拍掌笑道。

这壮汉的脸上有着一道狰狞的伤疤。

“杨哥，说笑了。”罗峰一笑，道，“和杨哥比，我可还差得多呢。杨哥，麻烦你帮我将速度测试仪打开一下。”

这个壮汉名叫杨武，在极限武馆的高级学员之中排前三，只是他的速度还有待提高，不然早就通过准武者的考核了。

高级学员要想成为武者，需要通过两次考核。

第一次考核是武者身体素质考核，也就是准武者考核。一旦过关，就代表身体素质达到了武者的标准。此时已经算是准武者了。

第二次考核就是武者实战考核。

单单身体素质达到要求是没资格成为武者的，只有在和怪兽的实战当中过关，才能获得武者称号。

“你想要测试速度？好的。”杨武笑着走到一旁的跑道上，打开速度测试仪。

“咔！”速度测试仪打开，摄像头顿时亮了。

罗峰调整了一下呼吸。

他站在跑道上，跑道共60米长，而靠近速度测试仪的区域就是测速区域。

罗峰猛然一发力。

眨眼的工夫，罗峰就将速度提升到了极限。他的双腿有力地蹬踏，产生了强劲的冲刺力，令他整个人仿佛离弦的箭一般迅速沿着跑道跑去。随着一阵风，罗峰冲过了测速区域，之后，他自然减速，停了下来。

“多少？”罗峰笑着走过去。

“啧啧，疯子，你比上次更快了啊！不错不错！”杨武惊讶地看着速度测试仪屏幕上显示的数字，连忙喊道，“你自己过来看。”

罗峰走过去一看，屏幕上的数字是23.8米/秒。

“还行。”

罗峰心中并不是很满意。武者的身体素质考核，也就是准武者考核，一共有三项测试，分别是力量、速度、神经反应。在神经反应方面，罗峰很有天赋，现在已经勉强达到了准武者考核的要求。

可是，力量方面，准武者考核的合格线是900千克。

速度方面，准武者考核的合格速度是25米/秒。

“越往后，实力越难提升。”罗峰暗自思忖着，“从每秒23.8米，增加到每秒25米，估计需要一年时间，而拳力从809千克增加到900千克，需要的时间恐怕更长。我想要获得武者称号，估计要等到进入大学之后了。”

“如果，如果……我再昏迷一次的话，我的身体素质就有可能达到武者的要求了。”

当然，罗峰说的“昏迷”，不是被人打得昏迷过去，而是头疼到极限，昏迷过去。

第5章

不同的选择

罗峰从小就有头疼病。

每天他都会头疼一阵，不过每次忍忍就过去了，而若是头疼到极限他就会昏迷。

从小到大，罗峰一共昏迷过两次。

8岁那年，他的弟弟被车轧断了腿，他伤心过度，突然觉得头非常疼，同时心跳快得惊人，全身血液流转的速度达到了惊人的程度。他感觉自己的心脏好像要从胸腔中跳出来，直至承受不了，直接昏迷了。

还有12岁那年，他的妈妈得了重病，害怕失去妈妈的他十分惊慌，同样头疼得要命，心跳速度过快，再一次昏迷了。

两次昏迷，家里人都带罗峰去医院检查了，却根本查不出病因。毕竟即便是现在，脑部疾病依旧是医学上难以攻克的难题。

“不过，两次昏迷都让我的身体素质提高了。”罗峰期待得很，“那两次昏迷醒来后，我的力量、速度、神经反应明显变强了很多，所以我16岁刚进入极限武馆，就直接通过了中级学员考核，获得了中级学员称号。正因为基础好，我17岁又获得了高级学员称号。”

“如果，我能再昏迷一次，实力很可能再度提升。”

8岁那年第一次昏迷后，他发现，头疼病症减轻了不少。等到12岁那年，又一次昏迷后，他的头疼病症再度减轻了。

“按照这样的趋势，如果我能再昏迷一次，头疼病症应该会再度减轻……再昏迷一两次，或许，头疼病就永远消失了。”

罗峰心中很渴望再次昏迷。在他看来，昏迷一次，自己头疼的病症就会减轻一些，而且，身体素质会有质的飞跃。

可惜，并不是想昏迷就能昏迷的。从小到大，也不过才发生了两次。

“头疼到极限，心跳速度也会快到极限。”

罗峰低头看了看手腕上的手表，这是一块有测试脉搏功能的手表。

“可是，就算用极限速度奔跑，一分钟的心跳次数也没有超过120次。”罗峰看着手表，“如果我一分钟心跳次数能达到200次，那该多好。”

昏迷的征兆就是头非常疼，心跳非常快。

但是，不管他如何剧烈运动，心跳的速度也无法快到能使他头疼并昏迷的地步。

练武厅内，杨武站在拳力测试机前，并没有认真蓄力，很随意地挥出左右双拳，猛然击向拳靶。

“砰——”一连串低沉的撞击声响起。

拳力测试机的屏幕上闪过一行数字——956千克、912千克、936千克、981千克……

杨武一口气打了数十拳才停下来。

在旁边观看的罗峰，不由得一阵羡慕，自己全力挥出的一拳也就809千克。如果像杨武这样连续迅速出拳，每一拳的力道能超过700千克就算不错了。

“杨哥，哪天我全力一拳能有你这么随意一拳的力道，那就好了。”罗峰在一旁笑道。

“你小子。”杨武走过来，笑着拍拍罗峰的肩膀，“你才18岁，我像你这么大的时候，还只是极限武馆的中级学员呢。以你的进步速度，两年的时间，绝对能达到武者的身体素质要求。啧啧，20岁就能成为武者，真是让人嫉妒啊！”

罗峰一笑。

武馆招收学员，年龄限制在16岁到30岁之间，因为这个年龄阶段的学员成长是最迅速的。越早跨入武者的行列，以后实力会越强。罗峰17岁时，就成了极限武馆的高级学员，的确让很多人羡慕。

“对了，疯子，你要高考了吧！你准备高考后干什么？”杨武笑道。

“我准备考军校。”罗峰微微一笑，“军校收的学生，毕业后一般只是普通军队的基层军官。而我，毕业后进入特种部队应该不成问题。”

“哦。”杨武听了，撇撇嘴，“进军校的确好，不过……我觉得人身自由受到限制了。等你将来从军校毕业后，进入特种部队，在军队中当然要服从军令，我是受不了。”

“自由武者是不错。”罗峰顿了顿，又道，“不过，我不想让我爸妈担心。进入军校，毕业后进入军队，至少要比自由武者更安全。”

武者一般有四条路可以走。

第一条路，加入军队，成为军队的一员。好处是安全性高，国家是不可能轻易让武者冒险的，国家还会给武者的家庭很多福利，让武者没有后顾之忧。

第二条路，加入武馆。武馆的管理制度比较宽松，属于比较松散的群体，而极限武馆是世界第一强者洪创立的，成为极限武馆的武者后，好处不少。

第三条路，加入某个集团、某个家族、某个大势力等等，成为打手。

第四条路，加入雇佣军，这是最冒险的，同时也是最自由的。

“进入军队，安全是安全。不过，我喜欢自由。”杨武摇摇头，继续道，“今年我会再次去参加准武者考核，应该能过关。一旦过关，我就会立即参加武者实战考核，争取成为一名武者。”

罗峰眼睛一亮，问道：“杨哥，你有把握通过准武者考核？”

“哈哈。”杨武一笑，“三项素质测试，拳力和神经反应我早就达标了。我的弱项是速度。不过，如果我发挥好，速度勉强能达到25米/秒。这些天，我再努力努力，到时候应该能通过准武者考核。”

“杨哥，恭喜啊！”罗峰为杨武感到高兴，毕竟杨武为了成为武者奋斗很多年了，“杨哥，你成为武者后，准备干什么？”

“当然是加入极限武馆。”杨武一笑，“极限武馆的制度很宽松，而且，武馆遍布全球各地，有很多武者前辈，对自己的发展有很多益处。而且，我可以想休息就休息，想出去猎杀怪兽就出去猎杀怪兽，多自由。”

罗峰点点头。

“疯子，”杨武看着罗峰，“你小子骨子里就很疯狂，我不会看走眼，我觉得你很适合走自由武者这条路。加入武馆，很自由，而且极限武馆会给我们很多帮助。”

“我……”罗峰有些迟疑。

杨武见状，摇头一笑，道：“疯子，自由武者经常出生入死，在生死边缘磨炼，比较危险。可是，正因为经常在生死边缘厮杀，进步也是很快的。你看看，不管什么地方，武者中的绝大多数强者都是自由武者。”

夜晚，路灯亮着。

离开极限武馆的罗峰，独自走在人行道上，之前杨武和他说的一番话，的确对他影响不小。

“适合我的路其实有两条。”罗峰心中默道，“第一条，进入军校，顺利毕业，之后进入特种部队。第二条路，成为武者，加入极限武馆，成为极限武馆的武者，可以去猎杀怪兽，来去自由。”

“这两条路，第一条进入军校，安全性高、福利好，就算战死，国家也会照顾好我的亲人。第二条是成为自由武者，自由武者可以经常和怪兽大战，选择这条路的话，我的实力提升快，赚钱快，而且很自由，唯一的缺点就是危险。”罗峰心中暗道。

这一年来，他经常思考这个问题。

“爸妈只有我和弟弟这两个儿子，弟弟已经残疾，如果我当自由武者，在和怪兽厮杀时不幸死了，爸妈后半辈子怎么办？弟弟是需要人照顾的。爸妈岁数大了，我若是死了，爸妈怎么办？”

“还是进入军校吧！将来我进入特种军队后，可以学习军中的武道，结合我在极限武馆中学的极限武道，实力应该能再度提升。在军队中，我一样可以磨炼自己的心志，提高自己的实力。而且，即便我在军队中不幸战死，凭武者身份，国家每个月会发给爸妈抚恤金的。”罗峰出于对家人的考虑，还是选择考军校。

只是，军校不是他想上就能上的，还需要文化成绩达到本科线才行，一切就看接下来的高考了。

第 6 章

高考

高考前的一个月，罗峰将所有精力都投入复习之中。随着复习的进行，以及一次次模拟测试，罗峰信心十足。

“考JN第一军校，十拿九稳。”

这就是罗峰心中的想法。

高考第一天，Y区第一高中内。

按照考场安排，三中学生罗峰被安排在第一高中参加高考。

“女儿，加油。”

“放心吧，老爸。”

“甜甜，别给自己太大压力啊。”

……

第一高中的校门外，聚集了很多高考学生及其家长，同时，还站着一排手持真枪的警察。

“小峰啊，考试的时候心态要放轻松。你就算上不了第一军校，上第二军校也行，不要紧张。”罗洪国看着罗峰，笑呵呵地说道。

“嗯。”罗峰笑着点点头。

“嘀——”随着一阵响亮的喇叭声，只见一辆奔驰汽车在一辆辆警用机车的簇拥下缓缓驶向第一高中的大门。周围的考生和家长立即让出一条道，每个人的目光都聚集在那辆奔驰车上。

只见奔驰车中走下来三个人，彼此谈笑着朝校门口走去。

“左边的是咱们Y区公安局的张局长。”

“右边那个是教育局的刘主任。”

“中间那个一定是担任考场安全总指挥的武者。”

考场外的家长和考生议论纷纷，绝大多数人的目光都聚集在武者身上，目光中流露出兴奋、崇拜。

现如今人类和怪兽的战斗，是一直在进行的。

普通人是禁止离开市区的。武者是能够和怪兽一对一厮杀的英雄，所以整个人类社会对武者都抱有感激之心，感激他们为人类做出那么大的贡献。普通人自然都很崇拜武者。

武者是人类社会中具有崇高地位的一群人。

“那就是武者啊！”罗洪国看着那个人，“每次高考考场的安全总指挥都是请武者担任。”

罗峰看过去，那名武者有一种让人看了就心悸的感觉，他的眼睛好似毒蛇的眸子，一路上一言不发。即便面对公安局的张局长和教育局的刘主任，这名武者也只是点点头。

“在不久的将来，我也会成为武者。”罗峰在心中默默地道。

第一高中的校门被缓缓打开了。

“进场了。”随即传来一道声音。

“小峰，进场了。你快进去吧！”罗洪国连忙说道。

旁边的龚心兰也说道：“快去吧，妈妈等会儿就回去给你做饭，你爸和弟弟在这里等你考完。”

“嗯。”

罗峰微笑着点点头。

“哥，”罗华坐在轮椅上，向罗峰举起了拳头，微微一笑，“一定要加油啊！”

“加油。”罗峰也举起拳头。

随即，罗峰转头朝校门口走去，经过检查，进入了学校。

考场内，准考证和身份证被放在桌子右上角，供考官检查，同时开始分发试卷。

试卷最上面写着一行字——2256年JN基地市高考理科试卷A卷。

“第一场是理科考试！”罗峰扫一眼面前的试卷，又看了看最后的几道大题，觉得似曾相识，“这次题目不算难，我理科的优势很难发挥出来，只能认真做题，会做的题目尽量都不丢分。”

罗峰当即开始埋头答题。

高考一共有三场考试，分别是理科考试、文科考试，以及最后的数学考试。每门满分都是250分，总分750分。

理科考试是指物理、化学、生物三门学科综合。

文科考试是指语文、历史、政治、地理四门学科综合。

数学考试，自然就是数学一门学科。

大涅槃时期之后，人类和怪兽的战斗持续不断，这使得人类拼命在科技、武道方面钻研，也令大家更加清楚地认识到数学的重要性。任何一个人想要在计算机、生物、物理等领域获得大成就，都需要坚实的数学基础。

所以，文化教育中，学好数学是十分重要的。罗峰的文科相对比较薄弱，而他在数学方面的优势极大。

理科考试、文科考试结束后，紧接着就是数学考试了。

考场内，数学试卷刚刚发下来。

“就这一场数学考试了。”罗峰深吸一口气，“理科试卷不难，我考得应该不错。文科考试我也是正常发挥。数学考试，我只要发挥不失常，绝对能进JN第一军校。”

“努力！”

罗峰给自己鼓劲，而后低头做题。

整个考场很安静，不少考生的眉头都皱了起来，显然题目比较难。每年的高考，数学题难度都不低，毕竟这是为了选拔将来的科技研究人才。

“还真够难的。”罗峰也感觉到了题目的难度，“这些题目比往年的还要难。不过……越难越好。”

题目简单，数学比自己差的也能考220分，而自己估计也就考230分，优势并不明显。

题目难的话，自己或许只能考210分，可是比自己差的或许只能考150分。这样一来，自己的优势反而很明显。

“咔！”只听到一声脆响。

监考老师立即循声看去，只见一名考生竟然硬生生折断了手中的圆珠笔。

这名考生皱着眉，咬着牙，低头死死地盯着试卷，显然数学题太难。这名考生将手中的断笔扔到一旁，又取出另外一支圆珠笔，继续答题。

“看考生的样子，今年这场数学考试很难啊！”监考老师暗自想着。

的确，整个考场几乎每一个人都在皱眉苦苦思索，不少考生急得眼泪都掉了下来。

数学基础本来就差的学生只感觉这道题不会，那道题也不会，第三道题还是不会……看到这样的试卷，这些考生要崩溃了。

数学考试一共是两个半小时。

一个小时之后，罗峰已经做完了选择题和填空题，只剩下计算题了。数学试卷中，选择题和填空题加起来的总分数是90分。而计算题是5道大题，5道大题的总分是160分，毕竟只有大的计算题，才能测试学生的数学能力。

“还真难，填空题我都有两道算不出答案。”罗峰深吸一口气，“下面是计算题，这才是拿分的重点。多算出一题，就有三四十分的差距。”

计算题前4题每题分值为30分，最后1题为40分。

“嗯？”罗峰在计算第1题时，就遇到了困难。

他在草稿纸上不断地计算着。

“对，这里稍微变形一下，逆推过来，不就能转换成所需要的方程式了吗？”罗峰眼睛一亮。

他一攻破这个难点，计算起来就容易多了，他一口气将第一道大题算了出来，又仔细检查了一遍。

“嗯，第1道大题成功做完。”罗峰看了看手表，心中一惊，“仅仅计算第1道题，我就花费了20分钟，必须加快速度了。”

罗峰低头又看第2道题。

乍一看，罗峰感觉挺容易的，立即在草稿纸上演算起来。

“嗯，不对。”

罗峰发觉自己的解题方法根本行不通，立即重新思考起来。

随着时间流逝，罗峰不断地深入研究这一题：“对，应该是这样。不过，下一道证明题该怎么验证呢？”罗峰思考着。

“快、快、快，在这题上不能浪费太多时间。到底怎么证明？”罗峰心中焦急。

这时候，罗峰戴着的手表上，显示脉搏频率的数字开始增加。

120、125、130、140、150……

“就差一点，这一题就能证明了，30分就到手了。这里到底该怎么证明？”罗峰更加急躁了。

考试是必须分配好时间的，可是数学计算题，每一题的分值都很大。想要考出好成绩，数学计算题就不能错太多。

这时候，完全沉浸在题目中的罗峰，根本没注意手表。

160、170、180……

罗峰感觉心跳在加速，可是他只当是因为焦急导致的，并没在意。

“咚！咚！咚！”罗峰忽然觉得心脏好像在被人敲击一样，眼前一阵模糊，片刻，他才回过神来，“我怎么了？我的心脏怎么这么难受？”

罗峰低头看了看手表，首先显示的脉搏数字——230。

他脸色大变。

自从12岁那年昏迷之后，他就买了这块手表，他从来没看到过自己的心跳超过180。

“好难受。”罗峰感觉到心脏仿佛要从胸腔里跳出来，全身的血液都在沸腾，一道道能量涌入罗峰的脑中，顿时，一阵剧痛从脑中传来。

“啊……”罗峰忍不住发出痛苦的呻吟声。

“这位考生，你怎么了？”监考老师连忙跑过来，他震惊地看着罗峰。

此刻，罗峰全身胀得发红，仿佛中毒了一般，额头和手臂上的青筋暴起，面目狰狞，模样十分可怕。

“不、不要，减慢，减慢啊！”罗峰感到不妙，心中怒吼着，双眼死死地盯着手表。

“236、242、251……”

“咚！咚！咚！”

罗峰的心脏仿佛一个大鼓，发出一阵阵轰鸣声，全身的血液迅速涌动。

他的双眼变得模糊，他隐隐约约看到手表上“268”这个数字，头疼难忍，瞬间昏迷，昏迷的时候，他隐隐约约地听到了一个声音。

“这位考生，这位考生，醒醒，醒醒。快，快叫救护车！”

第7章

最终成绩

“丁零丁零……”急促的铃声在Y区第一高中校园内响起。

原本站在考场外，或是坐在草坪上，或是坐在道路旁，焦急等待的家长们当即站了起来，他们透过院墙的栏杆朝校园内张望。

考生们陆陆续续都出了考场。

2256年JN基地市的高考正式结束了。

接下来，考生们需要做的就是等待一个星期后的高考查分了。

“昊白。”一个略微秃顶的儒雅中年男人站在校门口，朝走出考场的张昊白喊道。

“爸。”张昊白笑着走过去。

“考得怎么样？”中年男人问道。

张昊白摇摇头，无奈地道：“还行。数学题很难，从选择题、填空题，到计算题，难题很多。特别是计算题……5道计算题，我只做出2道。其他3道，我只能尽量做出一部分，按步骤给分，应该能给我一些分。”

数学有5道大题目，考的是考生的思维能力，自然是按照步骤给分。

“哦？”张昊白的父亲张泽龙皱眉道，“看来，这次你的数学成绩，会比较差啊。”

“没事的。爸，所有考生都觉得难，又不是我一个人觉得难。”张昊白笑着说道，“数学考试题目比较难，最后本科线肯定要低一点。我考进军校，应该没问题。”

“哦，对了。”张泽龙笑着说道，“之前，我在校门口等你的时候，知道了一件事情。你们学校那个名气很大的叫罗峰的考生，竟然在距离考试结束还有一个小时左右时，在考场晕倒了。”

“罗峰在考场晕倒了？！”张昊白瞪大了眼睛，“爸，真的是罗峰吗？”

“对啊，那个罗峰被救护车带走了，很多人都看到了。”张泽龙点头道，“你听，周围很多家长都在和子女说这件事呢。”

“罗峰晕倒？”

张昊白连忙看向周围，仔细听，果然有许多家长和子女在谈论有一个考生在考场昏迷的事，张昊白清楚地听到不少人议论的对象就是罗峰。

“哈哈！这个穷小子也有这一天。”张昊白忍不住大笑起来。

“爸，你是不知道，这个家伙在学校经常找我麻烦。”张昊白气愤地道，“他仗着实力比我强，事事都压我一头。没想到，这个家伙也有这一天。”

张昊白心中很畅快，他对罗峰的怨气很大。

实际上，罗峰从来都不理会张昊白。然而，张昊白一直将罗峰当成对手，罗峰的文化成绩和武力都超越他，自然让他难受得很。

“哈哈，这种人没见过世面，心理压力大，承受不了压力，就崩溃了，别管他了。走，你叔知道你今天高考结束，亲自为你设了宴席。快走吧！”张泽龙笑道。

“叔？”张昊白眼睛一亮。

他们张家之所以在Y区富甲一方，就是因为他叔，因为……他叔是武者！

“不可能，绝对不可能！”刚从考场出来的魏文听到爸妈说的话，一下子就急了，“阿峰怎么可能在考场晕倒？他是因为紧张才昏迷的吗？不可能。别的不说，阿峰的心理素质可是很强的，就算是在极限武馆的强者中，也是被教员点名夸赞的。”

魏文和罗峰虽然不是亲兄弟，但是胜似亲兄弟。

“阿文，这还能有假？这可是我们亲眼看到的。罗峰的爸爸和他那坐着轮椅的弟弟当时都快急坏了，跟着一起去医院了。”魏文父亲说道。

“医院？应该是离这里最近的医院。爸、妈，我先去看看罗峰，午饭等会儿去吃。”

魏文顾不得那么多，说着就将考试的文具给了爸妈，连忙朝医院跑去。

Y区第一医院内。

罗峰正挤出笑容陪着父亲、弟弟从医院大厅门口走出来，这时候罗洪国和罗华都很担心罗峰遭受的打击太大。

“爸，我没事，走，我们回去吃饭。”罗峰一副坦然的样子，虽然他有些不甘心，但是他知道事情已经发生了，是无法改变的，他能做的只有接受事实。

“阿峰，阿峰。”远处传来一道声音。

罗峰抬头看去，只见一个人正朝医院大门口跑来，正是自己的好兄弟魏文。

看到急匆匆跑过来，衣服都被汗浸湿了的魏文，罗峰心中有些感动。

“阿文，这数学试卷上的最后3道计算题的难度怎么样？”

罗峰根本没来得及做最后3道计算题，如果最后3道计算题的难度非常大，绝大多数考生都做不出来的话，自己的成绩，就还有点希望。

“挺难的。”魏文无奈地道，“今年的数学题非常难，计算题共有5题，好像就只有第3题容易一点，其他的都很难。”

“还好。”罗峰暗暗松了一口气。

自己还有一丝希望……

10天后，晚上8点，考生可以通过电话、网络查询高考成绩，而且本科分数线也会同时公布。

晚上7点多。

罗峰的家里，属于罗峰、罗华兄弟俩的房间内却只有罗峰一人，房门紧闭，他正坐在自己的笔记本电脑前，手中的鼠标一次次刷新网页。这高考成绩查询虽说是晚上8点开始，但是一般会提前一点。

“我这次恐怕上不了JN第一军校了。不过，数学试卷我写了选择题、填空题，以及计算题的前两道题。虽然第2道计算题我没完全做出来，但是写了不少步骤，按步骤给分的话，应该能拿到一些分的。”罗峰心中想着，“如果运气好的话，我的数学应该有120多分。”

罗峰心里期盼着：“文科考试和理科考试都是正常发挥。如果运气好的话，我应该能达到本科线。只要达到本科线，就能上第二军校了。”

两所军校中，第一军校当然最好，不过分数要求很高，罗峰已经不抱希望了。

至于第二军校，按照罗峰自己的估分，还是有一点希望的。

“嗯？”罗峰眼睛一亮。

高考成绩查询页面，竟然刷新出来了。

“老天啊，你就帮帮忙，让我过本科线吧。只要过了本科线，就能进第二军校了。”罗峰心中十分忐忑，他连忙在查询页面上，输入了姓名和准考证号码等信息，然后点击了“查询”图标。

网页微微一闪，便出现了几行字。

考生：罗峰

性别：男

准考证号码：5878643567890766

文科：216分

理科：223分

数学：118分

总分：557分

本科分数线：561分

第8章

两名武者

“我的总数是557分，本科线是561分？”罗峰深吸一口气。

就差4分！就因为这4分，自己没有上军校的机会了。

“不能上军校，就不上，也没什么大不了的。”罗峰的右手呈掌刀状直接朝前方一个横切，空气因为手掌疾速划过而猛烈颤动，发出了让人心颤的风声，“这次昏迷令我的实力提升了很多。”

“或许，我现在的身体素质，已经达到了武者的要求，可以通过准武者考核了。

“就算还差一点，差距也不大。我只要苦练一两个月，应该就能通过准武者考核。”

罗峰的适应能力很强，他的高考成绩没达到本科线，对他的打击很大。不过，这次昏迷让他的身体素质再一次增强了，也让他越来越自信。

毕竟，军校毕业生的地位是远远不如武者的。

罗峰打开了房门，进入客厅。

客厅里，罗洪国、龚心兰以及罗华都转头看过来，三人眼中流露出关心的神色。

龚心兰站起身来，朝罗峰走来，道：“小峰，这次高考落榜，不能怪你，只怪你那个头疼病。唉！这病怎么偏偏在你高考的时候发作，这都好几年没有发作了。”

“哥，你不会就这样被打倒了吧？”罗华坐在轮椅上，故意打趣道。

之前罗峰在房间里查询成绩，他的父母和弟弟通过笔记本电脑也查到了他的成绩，他们知道他的高考成绩仅仅差4分就能达到本科线。虽然他们有些失望，但是他们更担心罗峰。

罗峰一笑：“当然没有。爸、妈，你们也别怪这头疼病，说实话，我还要感谢这头疼病呢！”

“感谢？”

罗洪国、龚心兰，还有轮椅上的罗华都愣住了。

这高考可是一辈子的大事，现在罗峰的高考被这头疼病给毁掉了，他竟然还感谢这头疼病！

“爸、妈、阿华。”罗峰微微一笑，继续道，“小时候，我有两次也头疼到晕倒，可实际上那两次醒来后，我觉得力气变大了不少，跑起来也更快。这一次，也是如此。我能感觉到，我的身体素质比过去更强了，应该能够通过准武者考核了。”

“什么？”罗洪国、龚心兰、罗华三人相互看了看。

“哥，真的假的？”罗华忍不住问道。

“当然是真的。”罗峰微微一笑，“通过准武者考核后，就能申请武者实战考核。我对自己的实战能力很有信心，所以，今年我应该能成为一名武者。”

罗洪国、龚心兰、罗华闻言，都大吃一惊。

武者现在可是社会群体中地位最高的，代表着权力，代表着财富，代表着地位。

“我们家要出一名武者了！”罗华忍不住大叫起来，“哈哈！哥，我崇拜你。”

“小峰，好啊。”罗洪国拍了拍罗峰的肩膀，兴奋地道，“成为武者好啊，这样一来，考不上第一军校，也算不上是多大的遗憾了。”

现如今，全世界的人对武者都是很崇拜、很敬仰的。

见到父母和弟弟这么开心，罗峰呵呵一笑：“爸、妈，我还没通过考核，不能得意太早的。”

“18岁的武者！”罗华不由得大叫起来，“如果我哥真的成了武者，那、那实在是太厉害了。”

第二天早晨5点，天还未亮，罗峰就离开家，朝极限武馆赶去。

“这时候人还真少。”罗峰进入极限武馆后，发现武馆的草地上、道路上，只有近百人的身影，要知道整个武馆的学员有三四万之多，“武馆老师都是晚上授课，晚上才是武馆人最多的时候。”

罗峰想着，直接赶往高级学员教学楼。

“轰隆隆——”低沉的引擎声传来。

“咦？”

罗峰不由得转头看去，只见一辆白色的跑车缓缓驶进了武馆。

罗峰仔细一看，不由得倒吸一口凉气：“这是阿斯顿马丁的跑车，还是带有飞行功能的新款191。”

他的弟弟罗华非常喜欢跑车，在家的时候，罗华就和他夸赞过这辆车。

“真是阿斯顿马丁啊！”

“还是新款191呢，这可是带飞行功能的。”武馆内，原本三三两两的学员们都被吸引了过来，“这辆车要3600万呢。”

就在这时，跑车停在了高级学员教学楼的门口。车门打开，从里面走出来一名身穿练武服的男子，他有一头火红色的短发。

他的目光随意地朝周围一扫，掠过那些普通的武馆学员，在罗峰身上停留了片刻，并没说什么，而后直接进入了教学楼。

“是武者。”罗峰眼睛一亮。

刚才这名武者的眼神，让罗峰备感压力，这是经历过一次次生死厮杀后，有着钢铁般意志的武者的眼神。

“过去我在武馆怎么从来没见过这名武者？他来武馆干什么？”罗峰也进入了高级学员教学楼的三楼练武厅。

宽敞的练武厅中空荡荡的，一个人也没有。

现在只是早上5点多，就算是人最多的晚上，这里一般也不超过20人，更别说一大清早了。

“我倒要看看，这次我的实力，到底增强了多少。”罗峰走过去，将拳力测试机的插头给插上，打开开关，又将远处的速度测试仪打开。

他站在拳力测试机前。

“开始吧！”

他深吸一口气，强劲的力量自腰胯发出，而后，他的脊椎猛然弓起，仿佛一条大蟒蛇，一股强劲的力量透过手臂，节节贯串，而后他的拳头猛然砸在拳靶上。

“嘀！嘀！嘀！”拳力测试机连续发出三道响声。

罗峰眼睛一亮，平常拳力测试机是不会发出这种声音的，只有在一种情况下会发出这种声音，那就是拳力超过了1000千克。

“嗯？”罗峰盯着拳力测试机的显示屏。

他的拳力竟然达到了1089千克。

“这么多？”罗峰心中一阵狂喜。

武者的身体素质要求是拳力必须达到900千克，而上一次测试，自己的拳力是809千克，现在竟然达到了1089千克，一下子增加了280千克，远远超过了合格线。

“哈哈！”

罗峰的双拳闪电般挥出，整个人左右晃动，只听得“砰”“砰”的声音不断响起，几乎眨眼的工夫，罗峰就击出数拳，拳力测试机的屏幕上显现出了一串数字——956千克、989千克、923千克、965千克……

“我现在就去测试一下速度。”罗峰转头，朝跑道走去，“我的神经反应速度之前就达标了，只要我的速度过关，那么准武者考核，就一定能通过。”

罗峰调整了一下呼吸。

整个人仿佛一发炮弹猛然射出，沿着跑道迅速跑去。

高级学员教学楼四楼，红发男子与黑衣光头中年人正谈笑着往前走。

“严罗，咱们已经很久没见了。”光头中年人笑着说道，“快三年了，当初那个稚嫩的小家伙，如今可是大名鼎鼎的武者了，我可是听说你这一次赚了近1亿地球币啊！啧啧，看到你，我就觉得，我老啦！”

“运气好而已。”红发男子笑道，“江哥，你当初……”

“嘀——”

楼下传来的声音让这两人都惊讶不已。

“楼下的拳力测试机是初等拳力测试机，当拳力达到1000千克，才会发出这种声音。”光头中年人惊讶地道，“早上五点多，就有人来练拳，而且一拳的拳力能超过1000千克，难道是那个杨武？”

“去看看不就知道了。”

“呼！呼！”

这两人一个身穿黑衣，一个身穿白衣，化作两道幻影直接沿着楼梯往练武厅赶去。一眨眼的工夫，他们就从四楼来到了三楼练武厅的门口。

光头中年人和红发男子并肩站着，看着练武厅。

此时，罗峰正站在跑道前，而后疾速起跑，一闪而过。

“28.1米/秒。”光头中年人和红发男子一眼就看到了速度测试仪屏幕上显示的数字。

“这个罗峰的拳力超过1000千克，速度竟然达到了28.1米/秒。”光头中年人有些吃惊。

“江哥，这个小家伙的年纪不大吧，竟然已经达到武者的身体素质要求了？！”红发男子惊讶地道。

光头中年人点点头，道：“嗯！他叫罗峰，是我们武馆这一批学员中比较有天赋的。今年才18岁。”

“18岁？这么小！”红发男子不由得眼睛一亮。

这时，罗峰发现了门口的两人，心中一惊。

红发男子是之前开跑车过来的那位，而这黑衣光头中年人是极限武馆的馆主江年，他是武馆权力最大的人。按照极限武馆的规矩，学员都称他为教官。

“教官！”罗峰连忙行礼。

“过来。”江年笑着说道，“罗峰，没想到你竟然这么快就达到武者的身体素质要求了。我给你介绍一下，这位是你的前辈严罗。严罗，我将你的名字告诉他，没关系吧？”

“没关系。”严罗看着罗峰，点点头，道，“这小家伙如此年轻就达到了武者的身体素质要求，或许将来，他能跟我有交集。”

江年看向罗峰，笑着说道：“罗峰，你现在就安心准备武者实战考核吧！哦，对了，7月1日，你去Y城的极限会馆一趟，去那里参加准武者考核，以你现在的实力，很容易就能通过的。”

旁边的严罗笑了笑，道：“不管做什么事情，都要全身心投入。你的天赋不错，你现在要将全部精力放在武道上。小子，等你成了武者，欢迎加入咱们极限武馆。”

这两大武者的地位都极高，对社会上的权贵都是不屑一顾的。

而对于即将跨入武者行列，并且岁数还很小的罗峰，他们却很期待。

第 9 章

武者的特权

“严罗说得对。”江年看着罗峰，语重心长地道，“罗峰，你进步的速度很快，在我们Y区极限武馆的学员中，你应该算是进步最快的。16岁，你就进入了极限武馆，18岁，你的身体素质就已经达到了武者的标准。”

“你要知道，16岁到30岁，人的进步是最快的，岁数越大，进步就越慢。”江年郑重地说道。

罗峰有些发蒙。

看来自己高考失利，也没有太糟糕。

“罗峰，等你正式成为武者，加入极限武馆如何？”江年笑着说道，“只要你成为极限武馆的武者，极限武馆会在最佳地段安排一套独栋别墅给你，当然，这栋独栋别墅是不允许卖掉的。此外，每个月的底薪是2万元。”

“独栋别墅？每个月底薪2万元？”罗峰倒吸一口凉气。

2万元不算什么，独栋别墅却是很奢侈的。

“即便是小一点的独栋别墅也有300平方米，也就是需要两三亿元。”罗峰感叹道，“虽然不允许武者卖掉独栋别墅，但是一家人住在独栋别墅里，那生活是多么美好啊！”

两三亿，这是什么概念？

以张昊白的父亲为例，一个富豪，全部身家恐怕都赶不上这一套独栋别墅。

“罗峰，极限武馆的福利，和其他特殊部门的福利相比，也相差不大。”江年笑道，“国家部门的武者有底薪，有居住特权，也就比我们多一个执照。”

“执照？”罗峰早就听说过，国家特殊部门的武者拥有处置的权力。

“不过，我们极限武馆也是有特权的。如果哪个普通人想对付你，你可以上报给武馆，武馆查证属实后，会通过JN基地市安全局，直接将那个普通人带走。”江年微微一笑，“加入我们极限武馆，金钱、地位等都能拥有。此外，你可以安心追求人类和武道的极限。”

江年指了指旁边的严罗，继续道：“我这位严罗兄弟前不久猎杀了一头怪兽，赚了3亿多。你如此有天赋，好好努力，将来达到严罗这个境界也并非不可能。”

“天哪！仅仅猎杀一头怪兽，就能赚这么多地球币？严罗到底是猎杀了什么等级的怪兽啊？”罗峰惊呆了。

“罗峰，好好努力。你真的很有天赋，别辜负了我对你的期望啊！”江年笑着拍了拍罗峰的肩膀。

“小子，千万别松懈，我相信你将来也是有可能成为战将级武者的。到时候，你想要的都会有。”严罗微微一笑，“我会很乐意和你一起出去猎杀怪兽的。哈哈……”

说完，江年和严罗这两大武者就离开了。

罗峰站在练武厅中，脑子很乱。

不管是教官江年，还是神秘的红发男子严罗，罗峰都觉得他们很有气势，谈笑间透露着自信和骄傲。

“自信！骄傲！”罗峰的脸上渐渐浮现出笑容，“没错，男儿在世，就应该闯荡一番，闯出一番事业来。世界第一强者说过，不想当世界第一的武者根本没有武者之心。人活一辈子，束手束脚，又有什么意义？身为武者，就是要闯出一番惊天动地的事业。”

18岁，正是人生观和价值观逐渐形成的时候。罗峰和教官江年，以及神秘武者严罗见过面后，他心中的想法完全变了。

“我要勇敢地去闯荡！世界第一强者洪、世界第二强者雷神，分别创建了极限武馆和雷电武馆，就连五大强国都对他们刮目相看。他们能做到，我为什么不能做到？”罗峰笑着朝练武厅外走去。

男儿有梦，有梦就去闯！年轻就是资本！年轻就代表着未来有无限可能！

一切都需要自己去努力，去奋斗！

上午，天朗气清。

罗峰和魏文正走在前往Y区第三高中的路上，今天是领取毕业证书和填写志愿申请书的日子。

“阿峰，你真的有把握通过准武者考核？！”魏文忍不住惊呼。

“嗯，7月1日，我就去Y城的极限武馆总部——极限会馆，参加准武者考核。”罗峰笑着回道。

罗峰看着前面的学校，看着校园内三三两两的学生，觉得自己的心态变了：“过去我将自己当成了他们中的一员，可是现在，我清楚地感觉到，我和他们已经是两个世界的人了。他们上大学，之后就是努力工作，娶妻生子。而我，走的道路和他们的道路完全不一样。”

罗峰和魏文进入学校，分别去了自己的班级。

教学楼的走廊上。

“快看，是罗峰。”

“罗峰。”一些高三的学生，还热情地和罗峰打招呼。

“听说罗峰学长高考的时候，在考场晕倒了呢。”

“真是可惜了，竟然在考场晕倒了。”

远处的低年级学生都低声议论着。

罗峰的身体素质已经达到武者的要求，他的听力非常好，能清楚地听到远处的那些学生的议论。

高三年级五班，是罗峰所在的班级。

“罗峰来啦！”

“罗哥。”班里不少同学已经到了，都热情地和他打招呼。

罗峰笑着点点头。

这些老同学和罗峰关系不错。不过，也有部分同学看不惯罗峰，只是表面上显得热情。

有一些同学在角落低声议论着："罗峰的成绩那么好，又是极限武馆的高级学员，没想到，这次高考他竟然栽这么大一个跟头，在考场晕倒了。真是运气不好啊！"

"这就是命，能怪谁呢？"

过去，罗峰可是班级中的天之骄子！罗峰的文化成绩好，武力又强，现如今这位天才栽了一个大跟头，这些普通学生心中却有一丝快意！虽然他们和罗峰的交情不错，但是有些人就是这样，当看到过去优秀的人突然变得落魄，也会心中畅快，暗道：你也有今天啊！

"发毕业证书了，发毕业证书了。还有志愿申请书，大家都来领啊！"三名班干部捧着毕业证书和志愿申请书走上讲台。

"王尹。"

"刘夏龙。"

……

班干部在讲台上面大喊同学的名字，同时一一下发毕业证书和志愿申请书。

"罗峰！"随着这一声，教室一下子安静下来了，几乎所有人的目光都落在罗峰身上。

罗峰高考时晕倒，大家都知道。

而罗峰的身份证号、准考证号并非秘密，早有学生查过他的分数，知道他的成绩离本科线仅仅差4分。

"罗峰。"班长瞿琳将毕业证书和志愿申请书递给罗峰。

"阿峰，阿峰，走啦。"魏文正站在罗峰的班级门口。

"等我一下。"罗峰将志愿申请书揉成了纸团，随意一扔，直接丢进了垃圾桶。

同学们看到这一幕，一下子愣住了，这可是填报志愿的申请书啊，罗峰竟然当场给扔掉了。

有一个女生顿时惊讶地喊道："罗峰，你怎么把志愿申请书给丢了？你不填报志愿了？"

"罗峰怎么肯去上专科，估计要复读，明年再考。"立即有议论声响起。

站在班级门口的魏文翻了个白眼，没好气地道："上专科学校？复读？亏你们想得出来，阿峰马上就要去参加准武者考核了。"

"少说点，走吧。"罗峰拉了魏文一把，和魏文一起离开了。

班里的同学顿时喧哗起来。

什么？准武者考核？

"罗峰参加准武者考核？真的假的，他没有这么厉害吧！"

"估计那魏文只是在吹牛而已，罗峰去年才成为高级学员，怎么可能今年就参加准武者考核？"

在潜意识中，这些同学都不愿意相信罗峰的身体素质已经达到武者的要求了。

第10章

准武者考核

“爸、妈，我去城中心的极限会馆了，今天中午就不回来吃饭了。”罗峰喝了一大碗粥，吃了三个面饼后，站起身来，“你们今天就等着我的好消息吧，我一通过考核，就会立即打电话给你们。”

龚心兰瞥了罗洪国一眼，笑道：“洪国，你听到了吗，你可要随身带着手机，别到时候儿子都找不到你。”

“我一定带着手机。”罗洪国呵呵一笑。

“嗯，我出去了。”

罗峰朝罗华眨了下眼。

罗华竖起大拇指，嘿嘿一笑。

大清早，罗峰就离开了南岸小区，乘着11号线地铁到了中安路站，而后转1号线，到了Y城中心区域，出了地铁站后，又走了几分钟，才抵达极限武馆总部——极限会馆。

从家里出来的时候才6点多，待罗峰抵达目的地，已经8点了。

“这就是传说中的明月小区！”罗峰站在一个幽静的小区的大门外。这个小区叫明月小区，极限会馆就在这个小区里。

“这位先生，这是明月小区，请不要靠近。”

小区门口站着6名穿着军装的士兵。根据他们的军装就能判断这些人并不属于警察系统，而是属于军队系统。其中一名士兵朝罗峰喝道：“先生，请退后！一旦你进入黄线区域，我们有权直接将你击毙。”

“果然和传闻中的一样啊！”罗峰在心中暗叹。

明月小区是极限武馆在Y城的大本营。这里不仅是极限会馆，同时也是极限武馆麾下武者的居住地。

“传言，住在明月小区里面的，都是武者和他们的家属，就连警察也不能擅闯。”罗峰心中惊叹。

“各位。”罗峰站在小区门口，解释道，“我是极限武馆高级学员罗峰，这次过来是接受准武者考核的。”

每个月的1号，极限会馆都会举行准武者考核。

“哦？”守卫的休息室里走出来一名白头发的老者，他的手中捧着一台掌上电脑，“年轻人，你来得挺早啊，八点就来了。你年纪轻轻就参加准武者考核了，前途无量啊！嗯！将你的身份证、高级学员证给我检查一下。”

罗峰当即递过身份证和高级学员证。

“嘀！”身份证和高级学员证分别从掌上电脑上划过，掌上电脑的屏幕上接连出现相关信息。

“18岁？”白发老者惊讶地看了罗峰一眼，笑盈盈地道，“18岁就敢来参加准武者考核，不错，希望你今天能够通过。”

“谢谢老先生。”罗峰说道。

“放他进去吧！”白发老者挥手说道。

顿时，明月小区的电动门自动打开，同时一名手持突击步枪的士兵上前一步，跟在罗峰身旁：“先生，我会带你去极限会馆。你进入小区后，不要乱跑。你只有进入极限会馆的权限，不得进入武者家属住宅区。若违反规定，就算我不动手，在小区内巡逻的兄弟也会动手的。”这名士兵说完，还朝罗峰咧嘴一笑。

“好的。”罗峰点点头，心中暗惊。

国家和极限武馆的确是合作关系。至少极限武馆的核心区是被重点保护的。

“天哪！所有的住宅都是独栋别墅。”罗峰一眼看过去，除了小区中央那高高耸立的极限会馆外，其他地方都是错落有致的独栋别墅，独栋别墅之间还有着假山、水池、草地。

当罗峰步入极限会馆大堂的时候，那名士兵就回去了。

“先生，你是来接受准武者考核的？”会馆大堂中，一个长相甜美的少女笑着问道。

“是的！”罗峰笑着回道。

“先生，请坐那边。上午10点，你和其他人会统一进行准武者考核。”

罗峰点点头，当即朝会馆大堂走去，那里有一个小型酒吧，有一名服务生和一名调酒师。

“嗯？”罗峰扫了一眼，小型酒吧中已经有三个人等着了。

其中两个人在相互交谈着，而另外一人在沙发上安静地坐着。

“看，那边的一栋栋别墅就是加入极限武馆的武者的福利。”一个白衣青年兴奋地说道，“只要成为武者，并且加入极限武馆，就能免费分到一栋别墅。以后我也能住在这里了。啧啧，你看看这环境，多好啊！”

“明月小区当然和外面的普通小区不一样。看，来新人了。”这三个人也看到了罗峰，罗峰朝三人点点头，坐到了一旁的沙发上。

随着时间渐渐流逝，陆续又来了三个人。罗峰同样不认识这三个人，不过看样子，这三个人的年龄都比较大，估计都超过了30岁。

“哈哈！罗峰！”一道响亮的声音响起。

罗峰仔细地打量着来人，只见脸上有着一道狰狞疤痕的壮汉走了过来，道：“你也来参加准武者考核啊？”

“杨哥？！”罗峰当即站起身来，迎过去。

“说起来，我还真是够丢脸的。上个月，我来测试过一次，可惜，我的速度测试结果，每秒只达到24.9米，就差那么一点点。”杨武无奈地说道。其实，在拳力和神经反应速度上，杨武早就过关了，唯独速度是他的弱项。

不过今年杨武的速度逐渐有所突破。每秒24.9米和每秒25米，其实不算什么差距，临场发挥好一点，成绩就可能是每秒25米了。

“杨哥，我相信，你这次一定能过关。”罗峰笑道。

“这姓杨的都测试过好几次了，一直没过。依我看，这次也悬。”旁边传来一声嗤笑。

罗峰看过去，说话的是一个留着络腮胡的壮汉。

杨武瞪了那个壮汉一眼，道：“姓童的，你还好意思说我，你不是也考核过两次都没过？依我看，就你这神经反应速度，恐怕还要再苦练个两三年。”

“安静点！”一声大喝从大堂中央传来。

在场八人顿时都转头看去，只见一个穿着宽松练功服的中年男子看了他们一眼，冷冷地道：“走，都跟我上楼，马上接受准武者考核。记住，上楼后规矩点，今天Y城总教官的老朋友过来了，别惹事。”

“是。”不管是之前嚣张的络腮胡壮汉，还是杨武，都恭敬地应道。

“总教官的老朋友？”罗峰心中不由得猜测起来。

Y城内有1所极限会馆和12所极限武馆。各区的极限武馆馆主被称为教官，而总部极限会馆的馆主被称为总教官。

进入电梯后，那穿着宽松练功服的中年男子按了“6”键。

“叮！”电梯门打开，映入眼帘的是一个超大的练武厅，练武厅中聚集了十几个人，其中就有罗峰认识的教官江年。

“人来了，别聊了。”一名披散着长发的中年人开口道，练武厅中的十几人都转头看向罗峰等人。

面对这十几人的注视，罗峰等人都感到心中一紧，他们知道，平常出现在极限会馆内的，除了服务人员，就是武者。也就是说，这十几人都是武者。这也不奇怪，毕竟这里是极限武馆在Y城的大本营。

“准备测试。”这披散着长发的中年人吩咐道。

罗峰在网络上看到过这披散着长发的中年人，这人正是极限会馆的馆主、Y城内的总教官——邬通。

“你们都过来，先将身份证给我。”之前领罗峰等人上来的武者，从他们手里接过了身份证，而后恭敬地递给邬通，“头儿，今天人不少，有8个。”

“嗯。”邬通随意取出一张身份证，在旁边的仪器上划过。

“嘟！”仪器上弹出一块近乎透明的屏幕，屏幕上出现了个人信息。

“第一个，童关进行拳力测试。”邬通淡漠地说道，“你是军队出身的，竟然跑到我极限武馆来考核，有趣。”

旁边的罗峰一听，不由得露出一丝笑容。

极限武馆是世界第一强者创立的，旗下的各个武馆遍布全球。极限武馆的考核是具有公信力的，含金量很高。只要拿出考核成绩，在全世界各地都能得到认可。

“测试拳力。”总教官吩咐道。

“是。”童关立即上前一步，随即双眸瞪圆，左手挡在脸前，右拳重重地砸在那巨型的拳靶之上。

拳靶微微颤动，拳力测试机的屏幕上立即浮现出了数字——986千克。

“过，下一个，罗峰。”邬通随意地将第二张身份证在仪器上划过，看了看详细的身份信息，不由得惊讶地道，“咦，18岁？老江，这是你Y区的吧！啥时候冒出这么个有天赋的小伙子了？”

“哈哈。”旁边的江年得意地大笑起来。

“有没有实力，还难说呢。”旁边的十几名武者中，一名身材肥胖的老者揶揄道，“说不定是来见见世面的，实力并不强。”

江年瞥了老者一眼，道：“怎么，嫉妒了？你们B区那边没这样的天才吧！罗峰，让他们瞧瞧我们Y区高级学员的实力。”

“是，教官。”罗峰上前一步应道，而后朝拳力测试机走去。

第11章

神经反应速度

“老江似乎很有信心啊！”邬通笑道，目光却依旧停留在罗峰身上。

在场的人都看着罗峰，等待罗峰的考核成绩。

罗峰站在拳靶前，脚部猛然发力，身体微微一转，胯部迸发出强大的力量，瞬间力量节节贯串，传入手臂。只见罗峰的拳头仿佛满月劲弓中射出的箭矢，“砰”的一声，拳头已经砸在了拳靶上。

罗峰一拳打出后，他的眼中浮现出喜色：“出拳的感觉好爽，我的劲都使出去了。”

他朝显示屏一看，拳力达到了1101千克。

“好！”

“不错！”在场的几个武者立即夸赞起来。

邬通点了点头，道：“小伙子不错，出拳的时候，没有让身体失去重心，如果他不顾一切，只求打出最重的拳，身体失去重心，这一拳的威力可能更大。可是，如果和怪兽厮杀时，身体失去了重心，那无异于自杀。不错，不错。”

“哈哈！罗峰这小家伙的实战能力可是很强的。”江年朗声大笑，“他可是曾经连续击败了三个力量、速度都不比他差的高级学员，很厉害！”

听着总教官和教官的夸赞，罗峰很开心。

年少时，罗峰昏迷过两次，此后，力量和速度都得到了提升。自那时起，他就定下了目标，决心成为厉害的武者。而想要成为厉害的武者，对实战能力的要求是很高的。

在加入极限武馆之前，他总是在网络上搜索一些基础刀法和基础身法，一个人在家练习，慢慢积累经验。

这也是他实战能力强的原因。

“他是个好苗子。通过！”邬通说完，又随意取了一张身份证，在仪器上划过，“下一个，白阳。”

随即，罗峰走向一旁。

“不错啊，疯子。”杨武低声惊讶地笑道。

罗峰咧嘴一笑。

八人很快就完成了拳力测试，这八人中只有一人没有通过拳力测试，那人一拳的力量只达到892千克，离合格线差一点。

下一关是速度测试，现在还剩下七人。

邬通来到速度测试仪旁，打开了开关。

“一个个来，接受测试者的顺序和刚才相反，第一个，杨武。”邬通说道。

之前，杨武是最后一个测试拳力的，这次测试速度，他是第一个。

杨武深吸一口气。

他来这里参加准武者考核有近十次了，次次都在速度测试上栽了跟头。

“杨哥，加油！”罗峰轻轻地拍了拍杨武的肩膀。

“看着吧。”杨武调整好呼吸，而后走到了跑道上。

江年皱着眉看着这一幕，杨武也是来自Y区的，但是杨武已经在速度测试这一关失败好多次了。

杨武发出低沉的声音，有力的甩臂、强劲的蹬踏令他的速度很快就提升到极限，他面目狰狞，额头的青筋突起，咬着牙疯狂奔跑着。从速度测试区跑出去的时候，他还发出了一声低吼。

“一定要过啊！”杨武停下来的时候，心中祈祷着。

他忐忑地转头看过去，只见罗峰朝他竖起了大拇指，看到这一幕，他心中的石头总算落下来了。

“哈哈！杨武，运气不错，过线了。”江年发出了爽朗的笑声。

杨武连忙跑过去，看向显示屏——25.1米/秒。

“呼，好险啊！”杨武笑了，如果他的状态稍微差一点，速度很可能达不到25米/秒，那样就将再次面临失败。

“嗯，过！”邬通也露出了笑容，“下一个。”

人员一个个进行测试，先前测试拳力，罗峰是第二个测试的。这一次测试速度，罗峰则是倒数第二个。

很快就轮到了罗峰。

“罗峰。”邬通大声喊道。

“疯子，加油啊！咱们还要一起去参加武者实战考核呢！”杨武鼓励道。

罗峰笑着点点头，然后走到了跑道上。他略微调整了一下呼吸，原地轻松蹦跳了两下，不同于蛮力型的杨武，他给人的感觉很放松。

“嗖！”

罗峰一发力，宛若一头豹子猛地蹿出，无比迅速，携着一道劲风直接掠过速度测试区域。很显然，罗峰的速度比之前几个人都要快。

“感觉还行。”罗峰转过头，就看到杨武同样竖起了大拇指。连总教官邬通和教官江年，都满意地点点头。

罗峰走过去一看，屏幕上显示的数字——28.6米/秒。

“速度很快，竟然比合格的速度还要快得多。”邬通笑着点点头，“最后一个，童关。”

拳力测试和速度测试接连进行，其中拳力测试淘汰了一个，速度测试淘汰了两个。现在，只剩下五个人。第三项是神经反应速度考核。

“随我来。”邬通带领着一群武者和五个参加考核的人，来到了练武厅旁边的神经反应测试室。

这是一个大概100平方米的宽敞房间。

当然，和之前数千平方米的超大练武厅相比，这个神经反应测试室明显小很多。只见一个巨大的仪器摆放在地上，仪器的最前面好像六管加特林机枪的枪口，不过，这枪口可比加特林机枪多得多，足足有数十个枪口。

“第一个，童关。”邬通说道。

童关立即走到测试机枪口的正前方，一个直径达3.6米的圆圈中。

“嘀！”开关一打开，那直径达3.6米的圆圈边缘朝上方发出朦胧的红光，一时间，圆圈内的测试者仿佛被红色纱帐给围住了。

“记住，无论如何，都不能离开圆圈，一旦离开圆圈，就会被判定测试失败。若是身体碰触红光，则会被扣分。”

邬通说完，就走到神经反应测试机旁，按动了好几个按钮，调整了测试的强度。

这强度分为很多级别，初等的，是中级学员考核，而高等的，是武者中顶级强者训练测试用的。

“开始！”邬通按动红色按钮。

“嘟——”神经反应测试机那巨大的炮口开始旋转起来，炮口中的数十个枪口瞬间发出一道道红光。红光的速度有快有慢，连飞行轨迹都不平稳，错乱得很，迅速射入了红圈范围内。

只见童关死死地盯着前方，身体不断向前后左右闪避，从那些射出的红色子弹的缝隙中穿过。

“噗！噗！”童关被两枚红色子弹接连射中。

不过，这些子弹都是橡皮头做的，速度不算快，威力很小，打在人的身上并不会造成伤害。

时间一分一秒地过去。

童关拼命闪躲，很快一分钟就到了。

“嘀——”邬通按动按钮后，测试机的炮口立刻减速，而后停止旋转，同时，中央的屏幕上出现了大量数据。

“60秒内，童关被击中57次，碰触红光3次，未合格，被淘汰！”邬通淡淡地说道，同时将身份证递给童关。

"就差一点点。"童关无奈地摇摇头，走出了红色圆圈。

"下一个，罗峰。"邬通说道。

罗峰和杨武相互击拳，而后，罗峰便直接走入了红色圆圈之中。

罗峰站在红色圆圈内，他看到测试机的炮口正对着自己，不由得深吸一口气。进入武馆之前，他经常在家练习身法，闪躲一直是自己的强项："高考之前，60秒内，我会被击中的次数一般是50次到55次。而如今我的身体素质变强了，反应更快了，通过神经反应测试应该没问题。"

"记住，千万别走出圆圈，走出圆圈就直接失败，身体碰触红光也会被扣分的。"邬通说完，按动了红色按钮。

"嘟——"

神经反应测试机的炮口加速，很快旋转速度达到极限，紧接着炮口中的数十个枪口几乎瞬间发出一道道红光，一颗颗橡胶子弹立即朝罗峰射去。

"嗯？"罗峰的双眸死死地盯着，脑海中迅速计算着位置，整个人仿佛一只灵活的猫，不断向前后左右闪躲，一次次避开橡胶子弹。当然也有一些橡胶子弹的速度太快，他实在没办法避开，就被打中了。

罗峰在迅速闪避，旁边观看的武者则谈论了起来。

"这小伙子不错，他的反应速度似乎更快。"

"的确很快，他的身法非常好，基础扎实。你看，他的双脚仿佛猫爪子，每一次变换身法，身体都没有失去重心，可以瞬间改变方向。如此厉害的身法，如果他不是天才的话，没有十年苦功，是达不到这个境界的。"

在场的武者都惊叹起来。

武者的身体素质是可以靠练习提升的，可是身法、刀法等的进步，都是要靠不断积累经验的。不是说力量强，这身法就强。

"嘀——"邬通按动按钮后，神经反应测试机旋转速度大减，而后停止，屏幕上出现了数字。

"60秒内，罗峰被击中28次，未碰触红光。优等！"邬通露出笑容，"不错！罗峰，恭喜你，待正式文件下达，你的考核信息录入公民身份信息中之后，你就是一名准武者了。”

考核通过后的7天内，一般会有正式证书下达，而且会被录入公民身份信息中。

罗峰用力地握紧右拳，心中暗道：“终于成功了！”

他终于成为准武者了！

“罗峰，8月1日是武者实战考核的日子。到时候，你必须早上来极限会馆集合，在总教官的带领下，和其他准武者一起去人类基地市区外猎杀怪兽。待实战考核通过，你就是一名真正的武者了。”江年笑着说道。

第12章

五心向天

“嗯！”罗峰激动地点点头。

神经反应测试机旁的总教官邬通笑道：“好了，下一个，白阳。”

罗峰走到杨武身边，杨武一脸震惊，压低声音道：“疯子，恭喜啊！你现在可是准武者了，只要通过武者实战考核，你可就是真正的武者了。”

罗峰也低声说道：“杨哥，你肯定也能通过神经反应测试，到时候我们一起参加实战考核。”

“嗯。”杨武心中也很期待。

随后罗峰和杨武的注意力都集中到正在接受考核的人员身上。

很快，接连测试完两人，一人成功，一人失败。

“最后一个，杨武！”邬通喊道。

杨武深吸一口气，他为了这一天等待了太久。之前，他总是在速度测试那一关就失败了，现如今他总算通过了速度测试，有资格进行神经反应测试了。

“加油！”罗峰鼓励道。

“放心。”

杨武直接大步走进了那红色圆圈中，随着邬通按动按钮，神经反应速度测试机的炮口开始旋转起来，很快达到了极限旋转速度，炮口内的数十个枪口瞬间射出一颗颗橡胶子弹，将红色圆圈给覆盖住了。

只见杨武迅速地在前后左右一步范围内移动，动作非常快。

“嗯？”罗峰看到杨武的躲避身法，暗自惊讶，“杨哥的身法略显僵硬，没有我的那般灵活、迅速，不过，杨哥的这种身法效率很高，每一次躲避的动作幅度都不大，他根本没有利用红色圆圈那直径达3.6米的范围，只是在前后左右一步范围内疾速移动。”

杨武移动的范围小，躲避效率却很高。

“这种身法在实战的时候的确很有用。不过，要对战斗控制得非常准确，否则只要出现一点误差，怪兽的利爪就很可能撕裂武者。”罗峰暗自思忖。

在罗峰看来，这种身法的效率虽高，但危险系数也高。

这无异于舞者在刀锋上跳舞。

“嘀——”一分钟很快就过去了，神经反应测试机的炮口停止旋转。

“60秒，杨武被击中52次，未碰触红光，合格。”邬通朗声说道。

红色圆圈内的杨武激动得双拳紧握，手臂上的青筋暴起，双眸中隐隐浮现泪光，为了这一天，他等待了太久。终于，他实现了梦想，离传说中的武者又近了一步。

“杨武。”邬通皱眉喝道，“你这种躲避攻击的身法，属于入微级躲避身法。在和怪兽厮杀时，通过小幅度的身体移动，让怪兽的攻击擦着身体而过，使其不伤到自己！因为身体移动的幅度小，同样的时间内，你可以多次闪避，效率极高。可是，这种身法的难度极大，原本你计算出怪兽的利爪和你相差两厘米，伤不到你。可一旦出现误差，怪兽的利爪很可能从你的身体上划过，将你开膛破肚！在和怪兽厮杀的过程中，一旦犯错，很可能会丧命。”

“我奉劝你一句，以后和怪兽战斗时，尽量躲避得更远一些，让自己有转圜的余地。”邬通郑重地道，“以你如今的实力，最好还是将基础身法练习好，那样效果反而更好。”

杨武一惊，而后点点头，道：“是，总教官。”

“杨武，你要谨记总教官的这番话。武道一途，切忌贪功冒进，入微级躲避身法的确强大，可是如果实力不够强，却强行施展，只是东施效颦，白白让人笑话。”江年也叮嘱道。

邬通微微一笑，道：“好了，这次准武者考核，一共有三人过关，分别是罗峰、白阳、杨武。”

罗峰、白阳、杨武这三人的双眸中都有着抑制不住的喜悦。

如果不是周围有一群武者前辈，恐怕他们早就兴奋地大叫起来了。

“各位，接下来还有签订实战考核合约等事情，你们帮忙做一下。”说着，邬通看向一直站在旁边的一个银发黑袍男子，笑道，“队长，让你等了这么久，抱歉。走，我们出去吧。”

队长？

罗峰等人大吃一惊。

邬通可是Y城极限会馆的总教官，地位极高。他竟然称呼这人“队长”，这个银发黑袍男子又是什么身份？

银发黑袍男子扫了罗峰等人一眼。

一时间，罗峰感觉这银发黑袍男子的双眸仿佛无垠的星空，令他整个人陷入其中，紧接着，罗峰一激灵，清醒过来了。

“到底怎么回事？”

罗峰发现，旁边的杨武和白阳的表情变得呆滞。

“好可怕，这银发黑袍男子的眼神竟让我们呆住了。”罗峰心中震惊。

此人的实力未免太可怕了。

如果他和此人对战，还没有交手，对方一个眼神就让自己的意识模糊，恐怕待自己清醒过来，已经被对方一刀刺穿心脏了。

银发黑袍男子微微一笑。

“小家伙，天赋不错，好好努力。”银发黑袍男子对罗峰笑着说道。

“哈哈！他的意志力也不错！”邬通也满意地点点头。

随即，邬通和银发黑袍男子直接离开了。

“怎么了，刚才怎么回事？”

“我怎么了？”

杨武和白阳二人，这时才清醒过来，两人相视一眼，这才想起之前的事，顿时吓出了一身冷汗。

不管是杨武、白阳，还是罗峰，在他们见过的人中，刚才那个银发黑袍男子是最可怕的人物。

“这银发黑袍男子一直在旁边看着我们进行测试。可是，从开始到刚才，我根本没注意到他。”罗峰心中暗惊，“他不出声，仿佛这个空间中没有这个人一样，太不可思议了。不对……”

罗峰努力回想银发黑袍男子的长相，震惊地发现自己只记得那双让人失去意识的眼睛，根本记不起此人长什么样子。

“你们三个过来。”江年等武者笑着看着三人，“随我们去练武厅。”

当即，罗峰三人从神经反应测试室，进入了宽敞的练武厅。

“这是三份武者实战考核申请合约。”那肥胖老者从练武厅的角落取出三份合约，“一旦参加武者实战考核，生死由命。若在考核过程中，被怪兽击杀，和极限武馆是无关的。当然，武者在实战考核时死亡的概率是很低的。”

罗峰、杨武、白阳都接过合约，认真地看着合约内容。

“死亡率低，可是伤残率不低。”一个光头壮汉朗声道，“武者实战考核就是和怪兽生死搏斗。当然，这是最基础的生死搏斗，你们将来独自去危险区域猎杀怪兽，可比武者实战考核危险得多。如果你们连这关都过不了，是没有资格成为武者的。”

罗峰、杨武、白阳三人相视一眼。

合约内容很简单，主要条款是若实战考核中，参试者出现死亡或者伤残情况，极限武馆概不负责。

三人并没有犹豫，直接取来旁边的签字笔，签下了自己的名字。

“嗯！”江年微微一笑，又道，“好！今天是7月1日，距离武者实战考核还有一个月。在这一个月中，你们要好好准备。对了……”

说着，江年走到旁边的键盘前，迅速按动一些按键，很快，练武厅的墙壁上出现了一个巨大的屏幕，屏幕上出现了一篇文章。

文章的题目为《基因原能修炼法》。

“嗯？”罗峰不由得屏住呼吸。

武者们的身体非常强大，有一些顶级武者的移动速度能超过音速，甚至可以一刀劈开几米厚的钢板。

当然，和传说中的强者相比，现如今罗峰他们的实力还差很多。

武者的身体为什么如此强大？

他们靠的就是基因原能！

江年笑着说道：“当年，人类感染RR病毒，体内产生了抗体，导致身体基因发生了改变，得到了优化。当基因优化到一定程度，就能够吸收宇宙间的能量，将其融入全身的每一个细胞中。这一过程中，基因会优化，骨骼、细胞、血液、内脏、皮肤等等都会不断地进化。

“你们的骨骼可以变得比金刚石还要硬十倍乃至百倍，你们的内脏可以强大得能够一口气在水中憋气半个小时，甚至更久。

“这一切都要靠你们吸收宇宙间的能量，再将能量融入每一个细胞中，使之成为你们自己的能量，也就是基因原能。”

江年指向屏幕上的文章，道：“这就是基因原能的修炼方法，即五心向天修炼法。这也是地球上，唯一一种修炼基因原能的方法。”

罗峰当即仔细地阅读这篇文章。

基因原能是人类基因优化和进化的倚仗。

“原来是这样。”罗峰仔细一看就明白了。

普通人是无法修炼的，因为基因优化的程度还不够。一般而言，当拳力达到900千克，速度达到25米/秒，神经反应速度在准武者的合格线上时，基因优化的程度也差不多就达到了合格线。因此，90%的准武者都能开始修炼基因原能。

“这一个月，你们可以开始尝试修炼基因原能。”江年笑着说道，“至于最珍贵的导引术，待你们成为武者，加入极限武馆或者军队后，才能获得。”

修炼基因原能的方法，全世界只有一种。

可是导引术，全世界有千万种。修炼不同的导引术，可以令修炼基因原能的速度相差极大，所以导引术才是各势力最看重的。

“教官。”白阳忍不住问道，“据说导引术很神奇，到底有多神奇啊？它怎么就能令修炼基因原能的速度加快呢？”

这时，练武厅中的一名头发有些灰白的中年人道：“白阳，我这么跟你说吧，假如你们不修炼导引术，仅仅使用五心向天修炼法，刚刚修炼五分钟，你们全身的细胞就已经达到饱和状态，无法再吸收。可是，如果你们修炼导引术，你们细胞的容量就将大得多。你们可以修炼十分钟，甚至一个小时。”中年人看向罗峰等人，“你们现在明白了吧？”

“导引术就是让每一个细胞的容量增加。”罗峰恍然大悟。

第13章

喜悦

细胞吸收宇宙中的丝丝能量，从而将能量化为基因原能。这就好比人吃饭，假设一个人一天只能吃下三碗饭，修炼导引术就是让人一天能吃五碗饭，甚至十碗饭。

江年笑着说道：“假设你们不修炼导引术，细胞吸收的能量，为一个单位，但若修炼导引术，细胞吸收的能量就很可能变为两个单位，甚至更多。也就是说，你修炼一年，很可能胜过别人修炼十年。这就是导引术的可贵之处。”

在场的武者都侃侃而谈，显然对于导引术有很多话要说。

“谈到导引术，就不得不提世界第一强者，也就是极限武馆总馆的馆主——洪，他创出了9套一等一的导引术。你们加入极限武馆，对极限武馆贡献够多的话，就有机会学到顶级的导引术。”说话的武者笑着看向罗峰等人。

世界上的各大势力都希望自家的武者越来越多。

“教官。”罗峰忽然开口。

“嗯？”江年看向罗峰，笑着问道，“什么事？”

“教官，刚才和总教官一起离开的银发黑袍武者是谁啊？他怎么一个眼神，就让我们没有了反抗能力？这是武者的什么能力？”

罗峰从未听说过，武者有这么厉害的神通，所以很好奇。

江年微微一笑，旁边的一群武者更是朗声大笑。

“小子，和总教官一起离开的那位可是精神念师，精神念师的数量比我们武者可要稀少得多了。”一名武者笑着说道，“当然，精神念师也是武者，不过是比一般的武者更可怕的人。”

“精神念师？！”罗峰心中一惊。

现如今网络发达，罗峰在网上看过介绍，知道精神念师是武者中很特殊的群体，也是非常可怕的对手。

不过，精神念师到底哪里可怕，网络上并没有详细说明。

“你成为武者之后，会有机会知道精神念师的事的。”江年笑道，“好了，准武者考核暂时到此为止，你们三个可以回家了。嗯，准武者证书需要上级盖章，并被输入公民身份信息之中，大概过几天才会下来，到时候会通知你们的。好了，你们都回去吧！”

“是，教官。”

罗峰、杨武、白阳三人当即转头，一道离开了练武厅，而后在极限会馆门前手持枪械的士兵的监视下，走出了明月小区。

明月小区门口，罗峰、杨武、白阳三人都是一脸笑容。

“我叫白阳，来自JN第一军校。刚好放暑假了，所以我就来这里参加准武者考核。”白阳伸出手，分别和罗峰、杨武握手，“很高兴能认识二位。”

JN第一军校?

罗峰本来是想进入这所军校的。

罗峰笑着说道：“我叫罗峰，这位是杨武，我们俩都是Y区极限武馆的学员。”

“罗峰兄弟将来肯定前途无量。要知道，即便是JN第一军校的精英班，能成为武者的都没多少人。”白阳说道。

白阳一向喜欢结交朋友。对于如此年轻就跨入准武者行列的罗峰，他自然乐于结交，说不定将来罗峰能成为了不起的大人物。

旁边的杨武朗声笑道：“不说那么多了。同一天，同一个地方，我们三个都通过了准武者考核，这是一种缘分。今天是个好日子，我们找个酒楼好好吃一顿，好好聊聊。”

“好。”白阳笑着应道。

“走。”罗峰也笑着应道。

三人刚刚通过准武者考核，心情都非常好，于是选了一家酒楼，一起吃了午饭，而后就各回各家了。

罗峰今天喝了点酒，待乘上了回家的地铁，才想起要给家里打电话报喜。不过，地铁上的人太多，他若是说自己通过了准武者考核，恐怕会引起围观。

“算了，待出了地铁，我再打电话也不迟。”罗峰暗自想着。

罗峰乘坐地铁1号线到中安路站，就直接出站了。而从中安路站换乘11号线要走好一会儿。

“我现在就告诉爸、妈和弟弟这个好消息。”罗峰兴奋得很。

这么多年，他们一直过着窘迫的生活。他努力了这么多年，总算有所成就了。

在中安路站，罗峰取出了手机，按了电话号码后，便安静地等待着。

“喂。”手机那头传来了罗华的声音。

罗峰笑着说道：“是我。”

“哥，你过了准武者考核吗？”罗华激动地问道。

“你也不看看你哥是什么人，当然过了。哈哈，对……行……”罗峰拿着手机，开心地说着，“嗯，妈妈也在家？好，你让妈妈接电话。”

“喂，妈，是我，小峰。”罗峰十分开心。

听着手机那头传出母亲兴奋的声音，罗峰的眼眶有些湿润，为了这一天，他努力了很久。

“妈，你都问三遍了。我是真的考核过关了，准武者证书过几天就会被送到家里的。我已经吃过了，是和另外两个考核过关的朋友一起吃的。”罗峰笑道，“给爸爸打电话？放心吧，妈，我不会忘记的。嗯！我知道。”

罗峰挂了手机，脸上露出了笑容。

他感到很满足。他从小就努力锻炼身法，训练刀法，就是为了这一天。

罗峰深吸一口气，平复了心情，这才拨通了父亲的电话。父亲是家里的顶梁柱，在自己成为武馆高级学员前，家里所有开销都是靠父亲努力维持的。

母亲虽然也在工作，但是赚得不多，因为她把更多的精力放在两个儿子的身上。

父亲从事的房屋装修工作非常辛苦，他的腰和手受过好几次伤。

“爸，从今往后，你不用再这么辛苦了。”罗峰在心中默默道。

“嘟——”

罗峰在等待父亲接电话。

“嗯？爸爸怎么没有接电话？现在正值中午，应该是吃饭时间了。爸爸在装修公司，中午一般都是休息的，应该会接电话才对啊！”

罗峰疑惑地点了一下手机屏幕上的定位查找功能键，手机屏幕很快就显示出了Y城的地图，其中一个红色小点是罗峰所在的位置，而绿色小点是他父亲的手机所在的位置。

“离我这里不远。”

知道了父亲现在所在的位置，罗峰不由得露出了笑容：“我现在就去爸爸那里，亲口告诉他我通过了准武者的考核。”

当即，罗峰按照手机屏幕显示的路线赶了过去。

第14章

矛盾起因

天都花园小区。

“快点，你们都快点搬东西，搬完后，你们去吃午饭，我们也好去吃饭啊！”一栋联排别墅的私人庭院中，一身白衣的张昊白催促道。

他的身侧站着三名神情冷峻的保镖。

“先生，别急，这家具可是贵重物品，不能大意啊！大家加把劲！”

庭院外的路上停着一辆卡车，卡车上放着包装完好的木制家具。在这个年代，木制家具是非常昂贵的，属于少数人用的奢侈品。

人类居住在基地市区内，这里栽种树木的地方极为稀少，大多的树木是为了美化环境而栽种的。而在人类住的基地市区外，有大量树木，可是也同样有怪兽，为了砍伐、运输树木而和怪兽厮杀，可想而知树木的成本有多高。现如今，大多数人家的家具都是塑料制品，高档点的就是玻璃制品，木制品一般人家是买不起的。

“小心点。”

装修公司的员工小心翼翼地将笨重的家具从车上搬到地上，而后三名员工又一起小心翼翼地搬着家具进入了私人庭院。

“你们小心点。”张昊白皱眉提醒道，“这可是实木家具，都是用上等木材制作的。若是弄坏了，你们老板肯定会找你们麻烦的。”

“呼——”三名员工小心翼翼地搬着家具，急促地喘息着。

这些家具的用材很好，非常重，一套有500多千克，三名员工搬起来有些吃力。

“大家先停下来歇息一下，待会儿一口气搬进屋里。”在前面抬的员工说道，“我们先将家具放下来，慢点，轻点。”

三名员工小心翼翼地将家具放在地上，这才直起腰，长舒一口气。

“老罗，我肚子都饿了。”一名身材高大的员工活动了一下身体，说道。

“搬完这套家具，还有两套家具。待全部搬完，大家一起去吃饭。”罗洪国看着另外两名工友，他随意地用衣袖擦了一下汗，现在可是7月，又快到中午1点了，正是一天中最热的时候。

三个人搬这么重的家具，的确是个苦力活。

“你们快点！”张昊白不耐烦地催促道。

“好的。”罗洪国当即弯下腰抬起家具的一角，“大家加把劲，把这套家具搬进去。”

“来，一，二，三，起！”罗洪国和两个工友一起用力，抬起家具，而后小心翼翼地沿着台阶一步步往上走，慢慢进入了屋内。

片刻后，三人走了出来。当他们经过张昊白几人旁边的时候，汗味弥散开来，张昊白不由得皱起眉头。

“穷人就是穷人，只能做这种苦力活，一辈子都是做苦力的命。”张昊白心中暗道。

张昊白出生于富裕家庭，他对那些生活在社会最底层的人很不待见。在他看来，这些甘愿做苦力活的人没有拼搏、奋斗的精神，活该过这种苦日子。

“小心点，别碰到大门。”

罗洪国三人小心翼翼地抬着家具一步步往前走，他们的衣服完全被汗浸湿了，额头渗出了汗珠。

“我们在屋外歇息下。”罗洪国三人将家具放下，略微调整了一下呼吸。

“走，一，二，三，起！”

罗洪国三人虽然累，但是这种活他们干了二三十年，都习惯了。他们知道自己的承受极限在哪儿，所以搬运东西很少出错。

片刻后，罗洪国三人就去搬运最后一套家具了。

“天真热。”张昊白仰头看看天，“王哥，等会儿我们去旁边的酒楼吃饭。”

“谢谢少爷。”一名保镖笑呵呵地应道。

张昊白瞥了正在搬运最后一套家具的三名装修工，不由得发出一声低哼。对于这种人，他一向很看不起。忽然，他的目光落在了庭院中用大理石铺成的路面上，其中一块大理石出现了裂痕，这道裂痕是前几天他和保镖切磋时，不小心造成的。

“嘿嘿！”张昊白眼睛一亮，“最近我手头的零花钱不多，刚好弄点钱。”

这时候，罗洪国三人正在搬运第三套家具。

忽然，罗洪国的手机铃声响起。

罗洪国心中一喜：“应该是小峰的电话。”

不过，他正在搬家具，根本没办法接电话，所以只能先不管，待放下家具后再回电话。

“我们在屋外先歇息下，轻放，慢点。”罗洪国三人轻轻地将家具放下。

罗洪国掏出口袋里的手机，一看来电显示，正是罗峰打来的，不由得一笑，正准备回拨过去。

“你们怎么回事？我让你们小心点，你们几个怎么搞的！”一声怒斥猛地响起。

罗洪国三人闻言一愣，转头看去。

张昊白脸色阴沉，他指着被家具压着的大理石路面，道：“你们是怎么做事的？这么不认真。看，我家的路面都被你们用家具给压坏了。这可是南山大理石，是专门去基地市区外买的。一块大理石要十几万，你们赔得起吗？”

罗洪国三人低头一看，果然，其中一块大理石裂开了一道缝。

“哼！我倒要问问你们公司老板，这要怎么解决！”张昊白怒气冲冲，“王哥，你有他们装修公司的电话吧，给装修公司打电话，让他们老板过来。我跟这几个人说再多也没用。”

“我这里有装修公司的电话。”姓王的保镖立即拿出手机，开始拨打电话。

罗洪国三人相视一眼。

“不对。”一名身材高大的装修公司员工立即说道，“这块大理石上的裂痕之前就有了，我看到过。”

“你竟然还敢狡辩！可惜，你再狡辩也没什么用！”张昊白嗤笑一声。

罗洪国眉头一皱。作为一个经验丰富的老员工，他知道这种事情是很麻烦的。他们所属的装修公司一向很注重声誉，即便是真的被敲诈，但是公司没有证据可以证明大理石路面上的裂痕不是他们造成的，结果就只能是赔钱。

公司赔钱，负责搬运家具的三名员工肯定是要被扣工资的。

“我们先把家具搬进去再说。”罗洪国说道，而后就去抬家具。

“搬进去？”张昊白上前两步，一把推开罗洪国，怒喝道，“别耍花样！这家具就压在有裂痕的大理石路面上，这就是证据。你们想把家具搬进屋，然后来个死不承认，做梦！哼！你们这种小手段我可见多了。等你们老板来了再说。”

“老罗，老罗。”另外两名员工连忙将被推倒在地的罗洪国扶起来。

“没事。”罗洪国揉了揉肩膀。

“你怎么推人啊！”

“这大理石路面到底是不是我们弄坏的，还不清楚呢，你凭什么推人！”另外两名员工怒喝道，他们这些做苦工的可是天不怕地不怕的，若是惹怒了他们，大不了打一架，再去公安局讨说法。

“别跟我耍横！”张昊白说完，又连踹两脚，踹在两人的肚子上，直接将那两人踹倒在地。

“哼！你们耍横也不看看地方。”张昊白冷笑一声。

“老田、大猴，没事吧？”罗洪国也急了。

“你这个年轻人，怎么能动手呢！”罗洪国怒喝道。

张昊白闻到罗洪国身上的汗味，不由得眉头一皱，道：“王哥，你们教训他们一顿，让他们安静点。”

“少爷，装修公司那边的人来电话了。”姓王的保镖将手机递过来。

“嗯。”张昊白挥挥手，那三名保镖立即去教训罗洪国等人。

“对，我是天都花园这边的，让你们姓侯的老板接电话。侯总，你们送货的人怎么回事啊？他们粗手粗脚的，把我家庭院的大理石路面都给搞得开裂了。你们快点来人，处理这个事情吧！此事不解决，家具的尾款你们别想要了。”

张昊白话音刚落，突然——

“住手！”一声暴喝从庭院外传来。

此刻，罗洪国三人被那三名身强体壮的保镖逼到了庭院角落中，罗洪国三人身上满是脚印。

“嗯？”三名保镖和张昊白都转头看去。

只见一道模糊的身影瞬间冲进庭院。

张昊白一眼就认出来了，不由得怒喝道：“罗峰，你竟然跑到我家来，给我打！”

罗峰一眼就看到了庭院中全身汗湿，身上还满是脚印的父亲。此刻，父亲正弯着腰，捂着肚子，好像受了伤。罗峰的眼睛一下子就红了，这么多年来，父亲一直做着这种苦力活，还要遭人白眼，今天竟然还被这般欺负。

一个略显矮胖的保镖冷笑一声，上前一步。

“给我滚开！”罗峰怒喝一声，狠狠地踹过去，那矮胖保镖一愣，只来得及用右臂阻挡。

“砰！”

重重的一脚踹得那矮胖保镖立即瞪大了眼睛，竟然倒着飞出去四五米，才跌倒在地上。旁边另外两名保镖看到这个画面被吓住了。

“罗峰，你竟然敢到我家来打我的人！”张昊白瞪大眼睛，怒喝道，“你找死！”

“是你找死！”罗峰的眼中露出一丝恨意，恶狠狠地道。

第15章

我配合你们的工作

“一起上！”张昊白气得发狂，脸涨得通红，大吼道。

这个罗峰竟然敢到他家来捣乱，还出手打伤他的保镖。

“小心点，这家伙下手挺狠的。”跌倒在地的矮胖保镖揉了揉肚子，嘴角有血渗出，一时间竟然爬不起来。

“小子，你够狠啊！”姓王的保镖和另外一名保镖都朝罗峰迅速围过去。

这两名保镖都见识了刚才罗峰的一脚之力，他们不敢大意。

这时，罗峰已经冲到了父亲罗洪国的身旁。

罗峰还没来得及说话，罗洪国就连忙道：“我没事。小峰，小心！”

几乎一瞬间，两名保镖一左一右，同时攻向罗峰。而且，张昊白也悄悄地逼过来。

三人联手对付罗峰！

“哼！”罗峰的余光一瞥，一个转身，借着腰胯旋转的力道，迅速挥出了右臂，同时竖掌成刀，瞬间袭击过去。

“呼！”一道劲风疾速吹来。

“不好。”姓王的保镖脸色一变，立即伸出双臂去抵挡罗峰这一击。

“砰！”

罗峰的手刀重重地击在姓王的保镖的双臂上。

姓王的保镖感觉自己的双臂，痛到瞬间失去了感觉，右臂一阵无力，于是迅速后退，同时大声喊道："我的右臂骨折了！"

"什么？！"正准备动手的张昊白大吃一惊，这三名保镖可都是极限武馆的高级学员。罗峰也是极限武馆的高级学员，按道理，罗峰和这三名保镖的实力应该相差不大，罗峰不可能一记手刀就打断王姓保镖的右臂。

"不好！"

姓王的保镖受伤了，只剩下那名身材高大的黑衣保镖了。那黑衣保镖看到两位伙伴接连被击败，一时间又惊又怒。

黑衣保镖一咬牙，低吼一声，疾速踢出一脚，再挥出一拳。

"嗖！嗖！"

罗峰灵活得很，两个动作就已经避开了两次攻击，随后，毫不留情地挥出一记最猛烈的劈刀。

他的右手高高举起，宛若战刀一样猛然往下劈。

"好快的攻击！"黑衣保镖躲避不及，只能双手架在头顶，咬牙硬扛这一击。

当罗峰那可怕的攻击袭来时，黑衣保镖心中绝望了。

黑衣保镖只感觉双臂瞬间失去了知觉，而罗峰的这一记手刀根本不减力道，又击中了黑衣保镖的肩膀，使得黑衣保镖跪坐在地。

"怎么可能？"本来准备偷袭的张昊白顿时愣住了。

三大保镖都受伤了，一个捂着肚子爬不起来，一个右臂骨折，还有一个被打得跪在地上。

"张昊白！"罗峰怒发冲冠，好像要吃人一样。

"罗峰，你要干什么？"张昊白猛地连退两步，怒吼道，"这是我家！你擅闯民宅，还打伤我的人，你还敢这么嚣张！"

"你竟然敢踹我爸！"罗峰双拳紧握，全身的肌肉就仿佛钢筋一般，青筋更是如蚯蚓蠕动般一突一突的，显得十分可怕。

"你爸？你爸是谁我都不知道，凭什么说我踹你爸，你……"张昊白忽然打住了话头。

他看向角落中衣服上满是脚印的三人。

他一下子明白了，为什么罗峰不问缘由，直接冲进来打人了。

张昊白看着罗峰，大吼道："罗峰，我警告你，你……"

罗峰快速踢出一脚，直接踹在张昊白的肚子上，踹得张昊白趴在地上，涨红了脸。

"你想警告我什么！"罗峰一把抓住张昊白的衣领，将他拉了起来，令张昊白整个人都悬空了。

"你……"张昊白想说话，可是他的领口被罗峰紧紧抓着，这令他的脖子被勒住，呼吸都困难，更别提说话了。

"快把业主放下来！"一道大喝声传来。

数十名保安全副武装，拿着警棍疾速冲了过来。

天都花园小区内的很多地方都装了摄像头，哪里发生了打斗，小区保安第一时间就知道了。

能住在天都花园小区联排别墅的可不是一般人家，这些保安哪敢大意啊？

他们第一时间就赶来了，同时报了警。

罗峰瞥了冲过来的小区保安一眼，又看了张昊白一眼，手一松，张昊白直接跌坐在庭院的草坪上，身上的白衣早就被弄脏了。

"爸，没事吧？"罗峰走到罗洪国的身边，关切地问道。

"没事，都是一些皮肉伤。"罗洪国看着那三名连爬起来都困难的保镖，还有脸色难看的张昊白，担心地问道，"小峰啊，你这拳脚怎么这么不知道轻重，你将人打成这样，医药费都要赔不少，有可能人家还要告你的。"

"对啊，小峰，你出手太重了。"另外一名员工担心地说道。

"不重，打得好，他们刚刚可没将咱们当人看，下手可狠了。"那名身材高大的员工怒道。

那些保安对住在天都花园小区的有钱人家还是很清楚的，张家的这三名保镖可都是武馆的高级学员。可是，这三人竟然都受了重伤。

一时间，这些保安都不敢招惹罗峰。

毕竟，他们也是拿工资的，他们可不想像那三名保镖一样被打得骨折。

“嘟——”

忽然警车鸣笛的声音传来，所有人都转头看去，只见一辆警车停在张家门口，警车的四扇车门都打开了，四名警察迅速跑了出来。

“警察来了。”保安们立即让开。

“不好，警察来了。”罗洪国等人心中一惊，罗洪国将罗峰拉到角落，低声道，“小峰，你把人打伤了，到了公安局后，事情可能会比较麻烦。你别急，我马上去找律师。”

“爸，我通过了准武者考核。”罗峰轻声说道。

听到这句话，原本十分着急的罗洪国一下子放下心来，他不由得舒了一口气，道：“真的？太好了。小峰，你通过了准武者考核，警察是不是就没资格抓你了？”

准武者只要通过武者实战考核，就是武者了。而身体素质达到了合格线，这意味着准武者一样可以修炼基因原能。

所以，当准武者、武者被牵扯到各种案件中时，一律由基地市区安全局负责。JN基地市的案件自然是由JN安全局负责的，一般警察系统的部门是没有资格抓人的。

“嗯！不过，爸，我虽然通过了准武者考核，但是还要经过上面的审批，还要几天，准武者证书才会寄到我们家，而后才会录到我的公民身份信息中。”罗峰低声道，“所以从法律角度说，我现在还不是准武者，要过几天才是。”

只有准武者信息被录进公民身份信息中，罗峰才算一名正式的准武者。

“这几天，即便我在公安局真的有麻烦，大不了，直接通知极限武馆，请他们提供证明，证明我已经通过了准武者考核，我就可以直接从公安局出来。”罗峰说道，“不过，没麻烦的话，就没必要劳师动众了。我只是在公安局待几天而已，到时候就算我想留，他们也不敢留我的。”

罗洪国点点头。

“罗峰！”两名警察走了过来。

其中一名警察喝道："你竟然敢擅闯民宅，将人打成重伤。走，跟我们去局里一趟。"

"警察同志，我会好好地配合你们的工作。"罗峰微微一笑，上前一步，"走吧！你们就只有一辆车啊，好像坐不下啊！"

两名警察闻言一愣。

"放心，我家有车。"张昊白转头看向另一名警察，又道，"刘叔，我和这三名保镖都被他打伤了，我们都是人证。"

"一起带走。"那名姓刘的警察挥手说道。

"罗峰。"张昊白瞪了罗峰一眼，他恨极了罗峰，高中三年，他一直看罗峰不顺眼。今天罗峰再次揍了他，令他回忆起了当初在武馆被罗峰狠揍的事情，"罗峰，这次你即便不死，也得脱一层皮。竟然敢出手打我的保镖，还将他们伤得如此重，这都足以构成刑事案件了。判你坐几年牢，看你还怎么嚣张！"

罗峰却面带笑容，跟着警察上了警车。

第16章

看守所

昏暗的屋子空荡荡的，冷气不断灌进来，让人不由得身体发冷。

“这就是审讯室？”罗峰却是一副好奇的模样，他仔细地打量着审讯室，“警察把我扔在这昏暗的屋子里，冷气还开这么足，是玩心理战术吗？”

其实，这场审讯还没有开始，罗峰就已经赢了。

他已经通过了准武者考核，根本无惧他们的任何手段。

审讯室外面的监视室内，几名警察正看着摄像头拍下的审讯室内的情景，其中一名年轻女警疑惑地道：“这个年轻人怎么一点都不害怕？一般人进入审讯室，在里面待上半个小时，胡思乱想，很快就手足无措了。”

“别小看他，公民身份信息显示，他是极限武馆的一名高级学员。而且，他还连续打伤了极限武馆的四名高级学员。”一名中年警察说道。

“他一个人打伤了四名高级学员？这么厉害，不会是准武者吧？如果他真的是准武者，那可就麻烦了。”一名年轻的警察说道。

“他不是准武者，公民身份信息显示得一清二楚……”中年警察顿了顿，又道，“肖扬，跟我进去审审他。”

“是。”

审讯室。

罗峰已经在这里待了半个多小时。

“你们来了？”罗峰看着进来的两名警察，脸上带着微笑。

中年警察一怔，这个年轻人表现得很平静，这实在出乎他的意料，随后他和另外一名年轻警察坐到审讯桌前。

中年警察笑道：“抱歉，之前我们在审问其他人，耽搁了些时间，所以到现在才过来。”

“没事。”罗峰问道，“装修公司的那三名员工呢，他们现在在哪里？”

“我们已经让他们回家了。”中年警察显得很友好。

罗峰点点头。

此次，他的父亲及其工友是受害人，自然不用拘留。

“装修公司的三名员工、张昊白，以及张昊白的三名保镖，都已经说了事情经过，事实对你非常不利。你有什么要说的吗？”中年警察紧紧地盯着罗峰，问道。

一般人听到事实对自己不利，都会为自己辩解的。

罗峰淡淡一笑，道：“我没什么要辩解的。张昊白和他的三名保镖都是浑蛋！他们竟然敢打我爸，这次我只是教训教训他们而已。”

“嗯？”中年警察和年轻警察都愣住了。

“砰！”年轻警察猛地一拍桌子，怒喝道，“罗峰，你老实点，别这么嚣张！”

“嚣张？我只是在说事实。”罗峰无奈地一笑，道，“好了，我要说的就是这些。”

中年警察眉头一皱，道：“罗峰，你这么嚣张，只会让事情更糟。这份口供到了法庭，对你很不利。你下手很重，对方几乎都受了重伤，此外你是故意伤人，到时候，法官判你坐几年牢，都不是问题。你还是将事情说清楚为好。”

“我没什么好说的。”罗峰摇摇头。

中年警察目光冷厉，看着罗峰。

罗峰沉默以对。

最后，中年警察道：“好吧！到时候，你可别后悔。带他下去！”

罗峰笑了，站起身来。

审讯室外的两名警察迅速走进来，带着罗峰出去了。

Y区看守所就在公安局的旁边，现如今社会上武者风气太重，导致打架斗殴的情况非常多，所以被关押到看守所的人也非常多。每一个区都有专门的看守所用来关押这些人，罗峰将被关在这里。

“299，就是这间，进去吧。”看守的警察将罗峰推了进去，并将牢房门锁上了。

看守所里的犯人大多是打架斗殴者、小偷、酒后驾驶者，此外，还有部分是等待上法庭接受审讯的犯罪嫌疑人。

罗峰打人一事，可大可小。说轻一点，就是几个人打架斗殴。可是如果罗峰真的被告上法庭，他的确是有可能被判坐几年牢的。

当然，前提是罗峰不是准武者。

牢房中。

“啧啧，新来的？”一个光头壮汉正躺在下铺，旁边的一个中年人乖乖地为他按摩着肩膀。

光头壮汉瞥了罗峰一眼，道：“小家伙，你长得细皮嫩肉的，不错啊！过来，给我敲敲腿。”

罗峰看着光头壮汉，脸上露出鄙夷的神色。

“你聋了？”光头壮汉瞪大眼睛，突然站起身来。

罗峰依旧没有说话。

“臭小子，你找打啊！”光头壮汉见罗峰这么不给面子，猛地挥起那蒲扇般的大手，狠狠地拍向罗峰的脑袋。

罗峰的身体一晃，右手猛地伸出，一把抓住光头壮汉的手腕。

“嗯？”光头壮汉猛地一拽，却感觉手腕仿佛被铁箍给圈住了，根本没办法发力，不由得脸色大变，他知道自己遇到对手了。

“你要我给你敲腿？”罗峰的右手手指用力，同时扭动光头壮汉的手臂。

光头壮汉疼得弯下身来，连忙求饶道：“这位兄弟，我有眼不识泰山。兄弟，你放我一马。”

“啊！”一阵剧烈的疼痛传来，光头大汉忍不住发出痛苦的号叫声。

罗峰右手猛地一用力，将光头壮汉整个人一甩，光头壮汉撞在了墙上。

“如果你还想要我给你敲腿，随时说。”罗峰淡淡地说道。

随即，他纵身一跃，右手略微一借力就已经到了上铺。

光头壮汉瘫坐在墙角，揉着自己的手臂和手腕。

牢房中的那个中年人，以及另一个床铺上的精瘦年轻人，都看了看光头壮汉，又看了看上铺的罗峰。

“光头黄，怎么了？”一名警察站在牢房的门口，揶揄道，“谁惹你了，你怎么弄成这个样子？哦，提醒你一声，你们牢房新来的这个年轻人可不简单，他之前打伤了极限武馆的四名高级学员，所以才被关进来，你们安分点，别招惹他。”

说完，这名警察便哼着小曲离开了。

“不早说。”光头壮汉抬头看了看上铺，“一个人打伤了极限武馆的四名高级学员，这小子这么厉害！”

躺在床上的罗峰并没有睡着，他的脑海中浮现出之前在极限会馆看到的基因原能修炼法：“嗯，反正在这里也没事，待到深夜，周围一片漆黑，我就试着修炼基因原能。”

武者之所以拥有无可匹敌的能力，靠的就是基因原能。

当罗峰在牢房中计划夜里修炼基因原能的时候，Y区公安局附近的一家练歌房的包间中，两个年轻男人正在唱歌，其中一个年轻人正是张昊白。

“好了，你们两个出去吧！”张昊白挥手对房间中的服务员说道。

顿时，包间中只剩下张昊白和一个戴着眼镜的年轻人。

“周哥，今天请你来，是想请你帮个忙。”张昊白道。

“有事尽管说。”戴眼镜的年轻人道，“只要是我能帮忙的，绝对没二话。”

“是这样的。有一个叫罗峰的小子，总是跟我作对。这次，他打伤了我家的三名保镖，还打了我一顿，我一定要出这口恶气。现在这家伙就被关在看守所，我想请周哥帮帮忙，让看守所里面的人给罗峰一点教训。”

“哦！就这事啊，没问题。不过，要请看守所里面的人帮忙教训那小子，得花些钱啊！”戴眼镜的年轻人皱眉道。

“钱不是问题，我这里有10万。待事成之后，再给10万。”张昊白直接将旁边的一个钱袋扔过去。

“哈哈，爽快。”戴眼镜的年轻人也不看钱袋，点头道，“只要不是杀人放火，都可以。说吧，你想怎么教训那个罗峰？”

“打断他一条腿和一条胳膊。”张昊白咬牙切齿道。

“行！”戴眼镜的年轻人立即点头应允。

张昊白连忙提醒道：“周哥，这个罗峰可不是好惹的，他可是接连打伤了我和三名保镖。”

“放心吧！”戴眼镜的年轻人自信地一笑，“你只管等好消息就是。”

第17章

牢房中的深夜

深夜时分。

今天，夜空中没有月亮也没有星辰，罗峰所在的牢房一片漆黑，只有牢房外的道路上隐约有些光。

鼾声在牢房中不断响起，显然牢房中的人都已经熟睡了。

左边的上铺上，原本躺着休息的罗峰忽然坐了起来，他的双腿盘起，两只脚掌朝上，双手放在腿上，掌心朝上，腰背挺直。

“极限会馆的那篇文章写到，全世界只有一种基因原能修炼法——五心向天修炼法。一般而言，达到武者的身体素质要求后，就能进行基因原能修炼了。”罗峰深吸一口气，“文章还写到，第一次的感应是最难的。”

想要吸收宇宙中的能量，必须先感应到那些能量。

文章写到，能量遍布在地球各处，甚至宇宙星空中也有那种能量。只是，绝大多数人根本察觉不到这些能量的存在。

“只要能感应到能量，吸收能量就简单了。一般而言，有天赋的第一天修炼就能感应到能量，而普通人单单感应宇宙的能量就要耗费一年半载。”

罗峰调整了一下呼吸，而后保持五心向天的姿势。这里的“五心”指的是两个脚心、两个掌心，以及头顶的百会穴。

“调整呼吸……”

罗峰的呼吸渐渐变得平缓，他控制着自己，让自己的内心变得平静。

“身体要放松，心要静。”罗峰的自我控制力很不错，渐渐地，他完全静下来了。

一分钟，两分钟……

半个小时，一个小时……

“嗯？”罗峰忽然睁开眼睛，“宇宙能量到底在哪里？我怎么感觉不到宇宙能量？我的心刚才已经非常平静了。难道我根本没有天赋，要一年半载才能感应到宇宙能量？”

“再试一次。”罗峰闭上眼睛，再度感应着周围的宇宙能量。

放松和平静，这是五心向天修炼法强调的两点。

“还是不行。”半个小时后，罗峰再度睁开眼睛。

罗峰意识到，修炼基因原能的第一关，即感应宇宙的能量，是非常难的。

“我再最后尝试一次，若不成功，我就只能等明天夜里再试了，希望能成功。”罗峰心中期盼着。

而后，他闭上了眼睛，再度让自己的心平静下来，感应宇宙的能量。

时间一分一秒地过去。

“为什么还是没成功？”

罗峰处于近乎冥想的状态中，他的思维变得比较迟钝。

在这种近乎冥想的状态中，原本罗峰的心底还存着一丝渴望，他渴望能感应到宇宙的能量。可是随着时间流逝，他差点睡着了。毕竟正常人在深夜闭上眼睛什么都不想，熬半小时估计就要睡着了，何况他已经坚持三个小时了。

这一刻，他已经忘记感应宇宙能量了。

“好舒服。”

近乎处于睡眠状态的罗峰，依稀感应到一道道气息透过自己的脚心、掌心，以及头顶的百会穴，以极其缓慢的速度，逐渐进入了自己的身体。

“这是什么？”罗峰处于半睡半醒的状态中。

“是宇宙能量！！！”罗峰猛然惊醒过来。

他的眼睛一下子瞪得滚圆，睡意完全消失了。

他怎么都没想到，自己竟然在快要睡着的时候，模糊地感应到了宇宙能量。

“我感应到了，我感应到了，这一定就是宇宙能量。”罗峰心中又惊又喜，“按照文章中所写的，一旦达到准武者境界，绝大多数人都是能修炼基因原能的。即使自己没感应到能量，在无意识状态中，身体也会以极其缓慢的速度吸收能量。”

罗峰知道，刚才自己感应到的情况，应该就是自己的身体在自发地吸收着宇宙能量，不过，自己身体吸收宇宙能量的速度实在是太慢了。

“就是那种感觉。”

罗峰立即闭上眼再度尝试去感应能量，他的呼吸渐渐变得平缓，心也渐渐静下来。他的意识都集中在了脚心、掌心，以及头顶的百会穴，他努力地感受着之前感应到的能量。

迷迷糊糊间，自己似乎感觉到了那种能量，又似乎没感觉到。

渐渐地，这种感觉变得真实。

就是它！

一丝丝微弱的能量缓缓飘荡，在靠近罗峰的脚心时，有一丝能量渗透进去了，速度非常慢。

“这就是宇宙能量。”罗峰的意识集中在“五心”上，自然出现吸收宇宙能量的念头。双脚脚心、双掌掌心、头顶的百会穴吸收宇宙能量的速度在加快。

如果说一开始，宇宙能量仿佛从水管的漏缝中一滴一滴，缓缓滴进罗峰体内，那现在，这水管漏缝则变大了，就仿佛一道小水流，不断流进罗峰体内。

“啊！”一种感觉涌向罗峰全身，让罗峰不由得一颤。这些无形无色的宇宙能量进入罗峰的体内后，就被他身体中的细胞疯狂吞噬。

宇宙能量进入细胞中，便迅速被细胞内的线粒体吸收了，同时释放出一股奇异的能量，这股能量迅速地被细胞吸收，整个细胞立即开始发生翻天覆地的变化，基因蓝图也发生了细微变化，同时细胞开始分裂，一分为二。

时间一分一秒过去……

罗峰的身体不断地发生变化，表皮、肌肉、骨骼，乃至体内的每一个细胞，甚至是基因都在发生细微变化。这种变化是生命的进化，也是生命基因的优化。

“按照修炼法中所说，因为人从出生以来，从来没有有意识地吸收过宇宙能量，所以一直处于饥饿状态。第一次吸收宇宙能量，吸收得最多，也是实力提升得最快的一次。”罗峰感觉到全身从内而外，都在发生着质的变化。

整个地球上，乃至宇宙中，都有着无穷无尽的宇宙能量，罗峰如今吸收的只是一点点宇宙能量，完全可以忽略不计。

不过，对罗峰而言，这是他从小到大实力提升得最惊人的一次。

他的骨骼密度提升了，细胞的体积缩小了，一个细胞分裂成了两个细胞，肌肉组织开始进行优化，自然而然地，他的体重也在不断地增加。

生命就是这么奇特!

随着宇宙能量不断地涌入大脑，罗峰大脑中的基因再次发生了变化。自罗峰出生起，他昏迷过三次，导致大脑中的基因发生过三次震动。

而今夜，随着大量的宇宙能量涌入，罗峰的大脑中的基因再次发生了震动。不过，此次震动和前三次不同，这次震动更加隐秘，修炼中的罗峰根本没有察觉到。

“当——”

清晨，太阳刚刚升起。六点钟，看守所里就响起了铃声。

一个个牢房中的被关押者都起床了。

盘膝坐了一夜的罗峰终于睁开了眼睛，他的脸上露出了一丝笑容：“果然，这第一次自主吸收宇宙能量，吸收的时间最长，竟然吸收了快两个小时才达到饱和状态。”

罗峰清楚地感觉到，自己身体中蕴藏的力量比过去大了很多。

“这一夜，我的实力大大提升了，比我上次高考昏迷后的效果要好得多。”罗峰暗自思忖，“我现在一拳的拳力应该有1500千克吧，或许更大。”

至于拳力到底增大了多少，只有经过详细的测试才能知道。

“吃早饭了，吃早饭了。”看守所中的囚犯都出了牢房，去吃饭了。

罗峰直接跳下床，刷牙洗脸，准备去吃早饭。

这个时候——

牢房外的走廊上，三名犯人经过罗峰的牢房。

其中一人大声问道：“光头黄，听说你们牢房来了一个高手，那家伙之所以被关进来，是因为打伤了极限武馆的四名高级学员？”

“嗯，刘哥，这小子厉害着呢！”罗峰所在的牢房中，那光头壮汉点了点头。

“哦！”三名囚犯相视一眼。

其中一名囚犯低声道：“牢房、年龄、实力都对得上，周哥说的人就是他。”

第18章

械斗

看守所。

吃过早饭后，囚犯们一一回到了自己的房间。

从左边数的第三间牢房关押的四人都静静地躺在自己的床上，其中一个胖子低声说道："大哥，吃早饭的时候，我已经和李老大他们说过，李老大同意了。我们这边出三个高手，加上李老大那边的两大金刚，就有五个高手了，对付那个罗峰，应该没问题。"

"胖子，听说那罗峰一人就打倒了极限武馆的四名高级学员，这小子很难对付啊！"一个壮汉低声道。

"黑狗、胖子，这次除了我们之外，周哥会让眼镜蛇出手的。即便我们打不过罗峰，我相信，眼镜蛇一定能对付得了罗峰。"一个独眼中年人冷冷地道。

"眼镜蛇？"胖子和黑狗都吓了一跳。

"嗯，眼镜蛇刚好被关在看守所。"独眼中年人点头道。

"既然有眼镜蛇在，那绝对万无一失。"胖子激动地道，"不过，大哥，眼镜蛇到底长什么样，我们还没见过他呢。"

"中午吃饭的时候，我再和李老大商量一下具体行动。"独眼中年人低声道，"不出意外，今天吃晚饭的时候，我们就动手。记住，都带好武器。"

这些囚犯所谓的武器，就是刀片，还有牙刷柄磨成的尖刺刀。虽然看守所里的检查比较严格，但是严格程度无法和重刑监狱相比。

即便是重刑监狱，手眼通天的人也能将枪支弹药送进去。当然，看守所里的这些囚犯都是一些小人物，使用的也只是刀片、玻璃片等锋利的东西。

傍晚。

“罗哥。”

“罗哥。”

罗峰从牢房中走出来，在走廊上碰到了一些囚犯，他们一个个都乖乖地和他打招呼。

罗峰一个人就打伤了极限武馆的四名高级学员，如此“辉煌”的战绩，昨天晚上便已经传开了，现在看守所里的人几乎都知道这个年轻人的实力了。

所有人都聚集在食堂里。说是食堂，其实就是一个封闭的大厅。食堂里面，摆放着足足数十张银色长桌。

“看守所里一切都好，就是伙食太差。”昨夜修炼基因原能成功了，令罗峰今天心情很好。他从看守所监管人员那里领了一个塑料饭盒。

罗峰看了看，饭食是烂泥模样，他尝了一口，有点土豆的味道。

“这就是传说中的生物餐？”罗峰摇了摇头。

银色的大厅，银色的饭桌和长凳，银色的饭盒。穿着囚服的囚犯都走了进来，排队领了饭，而后去吃饭。

罗峰坐在长桌旁，低头开始吃生物餐，而这时，一个戴着眼镜的消瘦少年端着饭盒坐到罗峰的旁边。

这消瘦少年低头吃了两口，不由得骂道：“猪和狗吃的都比这个好。”

“你输了，快给我两根香烟。”

“你搞什么玩意啊！”

银色大厅中，上百名囚犯说着话，乱糟糟的。两名看守的警察站在栏杆外，手持突击步枪，瞥了大厅一眼，继续谈笑。银色大厅角落的摄像头正不断运转，记录着大厅中的一切。

一个独眼壮汉坐到罗峰右边的长桌旁，瞥了罗峰一眼，道：“你叫罗峰？”

罗峰看了独眼壮汉一眼，道：“你是？”

“我姓隆。”独眼壮汉咧嘴一笑。

“独眼龙。”一声低喝响起。

一个矮胖的汉子坐在独眼壮汉的对面，这矮胖汉子身侧还坐着两个壮汉，两个壮汉都冷冷地看着独眼壮汉。

矮胖汉子冷笑一声，道：“昨天下午我们出去放风的时候，你的人打了我的兄弟。说吧，这事要怎么解决？”

“滚。”独眼壮汉翻了个白眼，大喝道，“李胖子，你给我滚远点，惹恼了我，别怪我不客气。”

矮胖汉子冷笑一声，道：“独眼龙，看来你不想和我谈。”

在旁边吃饭的罗峰低头吃了两口，瞥了他们一眼，不由得笑了。在他看来，这显然是牢房当中两个颇有势力的头目斗起来了。

“谈个屁，你算哪根葱，竟然想跟我谈，给我滚蛋。”独眼壮汉怒喝道。

“给我打！”矮胖汉子面目狰狞，猛地一声大喝。

矮胖汉子身侧的两个壮汉瞬间站起身来，其中一个壮汉一把掀起银色长桌，举起银色长桌砸向独眼壮汉，另外一个壮汉则闪电般踢出一脚，狠狠踹向独眼壮汉。

“敢打我老大！”

“兄弟们，上。”

整个银色大厅瞬间变得混乱不堪。

“砰！”一名囚犯搬起板凳，狠狠地砸向大厅墙角的摄像头，看守所里每一次发生大规模械斗第一件事情就是砸毁摄像头。警察没有证据，自然不能拿他们怎么样，到时候打斗经过自然可以由这些囚犯随意编撰。

“啊！”独眼壮汉挥出右臂，抵挡住了那个壮汉的一脚。

可是，那一脚非常重，使得独眼壮汉连退好几步，退到了罗峰的身旁。

那两个壮汉瞬间跑过来，继续攻击独眼壮汉。

此时，独眼壮汉手下的小弟都朝这边冲来了。

一时间，罗峰所在的位置成了打斗的中心。

“我只是吃个饭而已，竟然遇到了械斗。”罗峰当即站起身来。

他可不想掺和这些事。

这时候，独眼壮汉手下的一个胖子冲到罗峰旁边，手中突然出现了一根长螺丝钉磨成的尖刺刀，锋利的尖刺直接刺向罗峰的背。

而之前还踉踉跄跄的独眼壮汉，手一翻，手中竟然出现了一个有着塑料把手的刀片，他手持刀片直接刺向罗峰。

“不好！”罗峰察觉到了危险。

然而，已经来不及了。一个尖锐的物体刺入了他背部的肌肉中，但是，那尖锐的物体紧接着被肌肉夹住了。罗峰仿佛狸猫般迅速弹跳起来，越过了前面的饭桌。

就在这个时候，那两个壮汉几乎同时伸出了强劲的腿，狠狠地踹向罗峰。

“找死！”罗峰瞬间明白了一切，猛地低吼一声。

他的双拳狠狠地袭向那两个大汉。

两个大汉冷笑一声，很不屑。在这个看守所中，他们号称“两大金刚”，这是因为他们的腿部力量极强，一旦爆发，要比手臂的力量强得多。

他们岂会惧怕罗峰？

“砰！砰！”

两道沉闷的撞击声响起，之前极其凶猛的两个壮汉痛苦地大叫一声，两个人竟然被罗峰的双拳击飞，撞击在远处的桌子上，猛地吐出一口血。

“啊——”两个壮汉捂着腿在地上打滚。

“什么？！”独眼壮汉和他身侧的胖子、黑狗都吓了一跳。

这时，刺耳的鸣叫声响起。看守所的警察迅速从各自的休息处冲出来。

罗峰一摸后背，衣服上都是血，心中一紧。

传言果然没错，能修炼基因原能的武者一拳的拳力达2000千克，普通的小口径手枪子弹，已经无法射穿他的肌肉了。

“刚才那胖子的尖刺只是刺入了我的皮肤表层，并没有刺入肌肉。”罗峰看了一眼独眼壮汉和矮胖汉子，眼中闪过一丝怒意，“原来你们是在演戏。”

独眼壮汉和矮胖汉子见状，大惊失色。

“都给我上！他受伤了，没什么战斗力了。”独眼壮汉大吼道。

“大家一起上。”矮胖汉子也大吼道。

同时，他们都搬起板凳，朝罗峰砸过来。

老大都动手了，那些小弟哪里会袖手旁观。一个个都搬起板凳朝罗峰冲了过去，现场一片混乱。

罗峰一闪身便化作一道幻影。他的双腿疾速出击，把朝他冲过来的人都踢飞了。他并没有下狠手，毕竟这些只是小喽啰。可是，那领头的独眼壮汉想置他于死地，那个矮胖汉子还刺了他一刀，他可不会手软。

罗峰一记掌刀直接斩在板凳上，将板凳斩断，而后伸出右手，朝独眼壮汉袭去。

独眼壮汉被打得连连后退，手臂被打断了。

一个个囚犯被打得嗷嗷叫，板凳和桌子都被砸碎了。

在罗峰横扫一群囚犯的时候，一直在人群中默默看着的消瘦少年，忽然一挥手。

“嗖！”一道光瞬间划过长空，已然到了罗峰的面前。

第19章

神秘力量

这个消瘦少年正是Y区看守所内出名的“眼镜蛇”，他成名靠的就是飞刀绝技。从之前其他囚犯疯狂围攻罗峰的时候，他就一直在寻找动手的机会，而现在罗峰正被一群囚犯围攻，他出手了！

他非常阴险，一直准备偷袭罗峰。他的飞刀飞出的时候，刚好被一名囚犯挡住了，罗峰根本没看到有飞刀朝自己射来。

“嗖！”飞刀从一名被踢飞的囚犯身侧擦过。

当罗峰看到飞刀的时候，飞刀距离他只有两米。

“不好！来不及了。”罗峰的神经反应速度一向很快，可是，这么短的时间他根本来不及躲开。

飞刀并没有射向他的要害处，而是射向了他的右肩处。

“不！”罗峰大叫一声。

对于他而言，手臂是极为重要的，他是用刀的，而他最擅长的就是右手用刀。一旦右肩关节被射穿，骨头裂开，没几个月时间，是根本没法施展刀法和怪兽厮杀的。

也就是说，一旦他的右肩被飞刀射中，8月1日的武者实战考核他就没法参加，只能等到第二年的2月1日了。

“闪开！”

飞刀的速度快得惊人。

短短两米距离，罗峰根本没办法思考事情的后果，在这千钧一发的时刻，他的神经瞬间紧绷，全身筋骨力量爆发到极限，他死死地盯着这柄飞刀，心中只有一个信念——

躲开这柄飞刀，不能让飞刀射中自己的肩膀。

“呼！”

在飞刀即将射中罗峰右肩的瞬间，刀尖竟然略微改变了方向，本来是呈直线射向罗峰的肩膀，现在变成了擦着罗峰的肩膀而过，只是擦破了一层皮。

“全部蹲下！全部蹲下！”

“快，蹲下。”

这个时候，那些警察手持突击步枪已经冲进了食堂，之前还在疯狂围攻罗峰的囚犯们立即乖乖蹲下，连“眼镜蛇”都蹲了下来，他震惊地看着罗峰，心中暗道：“怎么会这样？我那一记飞刀怎么会出现失误呢？”

见到警察冲进来，罗峰也立即蹲下。

“刚才飞刀怎么会偏离方向呢？”罗峰心里很疑惑。

就在这个时候，罗峰的头没有任何征兆地疼起来了，仿佛有一根尖刺在刺他的脑袋，疼得他全身不由得抽搐起来，直接倒在了地上。

“这是怎么回事？”

“你们几个跟我过来看看。”

警察已经控制住了局面。他们震惊地看着罗峰，只见罗峰全身通红，汗珠不断地渗出，甚至还渗出了一颗颗血珠，罗峰全身的衣服很快被染红了。

罗峰身上的青筋暴突，他的模样变得十分可怕。

“不好，他已经疼晕过去了。”

“快，快把他送到旁边的医护室去。”

警察们都被罗峰的样子给吓住了。

罗峰已经完全失去了意识，可他的身体还是通红通红的。

一股股强大的神秘力量不断地从罗峰的大脑中涌出，瞬间融入罗峰身体的每一处。在这股神秘力量的控制下，罗峰全身的骨骼、五脏六腑、血液、肌肉、皮肤都在发生着剧烈的变化，就连每一个细胞都在不断地发生着变化。

按道理，这么剧烈的变化，会使他的身体承受不住而崩溃。可是，那一股股神秘能量不断地融入他的身体中，他的身体虽然出现了抽搐、血液渗出、骨骼震颤等诸多现象，可是身体没有出现一点内伤。

“快，快送到医护室去。”警察们立即将罗峰抬走，送往医护室。

此次大规模械斗的经过也很快被查清楚了。

晚上8点。

看守所一座幽静的三层小楼中，一楼客厅里，挂在墙上那足足有200英寸的大屏幕投影上，正放映着一部电影。

“暂停。”坐在沙发上的一个穿着睡袍的中年人开口道。顿时，放映着的电影暂停了。这时，外面才传来敲门声。

“进来。”

门自动打开，一个穿着军装的男子走了进来，恭敬地道：“所长，这次大规模械斗已经查清楚了。周华阳安排囚犯对付那个叫罗峰的年轻人，结果，一大群囚犯被罗峰打伤，其中有几个身受重伤。”

“周华阳？他仗着周家的权势，还真是够嚣张的。”中年人冷冷地道。

“虽然是周华阳安排的，但是真正对罗峰下手的另有其人，据我们猜测，幕后之人应该是张昊白。”军官恭敬地道，“我们翻看了罗峰的档案，他被关进看守所，跟张昊白有关，张昊白请周华阳帮忙的可能性很大。”

“不过所长，据我们对当时械斗情况的调查，再结合那些被拳头打得变形的金属板凳和金属桌子，我们判断，这罗峰的身体素质肯定达到了武者的身体素质的要求。”军官肯定地道。

看守所食堂里的凳子和桌子都是金属制品，罗峰仅仅用拳头就将金属凳子和金属桌子打得变了形，甚至他一记掌刀就将金属凳子给斩断了。

这是何等可怕的实力！

“达到了武者的身体素质要求？！”一直很淡然的中年人猛地站了起来，他眉头一皱，紧紧地盯着军官，“你确定？”

“确定！”军官回道，“我刚刚打电话问过雷电会馆和极限会馆的负责人，进行了核实。进看守所前，罗峰就参加过准武者考核，并且已经通过了，只是还没有录入公民身份信息之中，这几天就会被录进去。”

“准武者？他是一个准武者，为何会被关进看守所呢？”中年人眉头紧蹙，“罗峰若是真的闹腾起来，那可就麻烦了。”

无论是哪一方的武者，武者的权益都是被看得很重的。

如果罗峰在看守所里吃了亏，肯定会惹得全体武者不满，到时候麻烦就大了。毕竟警察系统是没有资格对武者做出拘留行为的。

“现在罗峰人在哪里？”中年人问道。

“罗峰从小就有奇怪的头疼病，他高考时就发作过，刚刚又发病了。不过，现在他已经恢复正常，此刻还在医护室，处于昏迷状态。”军官回道。

中年人思忖片刻，下令道：“你立即派人将罗峰送到旁边的军人疗养小区，让他好好休息。待他醒来后，你代表我向他道歉，明天一早，我们再联系他所属的极限武馆，说清楚这事，务必大事化小，小事化了，再将他送回家。”

“是，所长。”军官立即领命离去。

深夜。

幽静的卧室中，罗峰的眼皮微微一动，然后便睁开了眼睛。

“这是哪里？”罗峰清醒过来了，他的目光扫向周围，卧室旁边的护栏上的斑点是那般清晰。

此外，他能听到周围住户人家看电视的声音，甚至还能听到远处马路上夜间行走的路人的对话声。

“看来我的听力提高了很多。”

罗峰当即下床，走到卧室的窗户前，他环视四周，发现他的视力、听力，乃至嗅觉都有了惊人的提升。

他的目光落在旁边的凳子上，他心念一动，一股力量瞬间控制住了凳子。那股力量是肉眼无法察觉到的，他却能清晰地感觉到，那股力量是从他的脑海中瞬间发散出去的。

“这是什么力量？我怎么有了这样的力量？”罗峰感觉心跳加快。

他觉得不可思议，这股力量好像他的手一样，任由他掌控。

“呼！”在这黑夜之中，那把凳子竟然悬浮起来了。

罗峰心念一动，当即看向旁边的床铺，顿时床铺也悬浮起来了。而后，他转头看向旁边的电视柜，顿时，电视柜也悬浮起来了。紧接着，三把椅子、一张茶几以及旁边的衣柜都悬浮起来了。

很快，整个卧室中的物品几乎都离开了地面，仿佛是在没有引力的太空中一样。

“我能控制这么多东西悬空，却一点吃力的感觉都没有。”罗峰缓缓地在阳台上踱步。周遭一片寂静，罗峰的目光落在护栏上。而后，他心念一动。

“咔！”护栏上的一根钢柱缓缓旋转，而后硬是从护栏上脱离下来，这一根钢柱，在罗峰的注视下，前段开始逐渐旋转扭曲，变得锋利起来，成了一根钢刺。一切都悬浮在半空中，由罗峰释放的力量控制。

“去吧！”罗峰立即说道。

这根钢刺快如闪电，射向下方小区中的一座假山，速度十分惊人。

这根钢刺瞬间刺穿了假山上的巨石，而后，钢刺又返回来了，继续袭击巨石。

“嗖——”

只见钢刺化作数道幻影，疯狂地袭击着假山。

“砰！”忽然一声爆炸声传来。

假山足足有两三米高，此时彻底爆裂开来，化作无数碎裂的石块。

而一直被罗峰控制的钢刺也完全爆裂开来，碎成粉末。

“是谁？”

整个军人疗养区立即响起警报声，一盏盏聚光灯亮起，不少警卫手持枪械冲了出来。

而罗峰本人则一缩脖子，立即溜进屋子，心中很震惊："那大石头足足有一两米厚，竟然瞬间就被我的钢刺给刺穿了。我控制的钢刺的威力足以和重型狙击枪穿甲弹的威力相比。不过，这钢刺不够结实，不够锋利，最后完全被反震，碎成了粉末。"

"我用钢刺来回袭击了上百下，不就等于有上百颗穿甲弹射出去了吗？"罗峰倒吸一口凉气，"这到底是怎么回事？"

普通的军人疗养小区中，出现了如此神秘且可怕的力量。

第20章

暗金色圆球

幽静的卧室内，没有开灯。

在昏暗中，罗峰坐在旁边的小沙发上，心情始终无法平静，不由得轻叹道：“这力量太强了！普通的军用小口径手枪恐怕也只能将那假山上的巨石打出一个小洞而已，而我控制钢刺竟然能轻易地刺穿整座假山，威力实在太大了！”

数十年来，人类和怪兽的战斗没有停止过。而人类之所以一直没有取胜，就是因为怪兽太强大。

怪兽群体也有强有弱。

即便是实力最弱的怪兽，也可以无视军用小口径手枪。别说怪兽了，就是实力最弱的武者，一般都能靠肌肉卡住普通小口径手枪的子弹。至于厉害的怪兽，基本可以无视普通热兵器。只有一些重型狙击枪、大口径重机枪、高射机枪以及机炮等，才能对怪兽造成威胁。

当然，一些实力超群的怪兽并不怕这些武器，如黑冠金雕，即便被20毫米口径的火神炮疯狂轰击，也不会掉一根羽毛。

这才是最可怕的。

“我竟然能隔空控制物体，难道……”罗峰心念一动，“难道这是精神念师的精神念力？”

关于精神念师，罗峰知道得很少。

他只知道，精神念师一般都是厉害的武者，同时也修炼基因原能。只不过，精神念师在修炼基因原能的基础上，还要修炼第二种能量——精神念能。精神念能一般被称为精神念力。

“是不是精神念力，还要等日后好好查验，才能确认。”罗峰心中暗道。

从小到大，罗峰只见过一位精神念师，就是被Y城极限会馆总教官邬通称为队长的神秘黑袍银发人。

“钢刺的穿透力的确很强。可是，黑冠金雕这个级别的怪兽根本不怕，只有激光炮、核武器才能对它们产生威胁吧！”罗峰心里清楚，自己现在的实力虽然惊人，但是全世界还有很多比自己强大的人。

比如那位出现在网络视频中，杀了黑冠金雕的绝世强者。

他的移动速度超过了音速，一刀就能将黑冠金雕劈成两半，一脚就能毁掉一座六层的居民楼。

这就是武者中的绝世强者。

“而世界第一强者洪和世界第二强者雷神的实力也很强，他们可以和世界五大强国的首领平起平坐。”

罗峰深吸一口气，他们能够和国家的首领平起平坐，由此可知他们各自的实力是何等惊人。

“我现在即便能控制钢刺，恐怕都无法碰到他们的身体。”罗峰心中暗道。

虽然他变强了，但是强者还有很多。

对于罗峰来说，那些绝世强者是遥不可及的。

现如今，以罗峰的实力，只能够让家人过上幸福美好的生活。

“努力吧！我现在还年轻，将来说不定也能跻于世界顶尖高手的行列。”罗峰对未来充满期待。

幽静的卧室中，罗峰发现了自己体内隐藏的神秘力量，激动得难以入睡。

“今天太激动了，恐怕很难睡着了，还是修炼基因原能吧！”

罗峰在床上盘膝而坐，摆出五心向天的姿势，而后闭上眼睛，开始修炼。

因为有了第一次的经验，加上体内已经有基因原能了，所以这次修炼他很容易地就感应到了宇宙能量。

宇宙能量通过脚心、掌心、头顶的百会穴不断地流入罗峰的体内。

“今天吸收宇宙能量的速度似乎更快了。”

宇宙能量沿着五条通道进入罗峰的体内，罗峰身上的每一个细胞都疯狂地吞噬着这些神奇的宇宙能量。

经过细胞内线粒体，宇宙能量被转化为基因原能。

“咦？”

罗峰感应到，不少宇宙能量涌入他的大脑中。

“轰！”他的灵魂仿佛震动了。

之后，他发现，自己的意识到了一个神奇的地方。

这个神奇的地方无边无际，弥漫着无尽的雾气。中央有一个暗金色圆球，这暗金色圆球宛若恒星一般缓缓地转动着，同时散发出阵阵雾气。

这里的雾气不断地增加。

“这雾气……是精神念力？”

罗峰感应到的雾气的力量，正是自己控制物体的精神念力。

“还有……”

罗峰看到，一股股能量正不断地渗透进来，而后很快就化成雾气。

他的意识感应出，那正是宇宙能量。

“雾气是精神念力，而能量是宇宙能量。也就是说，宇宙能量被我的大脑吸收了，而后转化为精神念力。我的精神念力正是从大脑中释放出来的。”罗峰心中一惊，“这里就是我的脑海？或者说，这是我的识海？”

“识海”是武者们对脑海的特定称谓。

“这识海中央怎么有一个暗金色圆球？”罗峰很疑惑。

只见那缓缓转动着的暗金色圆球不断地散发着精神念力，在这个过程中，罗峰感觉自己的识海很舒服。

“从小到大，我昏迷过四次，恐怕就是这暗金色圆球的缘故。”罗峰有一种直觉，“暗金色圆球释放出的是精神念力？”

“过去，我是没有精神念力的，这次昏迷后，我才有了精神念力。”罗峰默默思忖着，“那么应该就是在这次昏迷过程中，这暗金色圆球释放出了大量的精神念力，不仅让我拥有了强大的精神念力，同时还顺带改造了我的身体。”

罗峰的身体素质的确很强，可是和精神念师相比，他的身体素质还差得很远。

“对了。之前那群囚犯攻击我，其中一个囚犯射出了飞刀，就在那飞刀即将射穿我的右肩时，忽然改变了方向，应该是我的精神念力起作用了。”罗峰暗自推断着。

的确，这次他昏迷时，暗金色圆球释放出了大量的精神念力。

实际上，罗峰第一次修炼基因原能，吸收宇宙能量的时候，就已经引起了识海的变动。即便不是因为这次械斗，令暗金色圆球提前释放出了大量的精神念力，随着时间流逝，他也会拥有精神念力的。

这次罗峰遭到了飞刀偷袭，体内的能量提前被唤醒了。

“过去我总是头疼，以致昏迷了四次，十有八九是这暗金色圆球作怪。不过，现在暗金色圆球不断地释放出精神念力，应该不会再让我昏迷了吧！”罗峰心中暗道。

这就好像堤坝阻挡洪水一样。过去，暗金色圆球一直无法释放出精神念力，才会使得罗峰每天都会头疼一阵。而现在，暗金色圆球好似有了一条可以泄洪的渠道，不断地释放出精神念力，罗峰自然就没事了。

第二天清晨，当罗峰离开卧室下楼的时候，发现客厅中坐着一人。

“罗峰先生，早上好。”身穿军装的男子立马站了起来，笑着问候道。

“你好。”罗峰疑惑地道，“这里是什么地方？我怎么会在这里？还有，我好像没见过你。”

军官笑着回道：“自我介绍一下，我是Y区看守所的董安，而这里是我们Y区的军人疗养小区。罗峰先生，没想到你已经通过准武者考核了。我们看守所自然没权力关押，你现在可以回家了。”

“哦！”罗峰点了点头。

昨天自己打伤了那么多囚犯，还将食堂的金属桌凳都打得变形了，他的实力之强显而易见。

他们主动放他走，他并不觉得奇怪。

“我想问一下，到底是谁想害我？”罗峰皱眉问道。

军官有些迟疑。

“如果你们看守所无法回答我的问题，我会通过极限武馆向JN基地市安全局提交申请，查出一切真相。”罗峰冷冷地道。

这件事情一旦上报，被人知道一个准武者在看守所里遭人围攻，而看守所的警察竟然包庇幕后黑手，看守所的人绝对会有麻烦的。

军官连忙笑着说道：“罗峰先生，别生气。事情是这样的，据我们调查，此次械斗的始作俑者是Y区的地头蛇周华阳。他安排了那些囚犯对你进行围攻，目的是打断你的一条腿和一条胳膊。”

“哦？”罗峰眉头一皱，继续道，“他们想打断我的一条腿和一条胳膊，真够狠的！他们这是想废了我啊！可是，我并不认识周华阳，谁让他这么做的？”

军官连忙回道：“我们已经审问过周华阳，是一个叫张昊白的年轻人指使他的。”

“张昊白？”罗峰的眼睛瞪得滚圆，“这家伙真是不知死活！”

军官笑着说道：“他的确是不知死活。罗峰先生，你可以选择向JN基地市安全局申请捉拿张昊白。他指使周华阳伤害准武者，这是重罪！判有期徒刑二十年都很正常。

“不过，你别怪我多嘴，张昊白的叔叔是一名武者。你可以不给他叔叔面子，向JN基地市安全局申请捉拿张昊白，JN基地市安全局是管理武者的机关，权力极大，虽然张昊白的叔叔是武者，但是也不可能影响JN基地市安全局办事。

“你是选择不惜得罪张昊白的叔叔，依旧要申请捉拿张昊白，还是和他私下调解，让张家赔钱，一切都由罗峰先生你自己决定。我的话已经带到，这是你进入看守所前被收缴的随身物品，都放在这里了。”

罗峰点点头。

自己是该私下调解，让对方赔一笔钱，还是坚决对付张昊白呢？

“喂，爸。”罗峰拿起手机，拨通电话，“我已经出了看守所，过会儿就能到家。放心吧，爸，你儿子现在实力很强，怎么可能有事？”

第21章

罗哥，你好

罗峰被看守所放出来的当天上午，在一家古色古香的茶楼的包间中，周华阳和张昊白两个人对坐，俩人面前的茶水热气腾腾，香气弥漫。

“周哥，这一大早，你把我喊来，到底什么事？”张昊白压低声音，轻声询问道，“难道是那件事情有结果了？周哥，你放心，事情搞定了的话，钱绝对没问题。”

张昊白很期待，他很想知道罗峰是不是真的被打断了一条腿和一条胳膊。

周华阳坐在那里，脸色阴沉，一声不吭。

“周哥？”张昊白感觉到气氛不对，低声问道，“周哥，你倒是说话啊。”

“张昊白，你够狠啊！你自己找死，竟然把我也拖下水。”周华阳看着张昊白，恨恨地道。

“啊？周哥，你说的什么话，我怎么了？”张昊白一头雾水，急切地道，“周哥，到底是怎么回事，你跟我说清楚。”

看到周华阳表情凝重，张昊白察觉出了不对劲，可是他实在不知道到底发生了什么事情。

周华阳深吸一口气，沉声道：“张昊白，你是让我请人打断罗峰的一条腿和一条胳膊，对吧？”

“是，怎么了？”张昊白点点头。

“哼！你还有脸问怎么了！”周华阳冷哼一声，没好气地道，“你要我对付的罗峰是准武者。”

“准武者？！”张昊白闻言，脸一下子就白了。

包间内陡然安静下来，张昊白脸色苍白，傻傻地坐在那儿一动不动，额头上不断渗出冷汗。

周华阳坐在一旁，端着茶杯，慢慢地喝着茶，也不说话。

“怎么会这样，怎么会这样？”张昊白心中很恐慌，他的叔叔是武者，他对于准武者有一些特权的事是比较清楚的。他竟然派人要打断准武者的一条腿和一条胳膊，准武者完全可以让JN基地市安全局来抓自己。

他若是被关进了JN基地市安全局，这辈子就完蛋了。

“不，不……”张昊白的脸色煞白。

“你现在知道害怕了？！”周华阳气得将杯子重重地摔在桌上，怒喝道，“你这个蠢货，你想死，也别拖着我啊！你竟然都没摸清罗峰的准武者身份，就让我安排人去打断罗峰的一条腿和一条胳膊，罗峰若是上报安全局，我的麻烦就大了。”

周华阳气得咬牙切齿。

“周哥，我怎么办？我该怎么办？”张昊白连声问道，“我、我不想被JN基地市安全局的人抓走，你告诉我，我现在该怎么办？”

对于普通人而言，JN基地市安全局是一个神秘又可怕的地方。一旦被JN基地市安全局的人抓走，那么这一辈子就完了。

“对了，周哥，你有没有把我供出去？”张昊白连忙问道，他请周华阳办的事，只有他和周华阳两个人知道，只要周华阳没把他供出去，那么这件事情还有转圜的余地。

“你这个浑蛋在想什么呢？”周华阳指着张昊白，怒气冲冲地道，“政府的人都来审问我了，我哪敢不说？我不说，难道要我替你去死啊？”

张昊白闻言一怔。

的确，周华阳如果不把他给供出来，周华阳自己就倒大霉了。

“我是看在你我这么多年交情的分上，才来告诉你一声，以免你被JN基地市安全局的人抓去，还不知道到底是怎么回事。”周华阳嗤笑一声，又道，“我劝你，还是赶紧回去，将这件事和你爸商量商量吧，你爸兴许还有办法救你。兄弟，我就不多说了，先走一步！这一桌的账我已经付了，不必你买单。”

说完，周华阳直接拉开门，走了出去。

包间内顿时只剩下张昊白一人。

“怎么会这样？”张昊白瘫坐在椅子上，依旧不敢相信，“罗峰怎么会是准武者呢？高考前，他一拳的拳力也就达到800千克。这才几天啊，他怎么可能成为准武者？”

“不，不，我不想被关进JN基地市安全局。爸、爸……我去找爸爸。”

张昊白想着，迅速冲出茶楼，以最快的速度赶回家。

张昊白家。

张昊白坐在客厅的沙发上，双拳紧握，身体微微发颤。

“咔！”门开了。

“昊白，这么急着喊我回来干什么？你还说什么，我若是回来晚了，你就死定了，到底怎么回事？”从公司急匆匆赶回来的张泽龙刚进家门，急忙问道。

一看到儿子的脸色，他的心中就有一种不好的预感，暗道：“不好，这孩子肯定是惹了大祸。”

“爸，我惹祸了。”张昊白抬头看向张泽龙。

简简单单的几个字，让张泽龙的心一阵冰凉。

“到底是怎么一回事？你不要漏下任何一个细节，把整件事情说清楚。”张泽龙的表情变得严肃，虽然预感到事情很麻烦，但是张泽龙并没有自乱阵脚，毕竟他是从大涅槃时期熬过来的，什么大风大浪没见过？

张昊白深吸一口气，道：“是这样的。上一次，装修公司送家具来家里……”

张昊白不敢有丝毫隐瞒，将事情全部说了出来。

“你竟然敢找人打伤准武者！”张泽龙怒喝道。

“我、我不知道罗峰是准武者。”张昊白被父亲一瞪，顿时慌了，“我若是知道的话，打死我，我也不敢这么做啊！”

张泽龙深吸一口气，没有回话，当即拿出手机，拨打电话。

“嘟——”张泽龙的手机响起了忙碌音。

看到这一幕，张泽龙眉头一皱。

“爸，怎么了？”张昊白连问道。

“我给你的叔叔打电话，你叔叔现在正在基地市区外猎杀怪兽，不接电话。”张泽龙坐在沙发上，“只能等他回电话了。”

基地市区外有很多怪兽，说不定什么地方就隐藏着一头。所以，武者一般都是寻找一个安全地点，才会和市区的人联络。

片刻后——

“大哥，什么事？”一道低沉的声音响起，“我现在比较忙。”

“阿虎，这次事情不小，你侄儿闯大祸了。”张泽龙说完，眼眶都红了。

“昊白又闯什么祸了？大哥你慢慢说，我听着。”张泽龙的弟弟张泽虎在电话那头说道。

“是这样的……”张泽龙立即将刚才张昊白交代的事情复述了一遍。

手机那头沉默了片刻。

之后，传来了张泽虎的声音：“昊白这孩子太放肆了，竟然敢找人去打伤准武者，胆子未免太大了。这样吧，从今天起，你让昊白待在家，不要再出去惹祸，也不要再去见那个罗峰。”

“好的！”张泽龙连连点头。

“知道了，叔。”张昊白听到张泽龙转告的话，当即点头应道。

“嗯，你们什么都不要做。”张泽虎在电话那头继续说道，“即便JN基地市安全局来人了，把昊白抓走了，你也不要有任何举动，一切等我回来再说。我这次任务比较重要，估计要一两个月后才能回来。”

“嗯。”张泽龙连连点点头。

“放心，大哥，你就昊白这么一个儿子，无论如何，我都会保住他的。”张泽虎保证道，“大哥，队长在叫我，我不多说了。记住，不要做任何事情，安心等我回来。”

挂上电话，张泽龙和张昊白稍稍松了一口气。

张家人心惶惶，罗峰家却开开心心。

晚饭后。

罗峰带着罗华下楼去吹风。

罗峰推着轮椅，在小区中散步。

“哥，我们在这个小区住了十多年，爸、妈住了二十多年。”罗华环顾小区，“以后我们离开这里，住进明月小区，每天我都要出去逛逛，到时候我自己一个人就行了。”

对于坐着轮椅的罗华而言，上下楼是天大的难事。住进明月小区后，他就不用再上下楼了，他随时可以自己控制着轮椅出去，呼吸新鲜空气。

“嗯。”罗峰点点头，笑着说道，“阿华，以后咱们不会一年四季都晒不到太阳，不用一年四季都待在那小房间里，爸、妈也不用一直睡沙发了。”

罗华连连点头。

这一天，他们盼望很久了。

“有人过来了。”

罗华看向前方，一个戴眼镜的年轻男子走过来，先是朝坐在轮椅上的罗华一笑，而后看向罗峰，问道：“罗峰，对吧？”

“你是？”罗峰疑惑地看着对方。

年轻男子微微一笑，道：“罗哥，你好，我叫周华阳。不知道罗哥有没有时间，我们找个地方聊聊？”

第22章

赔偿金

“周华阳？”罗峰心念一动，“原来是他！”

看守所的那个军官说过，张昊白就是请周华阳帮忙安排人去对付罗峰的。

“你就是周华阳？”罗峰冷冷地问道。

周华阳心一紧，在罗峰的注视下，他不由得有些心慌。罗峰如果真的要对付他，他可真的有大麻烦了。

周华阳依旧保持着笑脸，道：“正是小弟。罗哥，我们去旁边找个地方聊一聊吧？”

“好！”罗峰点点头，“我正好有事要和你谈谈。”

离南岸小区不远的一处街道上，有一家浴馆，这是一个集泡澡、泡脚、休闲娱乐为一体的场所。这算得上是消费比较高的地方，就算是一个小套间，最低消费都是1000。罗峰听说过这地方，但是从来没进去过，这次他与罗华和周华阳来了。

“好了，你出去吧，有需要的话，我再叫你。”浴馆的套间内，周华阳对服务员吩咐道。

“好的，先生。”服务员离开了套间。

这套间一共有三个房间，其中一个房间是浴室，专门供顾客泡澡的；另一个房间是休息室，可以在这里喝茶，还可以进行商务会谈；第三个房间是娱乐室，是供顾客上网、看电视、唱歌用的。

“阿华，你就在这个房间玩，我和周华阳谈点事情。”罗峰笑着说道。

“去吧，哥。”罗华当即推动轮椅的车轮，来到电脑前。

“这可是超大超薄的屏幕，还是声控系统的，太好了！”罗华兴奋地道。

罗华兴奋地玩着电脑。

罗峰和周华阳则进入了休息室，面对面坐着。

“罗哥，喝茶。”周华阳端起茶壶，为罗峰倒了一杯茶，而后愧疚地说道，“罗哥，这次我来找你，是向你道歉的。这一次的事情……唉，说起来，我实在是惭愧得很。”

罗峰端着茶杯，默默地听着。

社会上有很多像周华阳这样的人，他们的人脉较广，一般都是拿钱帮人家办事的。

“张昊白就算不找周华阳去对付我，也会找其他人。”罗峰心中暗道，“周华阳只是一个中间人而已。他既然来找我，我就和他私了吧！”

周华阳见罗峰沉默不语，连忙继续说道：“罗哥，这次我安排人去对付你，事先根本不知道你的情况，都是张昊白告诉我的，所以我才做出了这等蠢事。我希望，你大人有大量，饶过小弟。”

“饶过你？”罗峰咧嘴一笑。

“这是小弟的一点心意，希望罗哥能收下。”周华阳从怀中取出一个信封，放在桌上，而后推到罗峰的面前，“罗哥，这是一张记名支票，收款人是你，只有你可以取出这笔钱。你在这家银行的任何一家分行都可以拿到这笔钱。”

罗峰打开信封，里面的确有一张支票，付款期限是十天，限付人是他，上面还附有他的身份证号码。当然，最吸引他的是支票上的金额——100万。

“100万？”罗峰微微一惊。

这可是一个大数目！

这么多年，罗峰家的存款就没超过10万。如今，即便是那些开公司的老板，100万对于他们来说，都是一个大数目。

“希望罗哥能原谅小弟，这件事情就此打住。”周华阳诚恳地道。

罗峰家从来没有过这么多钱，这100万算是雪中送炭。

“我知道，你只是中间人，我不为难你。好，这钱我收下。”罗峰点点头。

周华阳顿时松了一口气。

“不过，我拿这支票去取钱很麻烦。这样吧，你现在通过网络直接转账到我的银行账户上。”罗峰说道。

“行。”周华阳很干脆。

罗峰拿起桌上的一支签字笔，在一张白纸上写下了银行卡账号和开户银行：“这是我的银行卡账号，开户银行的地址在这儿，开户人就是我本人。”

“嗯。”周华阳收回了支票，从口袋里拿出了手机，迅速进入手机的银行系统，仅仅一会儿，就转账成功了。

罗峰察觉到自己口袋里的手机振动了一下，一看手机，收到了一条短信，是银行卡余额的变动通知。

“到账了吧？”周华阳笑道。

“嗯。”罗峰点点头。

周华阳笑着说道：“罗哥做事就是爽快。在Y城，罗哥如果有什么事情解决不了，直接找我，只要我能做到的，一定帮忙。当然，你很快就是武者了，估计以后没有人敢再找你的麻烦。不过，如果你遇到一些麻烦事，还是由我们出面解决容易一些。”

“行，我有事的话，自会请你帮忙。”罗峰起身。

周华阳立即起身。

两人握手言和。

“那我就先走一步了。”周华阳笑道，“这套间的钱我已经付过了，你们好好玩。”

随即，周华阳和罗华打了一声招呼，便出去了。顿时，套间中只剩下罗峰和罗华。

娱乐室中。

“哥，这人找你干什么呀？”罗华笑道，“我感觉这人挺客气的。”

“他是给咱们来送钱的。”罗峰一笑。

“送钱？”罗华闻言一惊。

在看守所中遇到的事情，罗峰并没有和家人说过，他不想让他们为自己担心。在他看来，武者这条路并不好走，这条路上困难重重，危机四伏，还是不和他们说比较好。

“嗯！对了，阿华……”罗峰笑道，“你买的股票最近怎么样了？”

罗华常年在家，他对金融很感兴趣，特别是股票这个行业。别看他岁数不大，却已经买了三年股票了。

“第一年没赚钱，现在翻倍了，挣了2万多了。”罗华回道。

“这么多？”罗峰大吃一惊。

罗华挣了2万多元，这令罗峰很吃惊。他怎么都没想到，罗华竟然靠着买股票就赚了这么多钱。

“还行吧。”罗华笑道，“其实，买股票并不难，靠的一是心理，二是数学。只要将仓位控制好，通过逐次购买，将买入价控制好，再跟随幕后的庄家，很容易操作的。只是，有时候，股市会出现震荡，心理上会承受不住。”

罗峰听得一头雾水。

“我赚的这点钱不算什么，我炒股如今只能翻一倍，厉害的高手操作期货，能翻十倍甚至二十倍。当然，期货的危险系数更高，一不小心被强行平仓，就全完了。”罗华摇头道。

罗峰虽然不懂这些，但是他懂一点——股票赚钱是复利形式。

罗华花了三年时间买股票，收益从几千到如今的2万多。如果他的本金有100万，或许现在就有400万资产了。而他如果有400万本金的话，恐怕现在就有1600万资产了……钱滚钱，越往后，赚得越多。

“阿华，我给你50万。”罗峰笑道，“你好好努力吧。”

“50万？”罗华眼睛一亮，“今天股市跌得很厉害，正是抄底的时候，能大赚一笔。”这么多年，罗峰和罗华住在一个房间。罗峰早就发现，罗华总是期盼股市大跌，而他们的邻居王伯总是期盼股市大涨，罗华炒股赚钱，王伯炒股却赔钱。

“高手都是期盼股市大跌的？”罗峰心中暗道。

“对了，哥，你哪来这么多的钱？”罗华追问道。

“就是刚才那个周华阳送来的啊！”罗峰一笑，“阿华，这钱你就拿去用吧，等哥哥成为武者后，会赚更多的钱。”普通武者的赚钱能力一般。可是，罗峰很清楚自己的实力，单单控物那一招就比重型机枪还要可怕。

毕竟子弹是沿直线飞行，而罗峰控制的尖刺等物品是可以瞬间改变方向的。

“8月1日，武者实战考核过关后，我就要开始武者生涯了。”罗峰端着茶杯的右手不由得略微用力，茶杯碎裂了，茶水洒了一地。

罗华吓了一跳，连忙问道：“哥，你怎么了？”

“没什么。”罗峰摇头一笑。

他在心中却暗想道：“在看守所的牢房中，我修炼了基因原能，实力一下子提升了。而后，我体内的能量觉醒了，我的实力变得更强了。现在，我的力量比过去大得多，速度也比过去快得多。不过，实力提升得太快也不是好事，我对力量的控制还不够精准。”

他刚才一激动，竟然捏碎了茶杯，显然是对力量的控制不到位。

“明天一早，我就去极限武馆。从今天起，一直到8月1日，我要好好修炼，速度、力量等方面，我都要好好修炼一番，让自己的实力能更大程度地发挥出来。”罗峰在心中暗道。

第23章

血影战刀

第二天早晨，天蒙蒙亮的时候，罗峰就赶往极限武馆了。

准武者的证书还没拿到手，罗峰依旧使用的是武馆高级学员的学员证。他出示了学员证，随后进入了武馆。

“师兄。”

“师兄，早。”

极限武馆内，草地上有不少晨练的学员。

罗峰笑着点点头，直接奔向高级学员教学楼的三楼。现如今，他还没收到准武者证书，只能继续在高级学员练武厅修炼，没资格进入四楼的教员区。

练武厅传出一阵阵声音。

罗峰朝里面一看，只见一个身穿白袍的青年手持一杆铁枪，正不断地舞动着。

“铁哥。”罗峰笑着喊道，“一大早，你就过来练枪了，很少见啊！”

“疯子。”白袍青年当即停下动作，看向罗峰，一脸喜色，“你怎么过来了？对了，我要恭喜你，成功通过准武者考核。”

“你怎么知道此事？”罗峰惊诧地问道。

自己通过准武者考核的事情，应该没有多少人知道啊！

“昨天晚上，教员给我们上课的时候，特意说了这件事。极限武馆的高级学员中，你和杨哥都已经通过准武者考核了。”白袍青年摸了摸脑袋，不好意思地道，“你们两个都通过了准武者考核，我也不敢松懈，所以今天一大早就过来练枪了。”

罗峰点了点头。

原来是教员说的，极限武馆有3万多名学员，却只有六名教员以及一名教官。教员大多是在那种超大教学厅中授课，数千名学员同时听课。

当然，给高级学员授课不是这样，毕竟整个极限武馆的高级学员并不多。

“疯子，你都通过准武者考核了，一大早来这里干什么？”白袍青年笑着问道。

“8月1日，我要参加武者实战考核，我得准备准备。”罗峰笑笑，而后朝练武厅旁边的兵器房走去。

兵器房中，兵器柜上摆放着许多兵器，有刀、枪、棍、棒、斧、锤、剑、矛等，种类繁多。而且每一大类兵器下，还分很多小类，比如刀分为单手刀、双手刀，而单手刀又分很多种。

“血影系列。”罗峰打开了其中的一个兵器柜，里面摆放着大量的相同款式的战刀。当然，这些战刀都是仿真的，它们的外形、重心、重量都和真刀一模一样，只是，材质相差很多。一把能斩杀怪兽的真刀的价格可能要数十万，这种仿真刀的价格也就几百元，便宜很多。

罗峰拔出其中一把刀，这是血影二系的战刀，刀刃长78厘米，整把刀长101厘米，刀宽5.2厘米，刀背较厚，刀尖锋利，利于突刺。

“嗯？”罗峰随意挥动两下，皱起眉头，“我一直用的是这把血影战刀，如今，我感觉这把血影战刀好轻啊！”

过去用惯了的战刀，现在却感觉轻飘飘的。

“我的力量变强了，使用的刀的重量也要增加，这样用起来才顺手。”罗峰想着，当即取出同样是血影二系的战刀，挥了两下，“不对，还是轻了。”

“轻了，太轻了。”罗峰取出最重的一把血影二系的战刀，不由得摇头，笑了起来，“看来，我的实力真的变强了。在高级学员的兵器房里，根本找不到一把适合我的战刀。”

罗峰当即离开三楼，沿着楼梯，去了四楼。

“四楼是教员和教官经常去的地方。”罗峰知道四楼也有练武厅和兵器房，“准武者是有资格进入四楼的，不过，现在我的准武者证书还没发下来，不知道能不能进入四楼。”

四楼的楼梯口旁边有一个小房间，一名老者坐在里面。

“嗯？你是干什么的？这里不允许学员进来。”值班老头站起来，大声喝道。

当老者看清来人后，笑着说道：“原来是罗峰啊！听江馆长说，你通过了准武者考核，不错啊！哈哈，进来吧！”

“谢谢李伯。”罗峰松了一口气。

如果李伯严格按规矩办事，必须让罗峰拿出准武者证件，那罗峰就没办法进去了，毕竟从严格意义上说，罗峰现在还不是准武者。

四楼练武厅，这里的装饰明显要好得多，各种器材设备也高档得多。

此刻，四楼练武厅内只有罗峰一个人。

“唉！实在是太浪费了。”罗峰不由得摇摇头，感叹道，“极限武馆中，一共只有六个教员。六个教员除了授课，平常大多数时间都在极限会馆那边修炼。这么好的地方，竟然就这么空着，没什么人来。”

罗峰摇着头，进入旁边的兵器房。

这里的兵器虽然也是仿真的，但是看起来比三楼兵器房中的那些兵器要好很多。

“血影二系战刀！嗯！这里的战刀果然重很多。”罗峰取出一把战刀，挥舞了两下，而后又换了另外一把战刀。

经过五次尝试，他终于选定了一把适合自己的战刀。

他仔细一看战刀上面的标识，刀刃上刻着这把刀的重量——101千克。

“101千克？！”罗峰吓了一跳，“这么重的刀，我竟然用起来很顺手！”

“我的身体素质提升的幅度，看来真的很惊人，回头测试一下拳力和速度。”罗峰有些兴奋，“现在，我先练习练习基础。”

罗峰选好战刀后，顺手取了一块盾牌。

练武厅中，罗峰左手持盾牌，右手持血影战刀。

他站在原地，施展着基础刀法的标准招式——横切、上撩、挥劈、连斩。每一招的动作都十分标准，每一刀挥劈过去，他的身体重心都不受影响。他就这么不断地练习着，并且不断地调整姿势。

“我现在的力量太大，挥劈战刀的力道控制得还不够精准。”罗峰知道自己的问题。

“我的身体素质好归好，还得发挥出来才行。”罗峰心中暗道。

身体素质比对手强，不代表实力比对手强。

有些人只能发挥出30%的实力，而有的人能发挥出50%的实力，甚至100%的实力。一些刀法宗师级别的人甚至能够凭借微弱的力量，斩杀力量比他强十倍的怪兽，技巧和经验很重要。

当然，如果两者的身体素质相差太大，就不是技巧能弥补得了的。在双方的身体素质差不多的情况下，一方必须认真锤炼技巧，才能将自身的力量完全发挥出来。

“馆长。”四楼值班的李伯连忙恭敬地打招呼。

“谁在里面？”江年问道。

他听到旁边的练武厅中传出了一阵阵兵器挥动的声音，这声音很显然是刀剑等兵器达到惊人速度后产生的。单单听声音就知道，修炼者肯定是武者级别的人。

“是罗峰。”李伯笑着回道。

“罗峰？”江年微微一笑，走向练武厅。

江年站在练武厅门口，看见练武厅内的罗峰正不断地练习着战刀的基本刀法。

“嗯！罗峰的基础身法够扎实。”江年满意地点点头，心中暗暗称赞道，“罗峰的底子好，只要勤加修炼，刀法会更好。他的刀法没有明显的弱点，真不错。”

他越看越满意。

“啊，教官。”罗峰转身时才发现江年站在门口，连忙停下。

江年走进练武厅，笑着说道：“罗峰啊，你的刀法不错，应该从小就开始练了吧？”

“嗯！小时候，我还没进入极限武馆，就在家一个人练习。”罗峰笑道。

江年满意地点点头。

忽然，他脸上的笑容僵住了。

他愣愣地看着罗峰手中的血影战刀，眼睛瞪得滚圆。

“教官，怎么了？”罗峰被江年的表情吓了一跳。

“你……”江年紧紧地盯着罗峰手里的战刀，惊讶地道，“你刚才是用101千克重的血影战刀练习挥劈的？”

“对，对啊。”罗峰回道。

第24章

激动的江年

江年连连摇头：“不可能，不可能……怎么可能……”紧接着，江年仿佛看到绝世珍宝一般盯着罗峰，“罗峰，你现在去拳力测试机那边，快，打出一拳，测试一下你现在的拳力到底达到了什么程度。”

“罗峰上一次准武者考核的时候，一拳拳力也就达到1100千克左右，这才短短几天，他竟然能够轻易地挥动101千克的血影战刀，而且，挥劈战刀的速度达到了惊人的地步。他的实力岂不是一下子大大增强了？”江年深吸一口气。

自从江年成为极限武馆的教官后，他的武馆贡献点增长得极为缓慢。

极限武馆的武者们都非常重视武馆贡献点。

而增加武馆贡献点最直接的办法就是猎杀怪兽。不过，江年已经很久没有去猎杀怪兽了。

“据我猜测，罗峰修炼基因原能的速度一定比一般武者快得多。”江年心中暗道，“说不定，我可以让总部那边派人过来。罗峰如今的实力如此强，如果我能将罗峰给推荐上去，我不仅能获得武馆贡献点，在其他教官面前也有面子。”

江年十分激动。

“罗峰，给我尽最大的力量打出一拳！”江年大喝道。

“是，教官。”

罗峰走到了拳力测试机前，心中暗道：“相较于隔空控物的能力，我的拳脚和刀法应该低一个层次。”

罗峰并不打算隐藏实力，他调整了一下呼吸，随后身体瞬间发力，脊背猛地弓起。

“轰！”

拳头仿佛一发导弹击在拳靶上，拳靶猛地一阵晃动。

“嘀！”拳力测试机发出了一道声音。

“多少？”江年立即跑过来，看向拳力测试机的显示屏。

罗峰同样期待地看向显示屏。

如今自己的拳力到底达到了什么程度，他心里也没有底。

拳力测试机显示屏上有一串清晰的数字——3109千克。

“3109千克？！”江年倒吸一口凉气。

他转过头，仿佛看着怪物一般，紧紧地盯着罗峰。

罗峰看着这个数字，也大吃一惊，自己的拳力竟然增加了这么多。

“上次，准武者考核时，我的拳力只是1100千克左右。第一次修炼基因原能时，我的实力提升最快，拳力应该达到了1800千克。之后，我体内的能量觉醒，身体进化，拳力竟然一下子达到了3109千克！”

自从那次觉醒之后，罗峰清楚地感觉到身体的力量增强了很多，可是他一直没有测试过，并不知道自身力量到底达到了什么程度。

“罗峰，你的基因原能修炼成功了吧？”江年连忙问道。

“嗯！准武者考核之后，我尝试修炼基因原能，当天夜里就成功了。”罗峰点点头。

江年不禁大笑道：“哈哈！我Y区极限武馆总算出了一个天才。第一次修炼基因原能，拳力就从1100千克增加到了3100多千克，第一次就进步这么多，这样的天才整个JN基地市一年最多出一两个吧！”

人类从出生到第一次修炼基因原能，中间有十几年乃至更久的时间，身体是从未吸收过基因原能的。因为从未吸收过基因原能，“饥饿”了十几年甚至二十几年，所以第一次修炼基因原能时，进步是最惊人的。自第二次修炼基因原能开始，每次进步就很小了，需要经过长年累月不断修炼，才能逐渐提高实力。

第一次修炼基因原能的进步幅度，代表了一个人的资质。有的人第一次修炼基因原能，拳力能增加300千克，算是比较普通的；有人能增加600千克，算是比较优秀的；有人能增加1000千克，就算得上是精英了。

罗峰的拳力增加了2000千克，这简直就是天才！

“罗峰，来，测试速度。过一会儿，再去测试神经反应速度。”

江年仿佛发现了一块瑰宝，不断地测试着这个瑰宝。

“是，教官。”罗峰也有些兴奋。

很快，测试结果出来了——

罗峰的速度是58米/秒。

神经反应测试是初级战士级满分、中级战士级优秀。

“哈哈！我Y区极限武馆这是出了一个怪物啊！”江年看着神经反应测试机上显示的成绩，激动得满脸通红。

随即，他拍了拍罗峰的肩膀，道：“罗峰，教官我将来的武馆贡献点可就要靠你来增加了！”

罗峰粲然一笑。

“罗峰，以你如今的实力，我完全可以提前让你加入极限武馆。”江年连忙说道。

“啊？”罗峰蒙了。

一般而言，修炼者都是成为武者后，才有资格正式加入某一方势力。

“罗峰，你是Y区极限武馆的高级学员，我算是你的领路人。”江年看着罗峰，笑着说道，“我也不瞒你。你第一次修炼基因原能，就增加了超过2000千克的拳力，而且，神经反应速度进步惊人，由此可以判定，你的天赋属于天才级，抑或是怪物级。整个JN基地市有2亿人，一年恐怕也就出一两个天才。”

罗峰闻言，无奈一笑。

别人不知道，可是他自己心中非常清楚。自己第一次修炼基因原能后，拳力也就增加了600千克左右。后来能力觉醒，才使得自己的实力再次大幅度提升，达到如今这般惊人的程度。

不过，江年是想不到的。毕竟，正常武者这一辈子实力提升最大的一次，就是第一次修炼基因原能。

“你这样的天才，等武者实战考核结束，你的成绩自然会被雷电武馆、地下联盟等各方势力知道，到时候，他们肯定会邀请你加入。”江年无奈地笑道，“那时候，你说不定会被他们的各种优厚条件给迷花了眼，答应加入他们的武馆，那我极限武馆岂不是亏了？”

罗峰点点头。

“所以，我现在就让你加入极限武馆。”江年笑道，“你放心，我极限武馆给你的条件不会差。武者加入极限武馆，除了能获得一套别墅外，还有100万的启动资金。罗峰，你可别小看这些钱，武者们购买战衣、兵器、刀法秘籍都是需要用钱的。此外，武者还要请一些强者亲自教导，也是需要钱的。”

罗峰点点头。

“像你这样的天才，自然能获得更好的福利。你能得到一套别墅，还有2000万的启动资金，可以购买各种武器装备等等。同时，极限武馆还会给你一套导引术、一套刀法秘籍、一套身法秘籍，这三样东西的总价若是低于5000万，你可以免费获得，若是超过5000万，你只需付超出来的那部分。”

罗峰闻言，心中一惊。

老天，普通武者能获得的启动资金也就100万，而自己相当于能获得近7000万！毕竟导引术、刀法秘籍、身法秘籍对武者都很重要。

“罗峰，导引术、刀法秘籍、身法秘籍的价格加起来虽然一般不超过5000万的，可是，如果你在其他地方购买这些东西，需要支付的金额恐怕是在极限武馆购买的两倍左右。”江年微微一笑，又道，“极限武馆武者，购买极限武馆内的一些秘籍，是有优惠的。而且，购买各个等级的秘籍时，需要有相应的武馆贡献点。你没有武馆贡献点，即便有钱，也买不到秘籍。不过，我可以给你一个福利，这一次相当于是赠送你的，不需要武馆贡献点。”

罗峰点点头。

看来，极限武馆给自己开出的条件，算是很丰厚了。

“极限武馆给天才武者的福利都是一样的。”江年笑着说道，“你加入极限武馆后，出去猎杀怪兽，可以得到各地同伴的帮助。而且，我们极限武馆总馆的馆主，即世界第一强者洪，也会偶尔来指导一些精英。”

罗峰心里很清楚，极限武馆的影响力有多大。

他加入极限武馆，绝对是个很好的选择。

“好！教官，我同意加入极限武馆。”罗峰点头道。

“哈哈！”江年朗声大笑，道，“罗峰，你的决定是对的！当然，我没资格让你直接加入极限武馆。接收你这等天才级的武者，需要总部那边审核。”

话落，江年从怀里拿出了一部手机，他轻轻说了一声“总部”，立刻拨通了电话。

片刻后，手机屏幕上出现一道人影。

“江年，有事吗？”手机屏幕上的白发老者问道。

“白伯。”江年一脸兴奋，道，“我这Y区极限武馆出现了一名天才级武者，第一次修炼基因原能，他的拳力就增加了2000千克，速度达到了58米/秒，而且神经反应速度测试达到了中级战士级优秀。”

“哦？”白发老者大吃一惊，连忙问道，“第一次修炼基因原能就增加了2000千克的拳力，他今年多大？”

武者的岁数越大，培养价值就越低。

“18岁！”江年连忙说道。

“什么？才18岁？”白发老者猛地站起身来，大声喊道，“你赶紧带他来总部，我现在就安排人准备对这小子进行考核。”

“好，我马上带他去总部。”江年挂了电话，转头看向罗峰，“罗峰，你现在随我去总部一趟。”

“是，教官。”罗峰恭敬地应道，“教官，你等我一下，我先把这血影战刀和盾牌放进兵器库。”

江年一把拉住罗峰，道：“还放什么兵器，把它们放在地上，别管了。快，我们要去总部，别浪费时间。”

江年拉着罗峰冲向楼梯口，同时对值班的李伯吩咐道：“老李，我有事要办，今晚没时间授课，我的课取消。”

“是，馆长。”李伯点点头。他话音刚落，江年和罗峰从他的视线中消失了。

第25章

武者的等级

江年使用了武者特权，没有买票就直接带着罗峰乘坐了列车，赶往JN基地市的主市区。

JN基地市分为主市区和八大卫城。

主市区和八大卫城之间的交通工具是列车。一般人想要乘坐列车，必须提前三天买票，而且票价很贵。若是从一个基地市到另外一个基地市，票价堪称天价，普通人根本买不起，所以JN基地市的老百姓很少有机会离开基地市。

JN基地市的主市区。

罗峰和江年并肩走在人行道上。

“罗峰啊，感觉到主市区和我们Y城的差别了吗？”江年指着周围，笑着问道。

罗峰朝四周看了看，摇摇头，道：“我觉得没有很大差别，这里就是人更多，车更多，马路更宽而已。”

江年微微一笑，道：“乍一看，差别确实不大。不过，待会儿你就知道有多大差别了。”

“喂？”江年的手机响了，他立马接了。

“江年，你还有多久才到总部？”手机屏幕上出现了白发老者的头像。

“白伯，十分钟内，我们就能到了。”江年笑着回道。

“嗯！我可是将主管大人给请来了，你可千万别出什么纰漏。”白发老者郑重地道。

“主管大人？！”江年大吃一惊。

两人谈话间，罗峰看到前方有一座占地面积极广的建筑。

外面是延伸开来的银白色院墙，里面有一栋高高耸立的深蓝色摩天大楼，大楼的楼体上写着四个清晰的大字——极限武馆。

“这就是极限武馆的总会馆，也就是我们极限武馆在JN基地市的总部。”江年说道。

“士兵真多。”罗峰倒吸一口凉气。

极限总会馆的院墙外，每一处都有士兵持枪站岗，整个极限总会馆给人的感觉很震撼。极限总会馆的正门足足有百米宽，一排排士兵昂首站立着。

“这些是极限总会馆内部的士兵。”江年微微一笑，道，“极限总会馆内部是有权拥有士兵队伍的。”

“走，进去。”江年带着罗峰走向正门。

“放行！”正门口一个脸上有疤痕的独臂男子挥挥手，下令道。

顿时，那些士兵都后退一步。

看到士兵们整齐划一的动作，罗峰惊叹不已。

独臂男子看了江年一眼，道：“老江，你有些日子没来总部了，回头过来找我，咱们兄弟喝几杯。”

“好。”江年笑着点点头。

而后，他对罗峰说道：“罗峰，这位是你的前辈，你可以叫他鲁叔。”

“鲁叔。”罗峰恭敬地喊道。

他看得出来，这个独臂男子是一名极其厉害的武者。

“小伙子不错啊！”独臂男子赞叹道。

“我没时间和你说了，回头再聊，白伯还在里面等我们呢。”江年说完，带着罗峰，进入了极限总会馆的院区。

院区仿佛一个大公园，小桥、流水、假山、花圃随处可见。而且，院内的行人往来不绝，让罗峰感觉很不一般。

江年带着罗峰缓步前行，不由得感叹道：“你知道吗？刚才你喊鲁叔的那位，是当年和我一起闯荡的好兄弟，我们是共过患难的生死兄弟，他的手臂就是被一头黑毛铁猿一掌打断的。”

罗峰静静地听着。

“我们极限武馆的武者是非常团结的。”江年指着那栋摩天大楼，说道，“你看，那栋大楼就是极限武馆在JN基地市的总部。从那栋大楼里进进出出的人几乎都是武者。”

“哦？！”罗峰闻言一惊。

他能透过摩天大楼一楼大厅的玻璃，看到里面有上百人。

“JN基地市足足有2亿人，我们极限武馆的武者又怎会少呢？”江年笑道，“一楼大厅的武者大多在喝酒、聊天。总部大楼的二楼到九楼，是战士级武者修炼的地方。十楼到十九楼，是战将级武者待的地方。二十楼往上的楼层，则是武者开集体会议的地方。”

罗峰心中很疑惑，当即问道：“教官，武者还分为战士级和战将级？”

“武者主要分为战士级、战将级以及极为稀少的战神级。”江年轻声解释道，“其中，战士级武者的人数是最多的。许多武者一辈子也只能达到战士级，而战士级又分为初级战士、中级战士、高级战士。一般而言，武者考核过关的都属于初级战士。”

“罗峰，以你现在的实力，你应该算是中级战士。”江年说道。

罗峰点点头。

看来自己的实力还有很大的进步空间，现在自己在武者中只能算是中级战士。

“战士级武者的实力不算强，一般热武器就能对付他们。而战将级武者的实力很强，热武器根本无法对付战将级武者。”江年解释道，“假如你用重机枪扫向一名战将级武者，他完全可以凭借自己极快的神经反应速度和移动速度轻易地避开攻击。在武者之中，战将级武者绝对算得上是了不起的精英。你的天赋虽好，但年纪小，现在还算不得什么高级武者。”江年一笑。

罗峰点点头。

他听说过一些武者中的绝世强者，比如那个能够一刀将黑冠金雕劈成两半的绝世强者。他就算是使用精神念力，恐怕都无法伤到那绝世强者。

“战将级之上，就是战神级！”江年面露崇拜之色，“那可真是名副其实的战神啊！每一个都能轻松地行走于枪林弹雨中，本身速度快如闪电，神经反应速度更是快得不可思议。他们仅仅击出一拳或者一脚，就能毁掉一座居民楼。这就是战神级武者！”

罗峰屏息聆听。

现在，他只能算得上是中级战士。如果他使用精神念力的话，实力会强很多，说不定能跨入战将级武者行列。

“教官，还有比战神级武者更厉害的高手吗？”罗峰问道。

“有！”江年微微一笑，道，“战神级之上的强者是存在的，他们都拥有能毁天灭地的实力。即便是一个国家首领在这样的强者面前，都得谨慎对待。不过，这样的人太少了，我们C国政府麾下，也只有两三个这样的无敌强者。”

罗峰暗惊，连五大强国之一C国的政府麾下也只有两三个战神级之上的强者。

“所以，全世界的武者们只将武者分为战士级、战将级和战神级。”江年解释道，“当然，评判武者实力的标准很特别，并非根据武者的力量、速度、神经反应速度来判定，而是根据武者的战绩来判定的。”

“战绩？”罗峰疑惑地道。

“没错！罗峰，虽然你现在的身体素质达到了中级战士，但是等你成为武者后，你的武者身份信息上依旧只是初级战士。只有当你猎杀了足够多和足够厉害的怪兽，符合中级战士的要求后，才是中级战士级武者。”江年感叹道，“毕竟有的武者身体素质好，有的武者刀法好，有的武者身法好，有的武者懂得使用各种手段，所以判定一个武者真正的实力，唯一的标准就是战绩。”

罗峰点点头。

教官说得有道理。

即便两名武者的身体素质悬殊，身体素质弱的武者也未必不能打败身体素质强的武者。

“罗峰，好好努力，争取成为战将级武者！那时候，你就是我们Y城的骄傲了。”江年笑道，“上次来找我的严罗就是战将级武者。”

“哦！”罗峰微微点头。

自己若是使出精神念力，实力到底有多强呢？能与战将级武者比肩吗？这一切恐怕要待日后才能知晓了。

一路上，江年和罗峰小声地交谈着，很快，他们就走到了一栋三层高的独栋别墅面前。

这一栋别墅占地面积大，气势宏伟。

别墅二楼阳台上，一名白发老者大声喊道：“江年，快上来。”

“走，跟我上去。”

江年带着罗峰，迅速进入别墅之中。

第26章

诸葛韬

别墅的二楼空荡荡的，一点都不比Y城Y区极限武馆的练武厅小。

“主管大人。”江年进入二楼的时候，恭敬地打招呼。

“嗯？”罗峰很惊讶。

江年无论是见Y城极限会馆总教官邬通，还是见其他人，从未这么恭敬过。

“江年，这个年轻人就是罗峰吧！”一道亲切的声音响起。

“是的，主管大人。”江年恭敬地应道。

罗峰仔细看去，那位白发老者身旁站着五个人，其中四人都身穿一套白色西装。

此刻，这四个穿着白色西装的人恭恭敬敬地站在一个穿着黑色唐装的中年人的身后，那中年人身材消瘦，鹰钩鼻，目光冷厉，整个人自带一种气场。

江年立即用眼神示意罗峰，罗峰这才回过神来，连忙行礼：“见过主管大人。”

“嗯！”中年人微微点头，淡淡地道，“老白，你们开始吧，审核一下这个年轻人的实力到底如何。”

“是。”白伯恭敬地应道。

罗峰见状，心里嘀咕起来：“教官就是见到总教官邬通，也没有这么恭敬。看起来，这个白伯在极限总会馆的地位挺高。可是，白伯在这个主管大人面前，也是毕恭毕敬的。这个主管大人到底是什么身份？”

不管怎么说，他能肯定一点，这个主管大人显然是位高权重之人。

“嘀！”拳力测试机和速度测试仪的开关全部打开。

“嘀！”二楼练武厅中的摄像机等设备全部打开了，显然是要将罗峰测试的情况记录下来。

那四个身穿白色西装的年轻人也立即行动起来，或手持掌上电脑，或亲自去查验各种仪器是否调试精准。

“白伯，仪器没问题。”穿着白色西装的年轻女子说道。

“好！”白伯看向罗峰，道，“罗峰，开始测试吧！先进行拳力测试。”

罗峰深吸一口气，然后走向拳力测试机。

此时，无论是江年、白伯，还是那四个穿着白西装的年轻人，抑或是高高在上的主管大人，他们的目光都落在罗峰的身上。

只见原本身体放松的罗峰瞬间仿佛猎豹一般扑出。

“砰！”一记重拳狠狠地砸在拳力测试机的拳靶上。

罗峰立即看向拳力测试机的显示屏，显示屏上出现的数字是3110千克。

“小伙子，不错。”一直很淡定的主管大人点点头，笑着说道，“继续下一项。”

速度测试和神经反应速度测试的结果很快出来了。

速度测试成绩是58米/秒。

神经反应速度成绩——初级战士级满分、中级战士级优秀。

“呼。”罗峰从神经反应速度测试机的红色圆圈内走出来，看到自己的实力发挥出来了，他这才长舒一口气，“还好，关键时刻，我没有掉链子。”

罗峰旁边的江年也放松下来。

诚然，罗峰是天才，但天才并不意味着能一直保持很好的状态。毕竟有些武者一到关键时刻，心理压力大，不容易发挥出真正的实力。

“罗峰，你刚刚进行了三项身体素质的测试，神经反应速度比其他两项还要好一些。”主管大人笑着说道。

“罗峰的年龄是18岁，在限定范围内。”主管大人看向江年，笑道，“江年，Y区极限武馆出了这么一个天才，你功不可没。”

江年的脸上不由得露出一丝喜色，笑道：“主要还是罗峰这小伙子自己肯努力。”

“嗯。”主管大人的目光落在罗峰的身上，郑重地道，“罗峰，你可愿意现在就加入极限武馆？我相信，加入极限武馆能得到的福利，江年都已经告诉你了。”

“我愿意加入。”罗峰并没有丝毫犹豫。

“很好。”主管大人笑着一拍手，又道，“按照老规矩，你可以在Y城或者主市区总部这里选择一栋别墅居住。不过，你只拥有别墅的居住权，无权将它卖掉。另外，我们极限武馆的别墅小区只有武馆的武者才能居住。”

“除此以外，你还能得到2000万的启动资金和价格不超过5000万的身法、导引术、攻击之法这三种秘籍。”主管大人笑着说道。

“嗯！我知道。”罗峰点点头。

主管大人看向旁边一名穿着白色西装的女子，道：“你去拟一份合同。按照老规矩，将我刚刚说的武者福利都写上。另外，将其中一条修改一下，罗峰可以任选身法、导引术、攻击之法的秘籍，这三本秘籍的总价格在1亿之内的，罗峰都可以免费得到，超出的5000万由我买单。”

“是，主管大人。”穿白色西装的女子惊异地看了罗峰一眼，没敢多说，立即去打印合同了。

“主管大人……”罗峰大吃一惊。

之前，江年和他说过加入极限武馆的好处，三本秘籍的总价格不超过5000万，现在一下子提高到1亿，超出的部分还是由主管大人买单的。

“罗峰，你真的很优秀。”主管大人微微一笑，又道，“我很看好你，这点小钱我并不在意。”

“小钱？！”罗峰心中大惊。

主管大人将原先的5000万增加到1亿。也就是说，主管大人为了招揽自己，多花费了数千万。

而他竟然说这只是小钱!

即便是战将级武者也没这么大方吧!

“谢谢主管大人。”罗峰感激地道。

主管大人微微一笑。

随后，那穿白色西装的女子将打印好的合同送过来了。

主管大人随手接过合同和笔，迅速地签了字。

那女子将合同和笔都递给罗峰，道：“你在这里，还有这里签个字就行了。”

罗峰扫了一眼合同，上面的几项条款写得明明白白，没有让人头疼的专业术语。

罗峰当即爽快地签了字。

“罗峰，欢迎你加入极限武馆的大家庭！”主管大人笑着伸出手。

罗峰也伸出手，和主管大人握了握手。

“从今天起，你就可以直接搬入武者的别墅区。”主管大人笑着说道，“至于你的启动资金和你选择的秘籍，还不能马上给你。待你正式成为武者，拥有武者权限后，才有资格进入极限武馆的内部网络，进行选购。到时候，启动资金会直接打入属于你的武者账号。”

罗峰点点头。

“哦，对了，我叫诸葛韬，小伙子可别忘了。”主管大人笑着说道。

随即，他带着四个身穿白色西装的年轻人离开了这栋别墅。

别墅的二楼空荡荡的，只剩下白伯、江年以及罗峰三人。

“刚才主管大人在这里，我都感到紧张了。”江年道。

“我也没想到，主管大人会来。”白伯说道。

罗峰疑惑地道：“白伯，这主管大人到底是什么人啊？”

“哈哈！小伙子，你的运气不错。主管大人见你有潜力，还将你挑选秘籍的额度增加了5000万，达到了1亿。”白伯看着罗峰，继续说道，“最让我惊讶的是，主管大人竟然将他的名字告诉了你，看来主管大人真的很看好你。”

“名字？”罗峰根本没意识到。

主管大人主动将自己的名字告诉他，这意味着什么？

听到“诸葛韬”这个名字时，罗峰心里没有什么感觉，他只是觉得“诸葛”这个姓很少见。

“罗峰，主管大人是JN基地市极限总会馆的四巨头之一。”江年笑道。

“四巨头之一？！”罗峰闻言一怔。

白伯瞪了江年一眼，低声道：“这些都是私下的说法。JN基地市极限总会馆中，地位最高的是会长，次之的是三大主管。武者在暗地里将会长和三大主管称为四大巨头，他们每个人都拥有极大的权力。想要当主管，首先实力就得达到高级战将级，且对武馆的贡献点很大，此外，还要得到足够多的战神级强者的支持。”

“哦？”罗峰心中一惊。

想要成为主管，必须具备三大条件。

“罗峰，对于主管大人而言，5000万的确不算什么。”江年低声道，“依我看，主管大人之所以看重你，是因为你才18岁，未来有无限可能。在他看来，你将来很有可能成为战神级武者，所以他愿意多付出5000万。”

罗峰点点头。

旁边的白伯看向罗峰，道：“罗峰，你可别大意。你的天赋的确不错，可是想要成为战神级武者太难了。主管大人也只是认为你有希望而已。”

“他只是觉得我有希望成为战神级武者，就不惜多付出5000万帮我？”罗峰心中暗叹。

极限武馆的规则很严格，按规定，极限武馆给罗峰的福利，三本秘籍的总价格上限是5000万。即便是主管，也不能随意改变规则，所以，主管只能在5000万的基础上，再添置5000万，而这5000万是从他自己的腰包里掏出来的。对于刚刚起步的武者而言，秘籍用处极大。

“罗峰，你别多想了，主管大人对你另眼相看，对你而言，只有好处，并无半点坏处。而且，主管大人的人脉非常广，他可是整个JN基地市的大人物，对你的帮助是极大的。”江年道。

罗峰点点头。

主管大人对他青睐有加，这是好事，的确没必要想那么多。既然主管大人愿意帮助他，他就开心地接受，将来有机会的话，到时候回报主管大人就行了。

“罗峰，你准备什么时候搬家啊？你打算搬到Y城的武者小区，还是JN基地市主市区这边的武者小区？”江年问道。

罗峰一听，顿时思忖起来。

父母的朋友几乎都在Y城，自己的朋友也几乎都在Y城。

“我就搬进明月小区吧！”罗峰回道。

第27章

搬家

当天中午，江年和罗峰在总部这边和一些武者吃了一顿饭，直至傍晚，罗峰才赶回Y城。

傍晚时分，南岸小区中的一盏盏路灯早已亮起。

三个满身是汗的中年人边谈笑边缓步走着。旁人只要一靠近，就能闻到他们身上的木材味和油漆味。

“我这腰疼得很，今天晚上估计只能趴着睡了。”其中一个身材魁梧的中年人一手扶着腰，无奈地说道，“还有，我的前列腺也疼得很，该去医院瞧一瞧了。只是，一去医院就要花钱，我舍不得。”

“老田，要不你跟老板说一声，歇两天，待身体舒服一些了再开工。”罗洪国说道。

“对啊，老田，你的身体若是累坏了，可不值当。”一个略胖的汉子说道。

“嗯！我心中有数。好了，我先回家了。”话落，这个身材魁梧的中年人一拐弯，朝一栋楼走去。

那个略胖的汉子和罗洪国聊了几句，朝另外一栋楼走去。

昏暗的路灯下，罗洪国缓缓地走向自己家。

“32楼！”

罗洪国站在一楼，抬头看向家的方向。

他劳碌了一天，身体很劳累，此刻，他连走一步路都有些吃力。

“我的脖子和腰也有些疼，也该找个时间休息了。”

罗洪国想着，一步一级台阶，一直走到32楼。

“叮咚！”

罗洪国站在自家门口，按动门铃，他实在是懒得掏钥匙了。

“咔！”门打开了。

他一眼就看到了屋里的桌上有十几个菜，极其丰盛。他觉得有些奇怪，哪怕是过年，他家都不会这么奢侈的。

“这是怎么了，做这么多好吃的？”罗洪国走进屋子，笑着问道。

坐在轮椅上的罗华高声喊道：“老爸，欢迎你回家！”

“老爸！”旁边的罗峰则乖乖地端着一杯茶，送到父亲面前，同时说道，“从明天开始，老爸你不用再穿这件工作衫了。”

“嗯？”罗洪国闻言一愣。

“老罗啊。”龚心兰端着饭碗，笑眯眯地看着罗洪国，“儿子刚刚和极限武馆签订了合同，待儿子通过武者实战考核，就有2000万启动资金。而且，极限武馆还给儿子分配了一套独栋别墅，儿子将别墅的钥匙都带回来了。”

“什么？”罗洪国一愣，“心兰，你说什么？”

“爸，你看。”罗峰将签订的合同递给罗洪国。

罗洪国连忙接过合同，仔仔细细地看着。

从第一行到最后一行，罗洪国一个字一个字地看着，生怕看漏一个字。

“这，这……”罗洪国不敢相信，“据我所知，小峰必须先通过武者实战考核，才会和极限武馆签订合同。而且，怎么会有2000万启动资金呢？”

之前，罗峰通过准武者考核时，罗洪国就仔细查问过相关信息。武者刚加入极限武馆，启动资金只有100万。

“爸，这是因为哥是人才啊，极限武馆给了他特殊的福利。”罗华粲然一笑，又道，“这个时代，武者是很珍贵的，而武者中的人才是更珍贵的。”

“这么说，我们真的能入住明月小区的独栋别墅了？”罗洪国看向罗峰。

龚心兰笑着说道：“你想什么时候住进去，都可以。”

“哈哈……”罗洪国朗声大笑，却有泪水在眼眶中打转。

他为了这个家，辛辛苦苦这么多年，一直在装修公司做着苦工，他以为一辈子都没有住上大房子的机会了。

现在，托大儿子的福，他终于住上了大房子！

他们一家人马上就能住进明月小区的独栋别墅了！

对于普通人来说，独栋别墅是可望不可即的。

大涅槃时期之后，一个基地市就要养活2亿人，堪称寸土寸金。独栋别墅占地面积广，即便是有钱的人，也未必买得到。

而且，有钱有权的人即便买得起独栋别墅，也需要缴纳巨额的奢侈税。

“没想到，我罗洪国也有住进独栋别墅的一天。”罗洪国忍不住笑起来，“哈哈！这样一来，我们老板住得都没我好了。”

“是的。”坐在轮椅上的罗华激动地道，“以后，我们家会有大大的落地窗、大大的浴缸，而且还有非常大的客厅！以后，家里的电视机、笔记本电脑都是声控的，客厅的电视机屏幕最起码有200英寸，床也是很大的，我们可以在上面打滚。我早就想要一张很大很大的床了。”罗华兴奋地道。

罗峰看到爸爸和弟弟这么开心，心中很欣慰。

他这么努力，不就是为了这一天吗?

“爸、妈，你们快坐下吧，先吃饭。”罗峰笑道。

“我去洗个澡。”罗洪国朗声大笑，道，“以后，我再也不用穿这件工作衫了，洗完澡我就打电话给老板，我要辞职。”

这一夜，罗峰和家人沉浸在前所未有的兴奋之中。

这个仅仅六平方米的房子，他们一家四口却住了很多年。

虽然他们对这个房子有很多不满，但是，当他们真的要离开的时候，还是有些不舍，这个房子承载了他们太多太多的回忆。不过，人往高处走，他们要去新家了，开始新的生活了。

第二天一早，一辆大卡车停在了楼下，罗峰一家四口开始往卡车上搬东西。

“老罗啊，这一大早，你怎么在搬东西啊？”

“咦，兰姐，一大早的，你们干什么呢？”

同住一个小区的邻居看到，都好奇地询问罗洪国和龚心兰。

“哈哈！我家大儿子小峰加入了极限武馆，我们要搬到明月小区去。”罗洪国笑着说道，“王三，回头我家办酒席，你可得来啊！”

这些人住廉租房这么多年，哪一个不是期盼着有一天能住上大房子啊？

罗洪国靠着他的儿子住上大房子了！

“老罗的儿子真厉害，竟然加入了极限武馆。”

“的确是厉害啊！我的儿子哪天也能这么厉害，我就是累死也值了。老罗现在高兴了，走大运了啊！”

这个消息一传十，十传百。很快，整个南岸小区乃至周围其他小区的人都知道罗洪国的大儿子加入了极限武馆，他们一家要搬到明月小区去了。

这可是一件了不得的大喜事！

很多普通人家的孩子都渴望有一天能像罗峰这样帮助家里。

“阿文，你若是找我的话，直接去明月小区。不过，你去之前先给我打个电话，我通知小区门口的保安。”罗峰对好友魏文说道。

“嗯！”魏文显得很激动，他拍拍罗峰的肩膀，“我就知道，你一定会有成功的一天。高考失败算什么，你照样能闯出属于自己的一番天地。过几天，我一定去明月小区看你。”

在邻居们羡慕的目光中，罗峰一家人乘着车离开了南岸小区。

上午时分。

明月小区正门口，六名士兵笔直地站在大门的两侧。

“停车！”其中一名士兵立即举起手中的突击步枪，枪口对准朝大门行驶而来的卡车。

“哧！”卡车司机立即急刹车。

罗峰一家人从卡车里出来。

明月小区值班室里走出来一名白发老者，他笑呵呵地道：“罗峰，对吧？上一次看你参加了准武者考核，我就猜到你前途无量。没想到，你这么快就住进明月小区了，我昨天就接到你要入住明月小区的通知了。快，来人，帮忙搬东西。罗峰，我们有人会帮你搬东西的，搬家公司是不允许进去的。”白发老者笑着说道。

“明白。”罗洪国笑着点点头。

很快，就有七八名士兵从小区里跑出来，迅速地帮忙搬东西。之后，在搬家公司的人羡慕的目光下，罗峰一家人步入了明月小区。

“明月小区。”罗峰看着小区中央的极限会馆，又看了看周围的假山和水池，以及被假山和水池环绕的独栋别墅，心中暗道，“从今天开始，这里就是我们的家了。”

罗峰转头看向父母和坐在轮椅上的罗华。

此刻，他们看着眼前的别墅，都很激动。

“罗峰先生，你的家就是前面这栋别墅。”一个年轻女子手持一份资料，笑着说道，“罗峰先生，前面这栋199号别墅就是你的家。这栋别墅一共有三层，有地下室，第三层有露天阳台。这栋别墅的总面积为512平方米，如果将地下室、庭院、露天阳台等地方都算上的话，面积近800平方米。”

罗峰一家人相视一眼，又抬头仔细看了看眼前的这栋别墅，这里就是他们以后的家。

“近800平方米？！这也太大了吧！”坐在轮椅上的罗华忍不住感叹道。

第28章

武者实战考核

7月31日深夜，明月小区199号别墅。

这栋别墅的二楼一共有四个超大的房间，分别是卧室、影音室、会客室以及超大的练武厅。练武厅足足有120平方米，几乎占了二楼总面积的一半。

深夜时分，小区中的路灯的光透过影音室的玻璃，折射进二楼的练武厅。

罗峰穿着一身宽松的练功服，静静地坐在地上，两道流光正环绕着罗峰迅速地移动着，而后，这两道流光仿佛欢快的鸟儿在练武厅中来回飞蹿，时而腾飞，时而俯冲，时而回转，灵活得很。

过了片刻，这两道流光渐渐减速，停了下来，而后悬浮在罗峰的面前。

原来是两把飞刀。

“我现在隔空控物的能力不算很强，只能做到一心二用。如果我同时控制四五把飞刀，飞刀的速度和威力都是不理想的。”

这一个月，罗峰除了训练如何控制身体的力量外，其余精力都放在修炼精神念力上。

这段时间，生活在明月小区的罗峰认识了很多武者，通过和那些武者交谈，罗峰确定了一件事情——自己拥有的念力的确就是精神念力。

“明天就要参加武者实战考核了，今天要好好休息。”

罗峰想到这，站起身来，进入了卧室。

8月1日上午，在极限会馆的一名武者的带领下，包括罗峰和杨武在内的三十余名准武者一起赶往火车站。

列车快速行进着，车厢之中不时响起喧闹声。列车的车厢是全封闭式结构，车厢中的人根本无法看到外界。

此刻，每一节车厢中的大屏幕上都出现了一道人影。

车厢内，准武者们都端坐着。

“各位准武者，我来自HR联盟。”车厢的大屏幕上出现了一名中年人，中年人正对着他们讲话，“相信大家都听过HR联盟。HR联盟是世界上最强大的团体，也是拥有最多武者的团体。HR联盟还有另外一个名字，那就是地下联盟！”

车厢内的准武者们渐渐安静下来。

罗峰和杨武并肩坐着，抬头看着大屏幕。

“疯子，你知道地下联盟吗？”杨武嘿嘿笑道，“那可是大财主！地下联盟是世界上最有钱的团体，比一个国家还有钱。”

“我知道。”罗峰淡淡一笑。

这一个月来，他生活在明月小区，从小区的一些武者那里获知了一些信息。

在大涅槃时期之前，一些国家的背后有着一些强大的家族，这些大家族控制着一些政党，如摩根家族、洛克菲勒家族、奥纳西斯家族等等。

当时，这些大家族几乎控制了世界超过一半的巨额财富。

大涅槃时期到来，在怪兽的袭击下，许多小国灭亡了，那些大国也自顾不暇。这个时候，全世界的一些强大的家族担心被政府军队压制住，所以联起手来组建了HR联盟，也就是人类权益联盟。

人类权益联盟实际上就是巩固这些超级大家族势力的一个联盟，被武者们称为地下联盟。

“我们HR联盟是全世界最大的武者交流平台。在这里，你可以接受有巨额报酬的任务。

“HR联盟在全世界都有着巨大的影响力。只要加入HR联盟，成为HR联盟的一员，无论到了哪个地区，都能享受到最好的服务。

“HR联盟还拥有强大的军事力量、政治力量，加入HR联盟……”

中年人足足讲了十五分钟。

“各位准武者……”车厢的屏幕上出现了另外一个男子，这男子表情很是严肃，“自我介绍一下，我是JN基地市安全局的副局长，姓刘。在我国，政府军队的力量无疑是最强的。若是你们加入政府军队，无论在我国的何处，你们都将获得最强的援助……”

“各位。”接着，车厢屏幕上又出现了另外一个人，“我是JN基地市雷电总会馆的主管，姓王。我们雷电武馆是由世界上速度最快的无敌强者雷神建立的，全世界都有雷电武馆的分馆，若是你们加入雷电武馆……”

“未来的武者们，前面三位都自我介绍过了。我就不多说了，大家都知道我是极限武馆的。”车厢的屏幕上又换成了另外一个人，“我姓诸葛。极限武馆是世界上最大的武馆，是由世界第一强者建立的。我们极限武馆拥有世界上最强的力量……”

四个大人物一一做了宣传，使得车厢内的准武者们议论纷纷。

“二哥，你成为武者后，准备加入哪一方势力？我觉得极限武馆不错。”

“我想加入地下联盟，赚钱是最多的，哈哈。”

“当然加入雷电武馆啊！雷电武馆给武者们的福利比极限武馆的还要好一点。”

……

准武者们兴奋地讨论着。

罗峰和杨武也低声讨论着：“疯子，我的教官和师兄都加入了极限武馆，现在连你都加入极限武馆了，我当然也要加入极限武馆。反正就算加入极限武馆，一样可以接地下联盟的任务。至于买卖物品，在极限武馆内就可以，也可以在地下联盟。”

“极限武馆、雷电武馆、地下联盟，政府军方……”罗峰喃喃自语。

罗峰心里很清楚，在C国，政府军方是最强的，其次是地下联盟。那可是全世界的超级家族组建的联盟，即便是各国政府，也不敢轻易得罪地下联盟，毕竟地下联盟几乎掌控了全世界的经济命脉。

至于雷电武馆和极限武馆，相对前两者，势力要弱一些。

不过，加入这两大武馆，意味着能拥有自由。

“杨哥，依你看，这列车上到底有多少准武者？”罗峰环顾四周，仅仅一节车厢就有上百人。

“准武者很多。”杨武撇撇嘴，小声道，“刚才我听到别的准武者说，每年都有两次武者实战考核，整个JN基地市就有上千名准武者来参加武者实战考核。”

“上千名准武者？”罗峰大吃一惊。

其实，这也不算什么。毕竟，整个JN基地市就有2亿人，整个Y城有1000万人。

片刻后——

“各位准武者，列车马上要进站了，请各位准武者做好下车准备。”车厢内的喇叭传来提醒的声音。

列车逐渐减速，半晌，车厢门打开，各节车厢内的准武者们都下了车。

很快，浩浩荡荡的准武者队伍进入了军营之中。

军营占地面积极广，军营的外围，各种各样的热武器随处可见。一个个炮口正对准军营之外的地方，士兵们都手持各种精良的武器。

罗峰等人都朝四周看去。

“疯子，快看军营外。”杨武指着远处，兴奋地道。

罗峰当即看去，只见军营的警戒线以外有一群饿得肚子都瘪了的怪兽，时不时还发出一声声吼叫。不过，这些怪兽根本不敢靠近军营。

“嘎——”一道刺耳的叫声响起。

准武者们几乎同时抬头，只见碧蓝天空中，数百头飞禽怪兽呼啸而过。

“书中记载着，离开基地市，随处可见各种怪兽，果然没错。”罗峰眼睛一亮，又道，“人类只能生活在基地市，或者集结在军营之中。想要独自闯荡这些地方，就得和那些厉害的怪兽厮杀，此事只有武者能做到。”

“各位……”一道响亮的声音传到准武者们的耳中，“欢迎大家来到JN基地市北军区，这一次，武者实战考核就在北军区举行，此次参加武者实战考核的一共有1680人。我希望，大部分人都能成功通过武者实战考核，更希望所有人都能活着通过这场武者实战考核。”

军区中很热闹，为了犒劳这些参加武者实战考核的准武者，军营的人准备了丰盛的午餐。

第29章

怪兽小镇

下午，准武者们都站在一处空旷的广场上。广场的最前面站着JN基地市北军区的高层和雷电武馆、极限武馆的一些高层。

“下面，叫到名字的准武者上来领取作战服和兵器。”

“严拙。”

“贺风。”

“王兵江。”

……

台上足足有十名军官，他们喊着准武者的名字，被叫到名字的准武者依次上前去领取作战服和兵器。

“罗峰。”

罗峰听到自己的名字，当即冲到最前面。

“这是你的作战服和战靴，这是你需要的血影二系战刀，这是我们这里最重的战刀，有98千克。若你要再重一些的战刀，只能靠你自己准备了，我们这边没有。”那名军官递给罗峰一套物品，继续道，“这是通信手表，它有定位、通信等功能。这是你要的盾牌。”

军官看着罗峰的眼神中带着一丝疑惑。区区一名准武者，竟然需要那么重的血影战刀，真是怪事。

罗峰微微一笑，当即接过这堆近200千克重的物品，回到了队伍之中。

广场上，准武者们都分配到了适合自己的兵器。每名准武者都使用冷兵器，这是参加武者实战考核的要求。武者实战考核是禁止使用热武器的。

待兵器分派完毕，准武者们回到各自休息的地方，换上了作战服和战靴。

空旷的广场上，笑声阵阵。

罗峰脚上穿着合金战靴，身上的军用长裤、作战背心都含有克罗合金等特殊材料。他背着盾牌和血影战刀，此刻，正开心地和旁边的准武者交谈着。

“我这一身装备全部置办下来，最起码要七八十万。”一个板寸头青年指着身上的作战服，兴奋地道，“这长裤和背心虽然不是很高级的武者装备，但是能够抵御最弱的H级怪兽利爪的袭击，这可比城市里的防弹衣好用多了。普通子弹根本打不穿这作战服，H级怪兽也无法撕裂这件作战服。”

“H级怪兽的确撕不开作战服。”旁边一个面容冷峻的女子冷笑道，“虽然怪兽撕不开作战服，但是那股冲击力能将你撞得骨骼断裂，内脏受到重创。”

“哥哥我可没那么脆弱。”板寸头青年看了女子一眼，嬉笑道，“要不，小妹妹，回头找个地方切磋一番？”

“你少说两句。”罗峰眉头一皱。

“是！罗哥！我听罗哥的。”板寸头青年当即应道。

罗峰提前被极限武馆招募的事情很快在准武者圈子里传开了。在今年参加武者实战考核的这一拨人中，提前被极限武馆、雷电武馆招募的一共才三人。其他准武者都很羡慕这三人，这三人以后前途肯定不一般。

“罗峰，罗峰。”远处传来叫喊声。

正是Y城极限会馆的总教官邬通。

“邬叔。”罗峰和旁边的杨武等人说了一声，就立即跑过去了。

最近一个月，罗峰都住在明月小区，自然和同样住在明月小区的邬通走得近。两人熟了之后，罗峰索性就叫他邬叔了。

“罗峰，跟我来。”邬通说了一声，就在前面带路。

罗峰心中很疑惑，但是没有说什么，乖乖地跟着邬通往前走。很快，他们就来到一座幽静的小楼的二楼。二楼的客厅中，好几个人聚集在一起。

罗峰定睛一看，他只认识其中一人，那就是JN基地市极限总会馆四大巨头之一——诸葛韬。

“主管大人。”罗峰恭敬地打招呼。

“罗峰，你来了！你和邬通坐那边。”诸葛韬笑着说道。

他身上的作战服隐隐发出银色的光芒。

“诸葛，这就是你说的那个罗峰？依我看，相较于我们雷电武馆的人，他没什么了不得的。”坐在诸葛韬对面的一个身着暗紫色战衣的魁梧大汉说道。

他的声音很大，完全没把罗峰放在眼里：“我雷电武馆这次提前招收了两名准武者，其中一人的身体素质不比罗峰差，而另外一人是枪械天才。”

魁梧大汉说完，看向身侧的两个年轻人，那两个年轻人立即站起身来。

“我叫万冬。”一个脸上有一块紫色胎记，显得阴沉的青年说道。

“我叫马晓。”另外一个青年却面露笑容，长得非常漂亮。

没错，用“漂亮”这个词形容这个青年一点不为过，若他是女儿身，估计会招来不少追求者。

罗峰微微一笑，自我介绍：“我叫罗峰，想必你们已经知道了。”

“罗峰。”万冬开口了，“你有没有胆子和我比一比？今天晚上，武者实战考核就要开始了，到时看看你我的积分谁能获得第一。”

万冬把罗峰当成了势均力敌的对手，显得很激动。

“没兴趣。”罗峰摇摇头。

万冬冷笑一声，没有说什么。

诸葛韬和雷电武馆的那个魁梧大汉见状，都笑了。

“诸葛，这个小家伙有点意思啊，够沉稳，没有一受刺激就头脑发热，冲动应战，我有点喜欢这个小伙子了。”魁梧大汉笑着说道，而后看向罗峰，“小伙子，你要不要加入雷电武馆啊？”

“走开。”诸葛韬瞪了他一眼。

“开玩笑而已，你这家伙真没意思。”魁梧大汉朗声笑道。

诸葛韬朝楼下瞥了一眼，道：“我们下去吧！武者实战考核就要开始了。”

在士兵的带领下，准武者们走了足足半个小时，才来到一座小镇的外围。此刻是傍晚时分，太阳都已经落山了。

“轰——”

“哧——”

各种让人心悸的怪叫声从小镇中传出来。

这座小镇被铁丝网围住了，许多士兵手持枪械在周围巡视。

“快点，里面的怪兽数量不够，再运1200头铁毛野猪、300只影猫，以及500只虎獒犬来这里。”小镇之中传出一道命令声。

没过多久，罗峰等人就看到数辆重型大卡车朝这边驶来，每辆重型大卡车上都传出一阵阵吼叫声。重型大卡车上都装满了牢笼，每一个牢笼之中都关押着一头怪兽。那些怪兽愤怒地吼叫着，使得从未杀过怪兽的准武者们心中颤抖。

“罗峰。”一旁的邬通淡淡一笑，道，“你的身体素质好，刀法好，并不意味着你能杀了这些怪兽。毕竟有些人一见血或者面临生死时，就胆怯了，即便拥有很强的实力，最后却连一成实力都发挥不出来。这次武者实战考核主要就是磨炼一下你的心性。你要适应和怪兽生死搏斗的环境，切勿心慈手软。”

“明白。”罗峰点点头。

“嗯！这些怪兽都是实力最弱的H级怪兽，相当于初级战士级武者。”邬通说道，“它们的弱点是智力低下。不过，它们生性嗜血，充满攻击性，极易发疯，所以每次武者实战考核，总会有准武者受伤，重则残废，甚至身亡。”

罗峰神色凝重。

一旦和怪兽厮杀，不可能保证完全不受伤。

那些实力最弱的H级怪兽被运入小镇中后，小镇中的怪兽数量达到了惊人的程度。

“各位。”一道响亮的声音传到准武者们的耳边。

罗峰等人顿时都抬头看去。只见一名军官站在小镇中一座破败的三层小楼的楼顶，对所有准武者说话。

“这次武者实战考核的规矩和过往的一样。今晚六点半，武者实战考核准时开始。明天清晨六点半，考核结束。

“你们杀的怪兽越多，积分也就越高。每杀一头怪兽，要将怪兽的左耳割下来当作证明。

“记住，准武者们不能自相残杀，你们的一切活动都在我们的监视下，违规者，直接枪决！

“此次一共有1680名准武者，其中积分排在前60%的，将获得武者称号，剩余的人都算作失败，想要成为武者，只有等到下一次武者实战考核。也就是说，你们这些人中，只有1008人能过关，剩下的672人将被淘汰。”

下面的准武者们闻言，不由得议论起来。

“我提醒你们一句，只要猎杀三头怪兽，就能考核过关。如果仅仅猎杀了两头怪兽，想成为武者，就要看运气了。”军官表情严肃，“当准武者的战绩一样的时候，我们会根据杀怪兽耗费的时间和受伤情况来判定排名，所以，你们杀了足够数量的怪兽后，要尽早从小镇中出来。

“记住，如果你受了重伤，你可以按动通信手表的求救按钮，会有人立即去救你，但是，这也意味着你的武者实战考核结束了。”

话落，军官纵身一跃。他直接从小镇内的那座小楼的楼顶跃起足足十几米高，而后接连两个飞跃，就到了小镇外。

“所有准武者听令，现在出发去怪兽小镇。”军官一挥手。

准武者们仿佛汹涌的浪涛，迅速涌入怪兽小镇中。

“关门！”军官一声令下。

“轰隆隆——”怪兽小镇唯一的大门陡然关闭。

武者实战考核正式开始！

第30章

H级怪兽

封闭的怪兽小镇之中，准武者们迅速分散开来，开始去寻找猎物。

“杨哥，你想要独自一人闯怪兽小镇？”

罗峰和杨武站在一个破败的小超市的墙边。

杨武点点头，郑重地道：“疯子，对于我而言，这不仅仅是一场考核，更是一次对胆量的磨炼！将来我肯定会独自进入危险区域，到时遭遇的危险会比这里的大得多。如果我在这怪兽小镇都需要你帮忙，以后还得了？”

罗峰点点头，道：“你说得对。不过，你千万要小心。”

“嗯！疯子，你也要小心。记住，一定要抓住机会。”杨武提醒道，“这小镇中全部都是实力最弱的H级怪兽，正好用来练手。以后哪有这么好的机会？”

“我懂，这是难得的练手机会。”罗峰点点头。

“好！明天天亮时，我们在小镇外面会合。”杨武说完，小心翼翼地看了看四周，迅速飞奔离去。

罗峰当即迅速躲入一个阴暗处。

夜幕降临，而怪兽小镇的边缘有数盏大型探照灯亮着，这使得怪兽小镇的不少地方很明亮，只有少数地方处于黑暗之中。

“据明月小区的那些武者所说，怪兽分为兽兵级、兽将级、领主级，分别对应人类的战士级、战将级和战神级。”

罗峰左手持盾牌，右手握着血影战刀，站在一条满是尘土的巷子里。

“实力最弱的初级兽兵级，也就是H级怪兽，其实力和人类的初级战士不相上下。这小镇中的怪兽虽然多，但是主要也就分为三大类，分别是以极快速度闻名的影猫、以极强防御力闻名的铁毛野猪，以及犬类怪兽中速度和力量都极为惊人的虎獒犬。”

罗峰目光一扫，忽然发现远处一座倒塌的两层小楼中，隐隐有一道影子缓缓前进。罗峰的视力极好，他很快就看清，那是一头全身毛发犹如尖刺，足足有一1.5米高的怪兽。

在探照灯的照射下，那头怪兽的两颗巨大的獠牙令人感到畏惧。

一头普通的猪一般也就六七十厘米高。也就是说，这头怪兽有普通家养猪的两倍多高。

“铁毛野猪？！那我的第一只猎物就是你了。”罗峰看着那头铁毛野猪，心中暗道。

而后他直接从小巷内走出来，暴露在铁毛野猪的视线中。

“哧哧——”

铁毛野猪紧紧地盯着眼前的罗峰，不断地发出怪异的低吼声。

随即，它那粗壮的四蹄猛地一蹬水泥地面，扬起阵阵灰尘。

随着一阵腥臭的狂风，铁毛野猪冲向罗峰，仿佛一辆飞驰中的重型悍马车朝罗峰撞击而来。

那两颗锋利且长的獠牙宛如两把弯刀，直接朝罗峰顶了过来。

“呼！”铁毛野猪冲撞过来时，罗峰一闪身，到了铁毛野猪的侧面，飞奔的铁毛野猪根本来不及停下。而后罗峰全身的力量爆发，力量直接传入右手臂，持着血影战刀的右手疾速出击。

顿时，血影战刀疾速划过铁毛野猪的脖子。

“噗！”

铁毛野猪的身体被抛飞，而后坠落到地上，它的身体抽搐了一会儿，便不再动了。

“呼！”罗峰深吸一口气。

第一次和怪兽正面厮杀，虽然他成功杀了怪兽，但是心中仍有些后怕。

“难怪邬叔说很多准武者第一次杀怪兽时，连一成实力也发挥不出。”罗峰仍有些心悸。

不过，他很快冷静下来，反省刚才自己和怪兽的战斗过程。

“刚开始，我的闪避动作做得不错。不过，后来我直接用血影战刀割下了铁毛野猪的头颅，这太浪费体力了。如果是一般的准武者，一刀根本不可能割掉铁毛野猪的头颅。”

铁毛野猪的防御力很强，当然，这是相对于一般的准武者来说的。

以罗峰如今的实力，即便是和中级战士相比，罗峰都算是厉害的。罗峰和这头铁毛野猪厮杀，根本不会感到吃力。

“据明月小区的武者兄弟们说，对付怪兽，不能蛮干，要懂得抓住怪兽的弱点。”罗峰喃喃自语。

“还有，我看到铁毛野猪流血时，竟然忍不住心颤。我一定得适应这种场面。将来我可是经常会和怪兽厮杀，行走在生死边缘的。在关键时刻，心理素质不好，很容易丧命。”罗峰心里明白，越是关键时刻，就越要冷静。

其实，罗峰的心态已经算不错了。毕竟是第一次猎杀怪兽，比罗峰表现差得多的准武者比比皆是。

罗峰走到铁毛野猪的尸身旁，一挥手，切下铁毛野猪的左耳，将其放进了身后的背包中。

“这是我猎杀的第一头怪兽，继续寻找下一头怪兽。”罗峰一闪身，消失在街道上。

时间一分一秒过去，在这座封闭的怪兽小镇之中，正上演着一场场生死战斗。虽然这些H级怪兽和准武者们的实力相近，但是准武者们有一个优势，那就是他们拥有智力。而这些H级怪兽的智力低下，只拥有野兽的一些本能而已。

晚上8点左右。

一座六层住宅楼的天台上，两道黑影激烈地厮杀着。陡然，一道光芒亮起。

只见罗峰半跪在天台上，手中的血影战刀的刀锋上隐隐有着一丝血迹。而另外一道黑影被抛飞，摔落在天台上，留下一地血迹。

“这影猫果然速度最快，竟然达到了40米/秒，在H级怪兽中是速度最快的。”罗峰不禁赞叹道。

而后，他起身走过去，地上的影猫全身毛发为灰色，身长半米。这只影猫的腹部有一道骇人的伤口，正是罗峰用血影战刀划的。

“对于一般的准武者来说，这影猫的确很难对付。可是，这影猫遇到了我，根本就是死路一条。”罗峰摇摇头，割下影猫的左耳。

“第五头怪兽。”罗峰将战利品收好，心中暗道，“猎杀三头怪兽，一定能出线。我猎杀了五头怪兽，肯定可以出线。从现在开始，我就认认真真地磨炼自己的刀法和身法。”

之前猎杀怪兽，罗峰只是为了攒积分。如今，他的积分已经攒够了，可以开始磨炼身法了。

“接下来我使出1000千克的拳力，速度也降到30米/秒，再和怪兽来一场真正的厮杀。”

之前，罗峰根本就是欺压怪兽，双方的实力完全不是一个级别的。现在，罗峰压制自己的实力，保持自己和怪兽的实力相当。在他看来，这样才能起到磨炼的作用。毕竟将来他深入危险区域时，总不可能每次都遇到比自己弱的怪兽。

“开始！”罗峰站在居民楼的天台边缘，看向下方。

“嗯！就你了！”罗峰一眼就看到斜下方一栋别墅的顶楼有一头全身有着斑点的虎獒犬。

罗峰当即越过去，在天台边缘站定，随后直接越出了十余米，落在那栋别墅的顶楼。而后，他一个前滚翻，降低冲击力的同时，直接袭向虎獒犬。

“嗷——”

虎獒犬同样朝罗峰飞扑而来。

万冬手持鬼月刀，嚣张地走在街道上。

“不知道罗峰猎杀了多少头怪兽。”万冬心中默默地道。

“嗯？”万冬的目光落在远处。

只见一个人正和两只影猫激烈地厮杀着。两只影猫发出一声声嘶叫，速度快得惊人，锋利的爪子不停地攻击着。而那人的身法十分灵活，遇到危险时，他能灵巧地避开。在其他时候，他都和这两只影猫厮杀着。

“罗峰？！你只是对付两只影猫而已，竟然速度这么慢！你真是太让我失望了。”万冬笑着大喊道。

“哧！哧！”罗峰手中的血影战刀两次攻击，两只影猫直接滚落在地上，挣扎了两下，便不动了。

“好快啊！”万冬见状，吓了一跳，“而且，罗峰出刀干脆利落，直接刺中了影猫的要害。”

此时，万冬才发现罗峰的实力不容小觑。

“本想跟你们多玩一会儿，以此来磨炼我的身法。”罗峰看着两只影猫的尸身，嘀咕道，“不过，那人太讨厌了，我可不想让他发现我在拿你们磨炼身法。”

罗峰切下两只影猫的左耳，放入身后的背包中，连看都不看万冬一眼，就疾速消失不见了。

第31章

入微级

封闭的怪兽小镇中，战斗仍在不断进行着。

有的准武者在和怪兽第一次对战时，就身受重伤，无奈之下，他们只得按动通信手表的按钮求救；有的准武者在猎杀怪兽后，被吓得脸色苍白；还有一些厉害的准武者在杀死怪兽后，反而变得异常兴奋。

怪兽小镇的不远处，一座大楼矗立着，大楼内的许多监视器的屏幕上显示着小镇各个区域中发生的一切。

这座大楼的一个房间内，一名军官正和一个魁梧大汉坐在一起喝酒。

魁梧大汉感叹道："看到这些年轻人和怪兽厮杀，我就想起了我们年轻的时候。"

"是啊，这些人正是精力充沛的年纪！"军官感叹一声，又道，"老王，一转眼，我们的岁数都大了。当初，我们可是JN基地市的新星啊，现在你都是雷电武馆的主管了，也算是一方势力的首领了。"

魁梧大汉朗声大笑，道："铁猴子，你不也混到少将这一步了吗？"

"咦？"军官忽然惊讶地看向墙上的大屏幕，道，"老王，你快看。"

屏幕上正在播放怪兽小镇各处的监控录像，因为有很多摄像头在拍摄，所以屏幕上的影像不时切换着。

"影像切换了！"

军官立即拨通了旁边的固定电话，吩咐道："给我锁定刚才21号摄像头拍摄的那个准武者，锁定他。”

“是！”电话中传来一道铿锵有力的声音。

王衡定定地看着军官，疑惑地道：“铁猴子，你刚才到底看到了什么？”

“老王，等下你就知道了。”军官神秘一笑。

很快，屏幕上再次出现了刚才的影像。影像中，五道黑影正不断地攻击一名准武者，那五道黑影正是五只影猫，而被攻击的准武者手持盾牌和血影战刀，看起来很年轻。

正是罗峰！

“咦！”王衡眼睛一亮。

“老王，你看到了吧，这个小伙子很厉害。”军官啧啧称奇，“这个小伙子竟然把武者实战考核当作锻炼身法的机会了。你看，他的身法很了不得啊！”

“入微级？！这家伙的身法竟然达到了入微级！”王衡看到那一幕，眼睛瞪得大大的，他死死地盯着被五只影猫袭击的罗峰，罗峰每次闪躲的幅度都不大，而且能非常轻易地避开每一只影猫的袭击，那种闲庭漫步的味道完全征服了这两大强者。

入微级身法，就连很多战将级强者都是做不到的。

“他的身法竟然达到了入微级这个层次，简直不可思议！”王衡倒吸一口凉气，又道，“他才18岁啊！他的天赋好，身体素质自然很强。可是，身法是修炼者经历一次次战斗，从而积累经验，不断练出来的。首先必须有扎实的基础，而后才能逐渐跨入入微级。”

“你怎么知道他只有18岁？”军官吓了一跳，“难道你认识他？”

“他叫罗峰，被极限武馆提前招收了。”王衡说到这里，有些郁闷，“极限武馆真是走了狗屎运。这个罗峰年仅18岁，不仅身体素质非常好，他的身法竟然如此惊人。这么年轻，他的身法就达到了入微级，将来还了得？”

在战将级强者中，很多人的身法都没达到入微级，可想而知，罗峰的身法能达到这个层次，这是何等了不得。

真正实战的时候，身体素质只是一方面，身法、刀法、意识都占很重要的比重。

“不行！”王衡猛地一拍桌子，“这罗峰可是天才，不能被极限武馆给抢去了。幸亏我运气好，跑来这里和你喝酒，正好看到这个监控视频。”

“老王，你打算做什么？”军官问道。

“挖人！”王衡一瞪眼，又道，“我要挖极限武馆的墙脚。现在极限武馆恐怕还没有意识到这个年轻人的身法是这么惊人，我现在就去把他给挖过来。哼！不就是钱吗，为了拉拢罗峰，我愿意付出大价钱。今年这一批准武者中，竟然冒出一个这么厉害的小子。相较于他，那个万冬差了十万八千里。”

军官闻言，当即笑了起来。

“铁猴子，回头你将这份录像复制一份，送给我。”王衡说道。

“行，小事。”军官笑着点点头。

天蒙蒙亮。

怪兽小镇的一个破败的住宅小区中，罗峰正遭到三头虎獒犬、两只影猫、两头铁毛野猪的围攻。

他耗费了很大力气才将这些怪兽都吸引过来。

“很好。再来。就是这样。”

罗峰十分冷静，他的状态仿佛在散步一样，时而往左一步，时而往右一步，时而后退一步，时而前进一步，时而身体略微摆动，时而弓身……

仅仅靠着这些简单的动作，他就灵活地避开了这些怪兽的攻击。

这些怪兽根本碰不到他。

“嗷——”

罗峰的余光注意到，身后有一头虎獒犬飞扑而来，而周围还有四头其他怪兽同时攻向他，根据当前形势，他立即脚下一转，身体一动。

“不好，差一点！”罗峰心中有些无奈。

眼看影猫的利爪即将抓到他的身体，诡异的是，他硬是横移了五厘米，刚好躲开了这一击。

“传说中的入微级身法学起来真难。”

表面看起来，罗峰刚才避开了所有的攻击，实际上，他失败了。

最后一刻，他将精神念力作用在左臂的盾牌上，从而产生了一股推力，正是这股推力使得他横移了五厘米。

战斗的时候，身法是非常重要的，所以罗峰这一夜几乎都在修炼身法。而修炼身法，首先得有非常扎实的基础，一般要付出十年苦功，而后，和怪兽厮杀数年，形成各种闪躲意识，身法才会逐渐熟练。身法熟练到极致，在面对任何攻击时，修炼者都能像条件反射一般做出回击。

这算是修炼身法最初的三个层次。在这三个层次之上，就是入微级身法。

入微级身法代表了修炼者对力量、身体有着极为精细的操控，用最小的代价就能做出最精妙的躲避。各种移动、闪避，就仿佛经过电脑测算一般。入微级身法之所以难，就是因为小幅度闪躲时，一旦出现失误，便很容易被怪兽击中，一旦被怪兽击中，非死即伤。

如果凭借和一些实力比自己弱太多的怪兽搏斗，来训练入微级身法，根本没有多少效果。

此时，罗峰正遭受七头怪兽的袭击。其实，他的力量和速度已经完全施展出来了，可是他要让七头怪兽都碰不到自己，难度太大。

“我现在的身法算得上是入微级了吧？我是用最小的移动幅度来做出精妙的闪避。当然，有时候会出现误差。”罗峰觉得精神有些疲惫。

他手中一直没有攻击的血影战刀迅速挥动，顿时，一头头怪兽发出痛苦的嘶吼。

不一会儿，五头怪兽当场毙命，另外两头怪兽见势不妙，当即逃走了。

“无论如何，经过这一夜的练习，我的身法比过去强了不少。”罗峰露出一丝笑容。

过去再多的练习，又岂能赶上和怪兽的近身厮杀？而且正常情况下和怪兽的厮杀，又岂能比得上像罗峰这样小幅度移动的极限训练？

只有真正挑战身体极限，才知道自己闪躲的极限在哪儿！

这一夜的训练，对罗峰的益处是非常大的。

罗峰与虎獒犬、影猫、铁毛野猪一对一厮杀时，罗峰强。而罗峰被这七头怪兽围攻时，也是罗峰强。毕竟，罗峰一拳能打出3000千克左右的拳力。

不过，罗峰也是真的勇敢，就算是那个同样厉害的万冬，也不敢这么嚣张地训练！

因为，一不小心就很可能被七头怪兽分尸了！

可是，罗峰敢这样做。因为他有精神念力，一旦躲避失误遇到危险，他可以立即将精神念力作用在盾牌或者血影战刀上，给自己增加一股力道，让自己可以借力再度横移闪躲。

“可惜，这精神念力只能作用在没有生命的物体上，一旦靠近人，就直接钻进人的体内了。”罗峰摇了摇头。

精神念力是无法控制人和动物的，只能控制金属、木料等。不过，精神念力已经给罗峰带来很大的惊喜了，至少他可以用入微级身法来躲避袭击。

当然，这是变了形的入微级身法。一旦他躲避失误，就要靠精神念力推一把。不过，他的躲避能力不比普通的入微级身法差，甚至更加诡异。

“嘀——”怪兽小镇忽然响起一道刺耳的声音。

与此同时，一道浑厚的声音通过喇叭响彻整个怪兽小镇：“考核时间到，所有准武者立即到怪兽小镇的出口集合。”

“武者实战考核结束了？！”罗峰笑了。

“以后，我会继续尝试训练入微级身法，直到我不再需要精神念力的辅助，我的身法也能达到入微级。”

罗峰切下那五头怪兽的左耳，收入背包中，而后迅速朝小镇的出口赶去。

第32章

雷电武馆的邀请

怪兽小镇的出口处。

一名名准武者相继走出了小镇，每一名准武者身上几乎都染了血迹，或许是怪兽的血迹，又或许是他们自己的血迹。还有一些准武者是被他们的朋友搀扶着走出来的。

“嘟——”一道刺耳的声音响起。

一辆辆重型大卡车从怪兽小镇中开了出来，这些重型大卡车上堆满了怪兽的尸身。

“这些是准武者的尸身，来人，接一下。”其中一辆重型大卡车停在旁边，卡车上的确堆着不少准武者的尸身。

“阿赣！”

“小音！”

……

顿时，已经出来的不少准武者惊呼起来，甚至有准武者直接扑在尸身上号啕大哭。

“哭什么哭！”一名军官怒喝道，顿时引起不少准武者的怒视。

军官目光冷厉，丝毫不在意：“这可是和怪兽厮杀，哪有不死人的？你们选择走上武者这条路，就要做好随时会丧命的心理准备。人类社会不会无缘无故给予武者特权，那是因为武者杀死了大量的怪兽，对人类社会有功。武者的社会地位都是他们用命换来的。”

“这次武者实战考核，我给你们安排的都是实力最弱的怪兽，而且还不是群体活动类的怪兽。你们若是连这些怪兽都斗不过，以后进入荒野，哪里还能活着回来？”军官冷冷地道。

听到他的这番话，所有准武者都安静下来。

大家对于怪兽都有所了解。

怪兽中，最让人头疼的是群体活动类型的，比如犬类怪兽中的狮獒犬。每次活动都是数十头狮獒犬聚在一起，即便是中级战士级武者，也不敢招惹。

“猎杀两头怪兽，左臂受伤，不合格。”

“吕芳猎杀三头怪兽，不错不错！”

……

小镇出口的旁边，出来的准武者都去缴纳猎杀怪兽后得到的左耳，以证明他们猎杀怪兽的数量。

“看，罗峰出来了。”

“那是极限武馆提前招收的罗峰。”

“不知道他猎杀了多少头怪兽。”

“他的身体素质强，可不代表他很厉害，能猎杀很多怪兽。”

一时间，已经出来的准武者都看向罗峰。

罗峰、万冬、马晓这三人是这一批准武者中被武馆提前招入的，其他准武者都认识他们。

“嗯？”罗峰刚一出来，就被那么多准武者盯着，他不由得一愣。

“罗峰，将你猎杀的怪兽的左耳交给我。”出口处坐着三名军官，其中两名军官正在用笔记本电脑做记录，另外一名军官看着罗峰。

“是！”

罗峰点点头，卸下身上的背包。一时间，周围的准武者都屏息看着罗峰。他们都很好奇，罗峰到底猎杀了多少头怪兽。

罗峰直接将背包里的东西倒出来，大量怪兽左耳直接落在旁边的金属锅内，顿时将半个金属锅都填满了。

“这么多怪兽左耳？！”

“这家伙到底猎杀了多少头怪兽啊！”远处观看的准武者们都大吃一惊。

此刻，那名负责考核的军官正在数怪兽的耳朵，片刻后，军官露出了笑容。

他看向罗峰，赞叹道：“罗峰，不错啊，一共有36只怪兽左耳。到目前为止，你是猎杀怪兽最多的准武者。嗯，也没受伤。”

“下一个。”军官转头看向后面的人，罗峰当即得意地一笑，而后走开了。

“武者实战考核过关了，我是一名真正的武者了。”罗峰心中很畅快。

罗峰站在人群中，看着后面出来的准武者交上怪兽左耳。

这些准武者中，有的一点伤都没有，有的受了轻伤，休养十天或半月即可康复。有几名准武者身受重伤，甚至残废。

“三只怪兽左耳，左臂轻伤，杨武不错。”

杨武安全地归来了。

“杨哥。”人群中的罗峰大声喊道。

“疯子。”杨武朗声大笑，跑了过来，“你怎么样，没有受伤吧？你猎杀了多少头怪兽？”

“36头。”罗峰和杨武走到了角落。

“你猎杀了36头怪兽？！疯子，你太厉害了吧！那些怪兽可是很难对付的。”杨武眼睛瞪得老大，“特别是那虎獒犬，它的速度比我还快，力量就更别说了。实力和准武者差不多的怪兽，其力量一般都比准武者大。我拼了命才猎杀三头怪兽。”

罗峰淡淡一笑，H级的怪兽的确不能小觑。即便是中级战士级武者，面对七八头H级怪兽的围攻，都会很危险。

罗峰也是为了训练身法，而且仗着拥有精神念力才敢那么做的。

“万冬！”

“那是万冬，雷电武馆提前招收的天才准武者。”

“不知道他猎杀了多少头怪兽。他和罗峰比的话，不知道谁强谁弱。”

“嗯！能和罗峰相比的，也就这个万冬了。”

……

前面传来一阵议论声。

站在后面的罗峰和杨武当即抬头看去。

杨武惊诧地道：“万冬竟然熬到现在才出来！疯子，据说万冬的身体素质不弱于你，不知道他这次猎杀了多少头怪兽。”

这时候，站在前面的准武者都盯着万冬的背包。而人群后面的一些准武者竖起耳朵听着。

“万冬的背包里有一堆怪兽左耳。”

“背包里的怪兽左耳似乎很多啊！”

前面传来嘈杂的议论声。

紧接着，考核军官的声音传了出来：“万冬一共猎杀了51头怪兽。哈哈！你超过了罗峰，暂时是这一批准武者中猎杀怪兽最多的。”

“他猎杀了51头怪兽！”

“天哪，他猎杀的怪兽竟然比罗峰多得多！”

“万冬果然厉害，实力简直强得可怕。”

这些准武者都领教过怪兽的厉害。

此时，他们都惊叹不已。

“疯子，万冬猎杀的怪兽竟然比你的还多。”杨武有些难以置信。

“嗯！他的确很厉害！”

罗峰嘴上这样说着，心中却丝毫不在意。

昨天一整晚，他将大部分精力都耗费在训练身法上。如果他真的想杀那些怪兽，以他的实力，每一次只要偷袭落单的怪兽，一夜之间猎杀上百头怪兽都不奇怪。

“罗峰。”一道声音传来。

罗峰转头看去，只见一名大胡子军官对他微微一笑。

“你跟我走一趟，有一位朋友想见见你，他就在前面的休息室。”

“哦？”罗峰有些疑惑。

到底是谁要见自己呢？

罗峰没有迟疑，直接跟着大胡子军官走过去。

进入休息室之前，罗峰脱掉了染着血迹的作战服，迅速冲洗了一下，换了一身干净清爽的衣服。

休息室内，王衡闭着眼睛，坐在那里。

忽然，他睁开眼睛，看见罗峰，眼睛一亮。

“是他？！”罗峰心中一惊。

他认识这个人，正是之前和诸葛主管交谈的，即雷电武馆在JN基地市的四大巨头之一。

“我叫王衡，雷电总会馆的主管。”王衡微微一笑，又道，“罗峰，坐。”

“我怎么能和雷电总会馆的主管相对而坐呢？”罗峰有些为难。

他心里很清楚这名主管的地位有多高，可以说，总会馆的一名主管，论地位可以比肩战神级强者！他们拥有极大的权力。在JN基地市，王衡几乎可以说是手眼通天。

“你怎么不坐？你怕我吃了你？哈哈！”王衡朗声大笑起来。

罗峰讪讪一笑。

而后，他在王衡对面的椅子上坐下，问道：“王先生，你见我，是有什么事吗？”

“很简单。”王衡一笑，道，“我调查过你的家庭情况。你出生于一个普通家庭，父亲是一名普通的装修工人，母亲在超市当导购员。你没有好的家庭条件，可是你竟然在18岁时就拥有了惊人的实力，真的很难得。”

罗峰脸上露出一丝笑容。

的确，他为了今天这一切，努力了很多年。

“我很欣赏你，我认为你的前途不可限量。我正式邀请你加入雷电武馆。”王衡看着罗峰。

“可是，我早已和极限武馆签了合同。”罗峰摇头笑道。

王衡毫不在乎，道：“那又怎么样？既然是合同，就可以违约，只需缴纳违约金而已。按照规定，武者要支付的最高违约金是不允许超过3亿的。我认为，你的价值远远超过3亿，这违约金我们雷电武馆为你付。”

“而且，你加入雷电武馆后，我会和你签订雷电武馆总部的特等培训合同。”王衡笑道，“每年能收到这份特等培训合同的武者全球不超过十名，这十名武者都是天才。今年的上半年，雷电武馆一共发出了三份特等培训合同，收到合同的武者都很不简单，其中一人是E国一名年仅20岁的高级战士级武者；另外一个是南美洲的天才，他可是精神念师；第三名武者来自C国首都，年仅16岁，是中级战士级武者。现在，你是收到特等培训合同的第四人。”

罗峰闻言，不由得大吃一惊。

这三人都厉害得很。

万冬和马晓虽然被雷电武馆提前招收了，但是他们没有资格签订这份特等培训合同。自己真的有这个资格吗？

实际上，单凭罗峰的身体素质，罗峰是没有资格得到这份合同的。不过，罗峰已经领悟了入微级身法，这就让他足以获得特等培训合同。

他才18岁，就领悟到了入微级身法，简直太不可思议了。

“只要你加入雷电武馆，我会给你这样一份合同，然后送你去雷电武馆总部培训，甚至，有机会得到传说中的雷神的指点。”王衡笑着说道，“罗峰，我是诚心诚意邀请你加入雷电武馆的。”

第33章

极限之家

王衡给出的条件极其丰厚，他期待地看着罗峰。

“抱歉！”罗峰微微欠身，道，“我很感谢您对我的赏识，不过，我已经加入极限武馆，没想过再加入雷电武馆，真是抱歉。”

王衡闻言一怔。

罗峰竟然拒绝了他？！

“你真的不再好好考虑考虑？”王衡眉头一皱，道。

“不用了。”罗峰站起身来，淡淡地说道，“王先生，如果你没别的事的话，我就先走了。”

罗峰心里很清楚，自己已经拒绝了对方，双方再坐在一起只是徒增尴尬。

王衡仔细地打量了罗峰一番。

面对诱惑，这个年轻人竟然一点都不动摇。

王衡心中很感慨，当即笑道：“好了，我不劝你了。如果哪天你改变了想法，雷电武馆随时欢迎你。”

“谢谢王先生。”罗峰微微一笑，而后离开了。

罗峰一离开，王衡的脸色沉了下来，他对外面的人喝道：“让万冬过来。”

“是，主管。”

外面的手下立即去通知万冬。

“没想到，这次又被极限武馆抢先得了一个人才。”王衡摸着下巴，眼睛微眯。

自从幻影战神重伤隐退后，在JN基地市，雷电武馆和极限武馆这两大势力都是很强的。不过，相比之下，雷电武馆一直处于下风。

王衡心中很着急。

极限武馆和雷电武馆是全世界最大的两个武馆，创始人分别是世界第一强者和世界第二强者。表面上，极限武馆和雷电武馆的一些高层相处融洽，实际上，他们暗地里是针锋相对的，都想要压过对方一头。

在部分基地市，雷电武馆的势力就压过了极限武馆。

不过，在JN基地市中，极限武馆的势力比雷电武馆要强一些。

“主管。”万冬走了进来。

万冬浑身带着一股自信。这次武者实战考核，他猎杀的怪兽的数量力压罗峰，排名第一，因此他更加自信了。

“嗯，万冬，你来了。”王衡露出一丝笑容，“你是我们雷电武馆这一批新武者当中最优秀的！不过……以你现在的实力，跟罗峰比，还有些差距。”

“主管……”万冬顿时急了。

“怎么？你怀疑我说的话？”王衡眉头一皱。

万冬摇摇头。

王衡是一名高级战将级武者，同时是JN基地市雷电武馆的主管，拥有极大的权力。论地位，他不比任何战神级强者低。如此大人物，又怎么会撒谎呢？

“我明确地告诉你，你的身体素质不比罗峰差。但是，实战的时候，即便有三个你，也比不过一个罗峰。”王衡郑重地道，“当然，你现在的实力和他有些差距，并不代表将来你的实力也比他差，你现在要做的就是努力训练，然后超越他。

“我见过的天才不少，然而，因为后天不努力，半途而废的很多。武者常常行走于生死边缘。你的天赋好，只代表着你起步更早。你现在刚刚成为武者，这条路你才刚刚开始走，千万不能松懈。罗峰只是你要超越的第一个对手，将来你要超越的对手更多。”王衡鼓励道，“我希望，有一天能看到你成为新战神。”

万冬听到王衡说的一席话，备受鼓舞，热血沸腾。

没错，罗峰只是他要超越的第一个对手而已，将来他还要超越更多的对手，直至成为新战神。

“嗯！去吧！你战斗了一夜，该好好休息了。”王衡笑着说道。

“是，主管。”万冬恭敬地退下。

王衡端起茶杯，轻轻地喝了一口。自从担任主管之后，他就经常想方设法地培养一些强者。他培养的强者越多，他的地位就越巩固。

“万冬说不定将来能给我一个惊喜呢。”王衡无奈地一笑，“不过，我不指望他的实力变得多强，能赶上罗峰就不错了。罗峰才18岁，身法就达到了入微级，而且身体素质很好，多么好的苗子啊！”王衡摇摇头，不再多想。

罗峰和万冬再怎么优秀，都只是好苗子而已，重要的是他们后天的修炼。

JN基地市北军区。

已经换上便服的罗峰和杨武一边谈笑，一边走着。

“疯子，刚才万冬看你的眼神不太友好啊！他还说什么要和你比一比，看看谁先成为战将级武者。”杨武道。

“我也不知道万冬怎么就将我当成对手了。”罗峰心里很无奈。

他不知道的是，万冬听了王衡的一番话后，已经将他当成要超越的第一个对手了。

“我已经通过了武者实战考核，得通知家里一声。”罗峰从怀里取出手机，而后对杨武说道，“杨哥，你也通知家里一声吧！”

“嗯！”杨武笑呵呵地点点头。

罗峰和杨武都拨通了家人的电话。

JN基地市八大卫城之一Y城，明月小区。

“洪国啊，你家罗峰一定能通过武者实战考核的，你别太担心了。”

罗洪国和龚心兰推着坐着轮椅的小儿子罗华在公园散步。此时，他们和旁边的一名白发老者交谈着。

“这武者实战考核危不危险啊？”龚心兰忍不住问道，“我家小峰说这武者实战考核是没危险的，可是我们在网上看到一些信息，说这考核是有危险的。”

“嗯！还是有一点危险的。”白发老者点点头，“据我儿子说，武者实战考核，一般有3%~5%的死亡率，残疾率在5%~8%。也就是说一次武者实战考核，一般会有上百名准武者出事。”

罗洪国和龚心兰相视一眼，心中紧张得很。

“你家小峰一定会没事的，放心吧！”白发老者笑道。

“嗯！”罗洪国和龚心兰都点点头。虽然表面上比较冷静，但他们二人心中还是十分忐忑。坐在轮椅上的罗华一言不发，拳头却握得很紧。

忽然，欢快的手机铃声响起。

龚心兰从口袋里拿出手机一看，顿时露出一丝喜色。

她连忙看向罗洪国，道：“是小峰打来的。”

“快接啊。”罗洪国连忙道。

罗华紧紧地盯着手机，旁边的白发老者也定定地看着。

“喂。”龚心兰接通了电话，同时按了扬声器。

“妈，我成功通过武者实战考核了，今晚就能到家，你准备好吃的吧！”

罗洪国顿时笑了。

罗华终于松开了拳头，也笑了。

“好，好，妈妈一定准备很多好吃的。”龚心兰十分激动。

8月2日，傍晚，Y城明月小区。

“罗峰回来啦，恭喜啊！”

“这算什么啊，那武者实战考核对罗峰而言，一点难度都没有。”

罗峰走在小区中，和一些武者打招呼。相比于普通人，武者要少得多，住进明月小区的都是武者家庭，而且又都是加入极限武馆的，大家自然而然关系都很好。

“妈，爸。”罗峰一眼就看到，父母和保姆都站在门口，显然是在等他。

“快回家吃饭。”罗洪国当即笑起来。

这一天晚上，罗峰和家人们过得十分开心。从这一刻开始，罗峰已经是真正的武者了。

深夜十一点，罗峰家二楼的影音室。

“我听说，只要正式成为武者，就能进入极限武馆的内部武者网络了。我现在就试试，看看是不是真的。”罗峰有些激动，有些特殊势力的内部网络，需要凭特殊身份才能进入。极限武馆亦是如此，只有极限武馆的武者才有资格进入极限武馆的内部武者网络，也就是极限之家。而HR联盟平台没有限制，只要是武者就能登录。

“极限之家。”罗峰当即输入网址。

顿时，影音室的一面墙壁上出现了足足有200英寸的超大屏幕，屏幕上立即显示了网站。

“嘀！”罗峰验证了一下指纹。

与此同时，巨大的屏幕上出现了一个页面，页面上有一张罗峰的照片，照片下面是罗峰的相关信息。

姓名：罗峰

性别：男

地址：C国JN基地市

武者证号：426123205608010002

等级：战士级（初级）

贡献点：0点

货币余额：2000万

第34章

罗峰头疼的根源

幽静的影音室之中，罗峰端着一杯泡好的热茶，轻轻啜了一口，他的目光落在影音室墙壁的巨大屏幕上。

“2000万？极限武馆承诺的启动资金到账了。”

网页最上面有一排按钮，其中一个按钮不停地闪烁着，按钮上有一行字——你有两封新邮件。

罗峰的手指在键盘的触摸屏上轻轻敲击了一下，便打开了邮箱。

“嘀！”

第一封邮件打开了，顿时出现了一段视频。

“你好，罗峰先生。”屏幕上出现一个穿着黑色西服的中年男子，中年男子笑着说道，“我是诸葛主管的助手，主管大人承诺的2000万启动资金已经到账了，相信你已经看到到账信息了。至于身法、刀法、导引术秘籍，你可以直接通过极限武馆的内部网络购买，只要价格不超过1亿，内部网络会直接报销，不会扣你一分钱。如果你选的秘籍价格超过1亿，超出的金额得由你自己支付。最后，我代主管大人祝贺你成功通过武者实战考核。”

话落，视频直接结束了。

“极限武馆对我还算不错。”罗峰点开第二封邮件。

第二封邮件中同样有一段视频。

“尊敬的新晋武者罗峰先生，你好。我代表极限武馆，欢迎你加入我们的大家庭。”一个长相甜美的少女笑着说道，“这是你第一次进入极限武馆的内部网络——极限之家，由我向你介绍一下极限之家的用途。

“在极限之家，你可以购买各种级别的兵器、导引术、身法、攻击类的秘籍等，此外，你还可以购买热武器、交通工具、防护工具、通信工具、特制炸弹、特殊医疗药剂、基因药剂以及一些特殊的材料。只要你拥有足够的金钱，都可以购买。一旦你付款成功，货物会在24小时内送到。通过极限之家，你还可以邀请战将级武者，乃至于战神级武者，通过网络，对你进行一对一教学指导。同样地，你需要付出足够的金钱。”视频中的少女微微一笑，继续道，“当然，如果你有足够的贡献点，那么上述物品的价格一律减半。”

罗峰闻言一惊。

价格一律减半？！

也就是说价值1亿的物品，如果自己拥有的贡献点足够多，那么最后只需要耗费5000万就能买下。看来，贡献点的用处是很大的。

可惜，罗峰现在的贡献点是零。

“贡献点的用处有很多，不仅仅在购买物品时能享受折扣，还有很多其他好处。比如，贡献点达到一定的数值，就可以调用极限武馆的特殊分队等。”视频中的少女笑着说道，“你的贡献点越高，就意味着你在极限武馆的地位越高，权力就越大，福利也就越多。”

“获得贡献点的方法主要分为两种：第一种方法，猎杀怪兽，得到怪兽身体上某种重要的材料，而后将这重要的材料卖给极限武馆，就可以获得金钱和贡献点。

“第二种，向极限武馆捐款。你捐献的金钱越多，获得的贡献点也就越多。现如今，你若是给极限武馆捐助1万，就可以获得1个贡献点。捐款系统是以1000万起捐的，武者最多可以捐款1000亿。也就是说，通过捐款系统，你可以获得贡献点的最高值是1000万点。”

罗峰听了，倒吸一口凉气。

捐款竟然还有限制？最多只能捐1000亿，捐多了，极限武馆还不收。

“罗峰先生，我要提醒你，猎杀怪兽才是获得贡献点的最佳方法，既可以得到贡献点，又能赚取金钱。”视频中的少女笑着说道，“你现在拥有2000万启动资金，请勿立即使用。你可以进入武者论坛的资料区，仔细地查阅关于武者的一些基础知识。这对你选择秘籍、购买武器都很有益处。最后，祝愿罗峰先生在我们极限武馆的这个大家庭中发展得越来越好，早日达到武者的巅峰。”

话落，视频中的少女一躬身，而后视频结束了。

罗峰惊叹不已。

极限武馆的内部网络的确用处很大，最吸引罗峰的是，可以通过金钱，邀请战将级强者，乃至战神级强者，通过网络进行一对一教学指导。

虽然罗峰拥有2000万，但是他并没有急着购买兵器等物品，而是先熟悉了一下极限之家这个极限武馆内部网站。极限之家这个网站的功能很多，而且分为很多板块，有接任务、发布任务的板块，也有单独会客、聊天的板块，还有修炼板块，甚至有捐款系统板块。

不过，最吸引罗峰的，是武者论坛和网络商城这两大板块。

网络商城包罗万象，各种各样的导引术、身法、刀法的秘籍，以及热武器、冷兵器、基因药剂等，无奇不有。总结一句话，网络商城就是可以尽情花钱的地方。

“武者论坛？！”

罗峰当即点进这个论坛，进入了“武者基础知识资料库”这个分论坛，这个分论坛中是没有任何人回帖的，只有大量的基础资料。

“精神念师，精神念师……”

罗峰不停地往后翻，寻找有关精神念师的介绍。

终于——

“嗯！就是它！”

罗峰看到了一个帖子，内容是关于精神念师的简单描述。

“各位兄弟，你们对精神念师都了解甚少，我就简单介绍一下。”看到第一句话，罗峰就笑了。很显然，这个武者论坛的资料库，应该是将不少武者写的帖子直接归纳在一起，帖子的描述很口语化，并非正规资料。

“所谓精神念师，可以说是武者圈子中最让人忌惮的一群人。首先，并不是靠刻苦修炼就能成为精神念师的，每一位精神念师都是天赋异禀之辈，都是自己觉醒的。他们没觉醒的时候，只是普通武者，可是当他们觉醒后，那可就厉害了。

“精神念师主要分为两种，一种是可以控物的精神念师，也就是说，他能控制尖刺、飞刀之类的武器进行远程攻击。精神念师隔空控物，这可比重型狙击枪的子弹还要厉害得多。重型狙击枪的子弹几乎是呈直线射出的，而精神念师控制的武器的袭击路线是无规律的，除了方向无规律，杀伤力也不同。比如重机枪、重型狙击枪的子弹的杀伤力是有限的，最厉害的重型狙击枪也很难杀死初等兽将级怪兽。可是，精神念师控制尖刺、飞刀的威力是随着其精神念力的增强而变强的，大部分精神念师能通过所控之物杀掉领主级怪兽。

“除了能隔空控物的精神念师以外，第二种就是可以直接进行精神攻击的。这种精神念师比较神秘，可以直接进攻怪兽的灵魂，一旦成功，怪兽的身体不会受一点伤，却可以直接丧命。不过，攻击灵魂是比较难的，懂得精神攻击之法的精神念师是极少的。

“除了隔空控物和精神攻击外，传说中的精神念师还有其他派别，至于是什么，我就不太清楚了。”

罗峰认真地看着，生怕错过一个字。

“其实，最让我嫉妒的是精神念师的实力提升的速度。精神念师的精神念力先天就极为强大。只是，他们小时候身体无法承受那么强的精神念力，所以精神念力只能潜藏在识海中。当他们的身体素质越来越强，达到一定程度时，精神念力就会展现出来。身体素质越强，能承受的精神念力就越多。

“武者分为战士级、战将级和战神级，这三个级别又各自分为初级、中级和高级。一般而言，身体素质和精神念力相差两个级别。假设一名武者的身体素质达到了初级战士级，那么他的精神念力一般为高级战士级；若他的身体素质达到了中级战士级，那么他的精神念力就是初级战将级……

“精神念师的实力有一个飞速提升期。因为他们的精神念力天生非常强，只是一直潜伏在识海中。随着身体素质的增强，潜伏的精神念力就越强，直至有一天，潜伏的精神念力全部被挖掘出来。此后，精神念师实力提升的速度会变得非常慢。”

罗峰看到这一段，不由得一怔。

原来，精神念师实力的提升实际上是将潜伏的精神念力挖掘出来。精神念师只有拥有足够强悍的身体，才能承受足够强的精神念力。

“所以精神念师的潜力有多大，取决于他们的识海中潜伏着的精神念力有多强。

“潜伏的精神念力有的是以液体形式存在的，有的是以液体和固体交叉的形式存在的，还有的完全以固体的形式存在。

“传说，在识海当中，潜伏的精神念力凝聚成固体，这代表精神念力非常强大。这是精神念师群体中最具有潜力的一群人。随着他们身体素质不断地提升，这固体中的精神念力会不间断地释放，从而使得他们的实力提升。直至有一天，这固体完全被分解掉，他们的实力才会停止提升。”

罗峰压抑着心中激动的情绪。

他不停地翻看着，直至将这个帖子的内容全部看完。

之后，他又翻了翻资料库，找到另外两个有关精神念师的帖子。

“这些帖子描述的内容都差不多，看来是真的。”罗峰点点头，“这样看来，我识海中的暗金色圆球应该就是强大的精神念力凝聚成的固体。我的运气真好，我竟然觉醒了，而且安然无恙。”

罗峰唏嘘不已。

根据他看到的三个帖子的介绍，精神念师觉醒的时候，其识海中会瞬间爆发很强的精神念力。一旦精神念师觉醒失败，就有可能变成傻子或者植物人，甚至七窍流血而亡。

“难怪从小到大，我的头几乎每天都隐隐作痛，我甚至还晕过去好几次。”罗峰恍然大悟，“看来，不是我的身体太弱，而是我的精神念力太强，使得我的身体承受不住，这才头疼。随着我的身体素质不断提升，我那头疼的毛病才减轻，现在，更是完全消失了。”

自从那次罗峰体内的能量觉醒之后，他的头疼病就完全消失了。

“暗金色圆球竟然是精神念力凝聚成的固体。”罗峰心中很惊讶，“不知道，它到底蕴含了多少精神念力？”

第35章

买还是不买

罗峰在武者论坛中翻看了很多帖子，如武者猎杀怪兽50问、野外生存知识、如何避免惹到兽将级怪兽、逃命28法等。

看完这些帖子后，他对武者的了解加深了，也明白了武者的艰辛。在人类社会，武者的地位的确很高，但那是他们以命换来的。

“没错！这些帖子上的内容都很有道理。身法、攻击之法、导引术这三大秘籍对于武者是很重要的。导引术决定了武者实力提升的速度，而身法和攻击之法决定了武者的实战能力。”罗峰看完帖子后，对此很赞同。

这三大秘籍对于武者是极其重要的。武者有钱的话，首先是投资这三个方面。

“难怪极限武馆承诺给我优惠，来购买这三种秘籍。”

很显然，极限武馆是希望自己人的实力变强。

“现在我进入网络商城看看吧！”罗峰点击无线键盘的触摸屏，进入了网络商城的页面。顿时，影音室巨大的屏幕上出现了详细的物品分类。

罗峰点击了“秘籍”和“攻击类”的按钮之后，屏幕上顿时出现了一些秘籍的图片、名称以及价格。

《灭世》类别：枪法；评价：究级；价格：1000亿（全价），500亿（半价，要求：四星级贡献点）。

《九重雷刀》类别：刀法；评价：究级；价格：1000亿（全价），500亿

（半价，要求：四星级贡献点）。

《幻影刀诀》类别：刀法；评价：SS级；价格：100亿（全价），50亿（半价，要求：三星级贡献点）。

《雾剑》类别：剑法；评价：S级；价格：30亿（全价），15亿（半价，要求：三星级贡献点）。

……

罗峰看着一本本秘籍，眼睛一亮。

“老天，世界第一强者洪的枪法《灭世》竟然也有卖？！咦！《九重雷刀》不是世界第二强者雷神的刀法吗？”罗峰的目光一下子就被这两本秘籍吸引住了。

可是，这两本秘籍的价格让他目瞪口呆。这两本秘籍的全价分别是1000亿，半价500亿，半价的前提是贡献点达到四星级。

“四星级贡献点，那就是要1000万贡献点！”

如今，罗峰对贡献点的分级是很清楚的。

贡献点达到1万点，乃一星级。

贡献点达到10万点，乃二星级。

贡献点达到100万点，乃三星级。

贡献点达到1000万点，乃四星级。

贡献点达到5000万点，就是传说中的五星级。而想要达到五星级，几乎是不可能的事情，难度实在是太大了。

“《灭世》号称是全世界第一的攻击类秘籍。”罗峰点开了《灭世》这本秘籍，怀着好奇的心情，看了看对《灭世》的介绍。

这可是全世界最强的攻击枪法的秘籍，绝大多数武者看到这本秘籍时，估计都会先看相关介绍。

“嗯？！”罗峰瞪大眼睛。

《灭世》秘籍竟然还有很多报价。

《灭世》全六层价格：1000亿（全价），500亿（半价，要求：四星级贡献点）。

《灭世》前五层价格：400亿（全价），200亿（半价，要求：四星级贡献点）。

《灭世》前四层价格：150亿（全价），75亿（半价，要求：三星级贡献点）。

……

《灭世》第一层价格：2亿（全价），1亿（半价，要求：一星级贡献点）。

“什么？这《灭世》秘籍竟然还分为六册？”罗峰很惊讶。

不过，他仔细一想，也就想通了。《灭世》这种究级枪法秘籍如果按全套卖，肯定是天价，谁能买得起啊？此外，即便真的有人买回去了，也是要从第一层练起，又有几名武者能修炼到灭世的第六层呢？估计绝大多数武者一辈子都只能修炼到第一层，根本无法突破到第二层。

“《灭世》不愧是世界第一强者修炼的攻击之法秘籍。”罗峰仔细地看着相关介绍，“没想到，这枪法中竟然包括配套的身法。若是买下这本秘籍，那就等于将配套的身法秘籍和攻击之法秘籍一起买下了。”

罗峰心动了。可惜，他也只能想想而已。一来，他是练刀的；二来，那可是天价啊，他根本买不起。

“《九重雷刀》和《灭世》一样都是究级等级的秘籍。”罗峰又点开了《九重雷刀》的相关网页。

如果说看《灭世》秘籍的介绍，罗峰是怀着好奇的心情的话，那么现在看《九重雷刀》秘籍的介绍，罗峰则怀着期待的心情。《九重雷刀》是擅长用刀的武者最想得到的一本秘籍。

罗峰仔细地看着简介。

简介上说，这套《九重雷刀》是全世界最难学的刀法秘籍，说是刀法秘籍，其实还包括配套的身法，而且包括独特的导引术！之所以说《九重雷刀》难学，就是因为它对武者的身体强度和肌肉敏感度要求都极高。

“一套刀法有配套的身法和导引术？”罗峰心中一喜。

如果这套刀法价格适宜的话，自己也能购买。

罗峰仔细地看了看价格——

《九重雷刀》全九重，价格：1000亿（全价），500亿（半价，要求：四星级贡献点）。

《九重雷刀》前八重 价格：500亿（全价），250亿（半价，要求：四星级贡献点）。

……

《九重雷刀》前五重 价格：20亿（全价），10亿（半价，要求：三星级贡献点）。

《九重雷刀》前四重 价格：5亿（全价），2.5亿（半价，要求：二星级贡献点）。

《九重雷刀》前三重 价格：2亿（全价），1亿（半价，要求：二星级贡献点）。

《九重雷刀》前两重 价格：1亿（全价），5000万（半价，要求：二星级贡献点）。

《九重雷刀》第一重 价格：5000万（全价），2500万（半价，要求：一星级贡献点）。

《九重雷刀》足足有九重，其价格明显比《灭世》要便宜一些。

“嗯？”罗峰眉头一皱。

只见网页下方有一行醒目的红字——《九重雷刀》乃究级刀法，修炼难度极大，入门极难。全球有众多武者选择了这门刀法，他们却连第一重都没有入门。选择这门刀法前，一定要慎重。

罗峰看着提示，顿时迟疑了。显然，这门刀法是很难修炼的。不过，一旦练成这门刀法，威力是极大的。

他到底买还是不买呢？

这可不是一个小数目啊！

昏暗的影音室中，大屏幕上显示了《九重雷刀》的相关介绍。

罗峰独自一人坐在沙发上，默默地思考着。

“我真的要买《九重雷刀》吗？那可不是一个小数目。对于武者而言，这也是一个天价了。”

“不管了，我既然要修炼，那就修炼最好的刀法。”罗峰一咬牙，双眸一亮，“我就不信，我修炼不成这门刀法。”

从小到大，罗峰一直很努力修炼。

“我是精神念师，我的识海中潜藏的精神念力早就形成了暗金色圆球，我的实力会有一个飞跃提升期，我就不信了，我会修炼不成九重雷刀刀法。”

罗峰心里一直有一个信念，这也是极限武馆教导学员的理念——追求极限，超越极限！

此外，还有另外一个通俗的说法，那就是不想当全世界第一的武者不是一名合格的武者。

“我一定能成功修炼九重雷刀刀法。”罗峰深吸一口气，轻轻地点击了一下触摸屏。

“请确认是否购买《九重雷刀》的前三重，你需要支付1亿元。”大屏幕上出现了提示。

这是罗峰第一次购买秘籍。按照他和极限武馆签订的合同，他第一次购买攻击之法、身法、刀法的秘籍可以免除贡献点要求，直接享受最优惠的价格。

“确认！”罗峰点击了一下。

“请通过指纹检验，再次确认。”屏幕上再次出现提示。

罗峰将手指放在无线键盘的指纹采集器上。

“嘀！”一道声音响起。

“付款成功！”

“罗峰先生，《九重雷刀》的前三重秘籍将会在24小时之内送到你家。”

屏幕上出现提示。

第36章

昂贵的装备

按照我和极限武馆签订的合同，我第一次购买攻击之法、身法、刀法的秘籍时，可以不受贡献点的限制，而且以最优价购买。”罗峰心中暗道。

此时，他的心跳得很快。

这可是足足1亿元啊！即便是买下张昊白家的联排别墅都绰绰有余了。更何况，他从小家庭条件就不好，一次就耗费1亿元，他的心情自然很激动。

“还好不是我的钱。”罗峰咧嘴一笑。

他已经成功购买秘籍，下一步是购买兵器、作战服等等。

“我有2000万启动资金，能省就省吧！”罗峰当即点开了兵器列表的页面，很快就找到了血影战刀二号系列。

血影战刀二号系列之A1型号 价格：10万（全价），5万（半价，要求：贡献点1点）。

血影战刀二号系列之A2型号 价格：50万（全价），25万（半价，要求：贡献点1点）。

……

血影战刀二号系列之A6型号 价格：2000万（全价），1000万（半价，要求：一星级贡献点）。

罗峰仔细地看着各个型号的兵器的介绍，不由得皱起眉头，道：“我现在实力提升得很快，相信过不了多久，我的身体素质就能达到高级战士级了，我当然要买一些好点的兵器。”

如果是一名初级战士级武者，一般购买A2型号或者A3型号的血影战刀就行了。这里的贡献点是1点，只需1万元就可以获得。

其实，所谓的贡献点1点，是用来区别武馆内部的武者和外面的武者的。毕竟极限武馆有内部网络极限之家的网络商城，此外，还有线下武者商城实体店。虽然其他势力的武者也能购买，但是只能全价购买。

“以我实力提升的速度，最起码要购买A5型号或者A6型号的血影战刀。”罗峰摇摇头，又道，“可是，这两种型号的血影战刀都要求一星级贡献点。”

“一星级贡献点，那可相当于1万点贡献点。”

他购买刀法秘籍时，可以无视贡献点要求，以优惠价购买，但这种优惠价只有第一次购买秘籍时才有。

现在他想要购买兵器、作战服等，就不能享受优惠价了。

“血影战刀A6型号，全价要2000万，A5型号全价要600万。”罗峰摇了摇头。

A5型号的血影战刀是能够和绝大多数中级兽将级怪兽厮杀的，而且不会被损坏，而A6型号的血影战刀可以和绝大多数高级兽将级怪兽厮杀。

以他实力提升的速度，低型号的血影战刀显然不适合。

“全价购买太贵了。”罗峰摇摇头，“我还是看看盾牌吧。”

罗峰当即打开了盾牌的页面，仔细一看，盾牌的价格比战刀要便宜不少。同样能抵挡中级兽将级怪兽的B5型号盾牌，全价是300万，半价是150万，可是贡献点同样要求是一星级。

“背包。”

在野外生存和与怪兽作战时，武者所用的背包也是特殊装备之一，首先背包本身的质量要好；其次，武者和怪兽厮杀时，背包不能影响武者的行动。

“背包是最便宜的，贡献点仅仅要求1点，即便我买个好点的背包，也才花10万。”罗峰想着，脸上露出一丝笑容。

“作战通信手表有卫星定位、看时间、打电话等诸多功能，价格也不贵，只需10万。”

其实，作战通信手表的那些功能并不特殊。市场上，一个几百元的手机就包含了打电话、看时间、卫星定位等诸多功能。而作战通信手表之所以要10万，是因为它的材质很好。武者和怪兽厮杀时，手上的通信手表说不定会遭到怪兽的袭击，因此，通信手表要足够结实，才能抵抗怪兽的攻击，故而材质要很好。如此一来，作战通信手表的价格怎么可能低呢？

“战刀、盾牌、手表、背包都看了，现在只剩下一样了，那就是包括战靴在内的全套作战服。”

罗峰早就听说过，作战服一般是武者身上最昂贵的装备。作战服不仅仅要求防御力强，而且还要穿在身上舒适，不影响武者的行动。

罗峰点开一看——

“天哪！这么贵！”罗峰完全傻眼了，“即便只能抵挡中级兽将级怪兽的作战服D5系，加上护臂、战靴等，全价就要1800万，半价是900万。而D6系作战服全价是8000万。”

他早就预料到作战服会很贵，但是没想到会这么贵。仅仅D5系作战服，价格就是同等级的血影战刀的三倍。

罗峰稍稍计算了一下。若是都购买统一的5系配置。作战服全套需要1800万，血影战刀需要600万，盾牌需要300万，一共是2700万。如果他拥有一星级贡献点，那么只需要1350万。至于通信手表和背包，它们所需的金额只是作战服的零头。

“我还要买飞刀，到时可用精神念力隔空控制飞刀。这样一来，我最起码要买六把至十把飞刀。”罗峰再次打开了飞刀的页面，飞刀是个小玩意，体积小，重量轻，本身的价格自然要比血影战刀便宜很多。

5系的飞刀全价也就5万。6系的飞刀全价也就30万。7系的飞刀全价竟然高达300万，半价150万，还要求有二星级贡献点，价格比5系飞刀要贵很多。不过，如果是实力超强的武者使用7系飞刀，完全能够击败初等领主级怪兽了。领主级怪兽比兽将级怪兽要强大很多，要用7系飞刀才能对付得了。只是，罗峰怎么都没想到，5系飞刀和7系飞刀的价格竟然差这么多。

“我的精神念力很强，而且精神念力还会持续加强。本来我想买7系飞刀，可是一把7系飞刀就要300万，半价更是要求二星级贡献点。我买五六把7系飞刀的话，就要1000多万。”罗峰心里很无奈，“我哪里买得起啊？这钱根本不够花啊！”

罗峰本以为启动资金有2000万，能购买很多东西了。现在他才知道，自己想得太简单了，武者的装备价格简直贵得离谱。

其实，这些装备的价格并不离谱。因为即便是导弹，都不能把领主级怪兽炸死，但是一把飞刀就能射穿领主级怪兽，可想而知飞刀的材质有多好。一把7系飞刀需要300万，这已经属于合理的价格范畴了。

此外，武者们购买装备时花的钱越多，将来猎杀厉害的怪兽后，赚的钱也就越多。可惜，罗峰现在还没开始赚钱。

第二天上午十点左右。明月小区，罗峰家的花园中，一个陌生人来了。

“罗峰先生，这是你购买的秘籍，你只需用指纹就能打开。”

罗峰接过对方递过来的密封的合金盒子，手指在合金盒子顶端划过。

“嘀！”一道声音响起。

“指纹验证通过。”紧接着，一道电子合成的提示声响起。

随即，合金盒子打开了，里面有一本一厘米厚的书，书上还放着两张光盘。

“《九重雷刀》。”罗峰念着书封面上的四个字。

“罗峰先生，你打开看一下，确认无误后，请签字。”送货的男子道。

他看向罗峰的目光中有一丝羡慕。

这可是《九重雷刀》秘籍啊！一般的武者是买不起的。

“罗峰先生，你应该知道购买秘籍的一些禁忌吧？”送货男子微微一笑，又道，“按照规矩，我应该和你详细地说一遍。秘籍的版权归秘籍创作人所有，《九重雷刀》秘籍的版权人是雷神，购买的人只有学习权，没有传授权。也就是说，不得抄录《九重雷刀》秘籍，不得私自贩卖或者传授秘籍。一旦有人违背此规定，将遭到极限武馆、雷电武馆、地下联盟、政府军队等势力的追杀。”

罗峰点点头。

罗峰验收之后，送货男子就离开了。

“一本秘籍和两张光盘竟然值1亿！”罗峰站在自家花园里，唏嘘不已，“看来，还是自己创作秘籍最赚钱啊！雷神这一本《九重雷刀》秘籍的价格那么高，一本就能赚不少钱。此外，买的人越多，雷神就赚得越多。”

当罗峰拿着秘籍准备进入屋中的时候——

“罗峰。”一道呼唤声响起。

罗峰转头一看，来人正是极限会馆的总教官邬通。

“邬叔。”罗峰笑着喊道。

“我刚才看到总部那边的送货员了，你在总部购买东西了？”邬通问道。

“嗯。”罗峰点点头。

“《九重雷刀》？”邬通一眼就看到了罗峰手中的书，大吃一惊，“你、你竟然舍得买这个？！”

“反正花的不是我的钱。”罗峰粲然一笑，随即无奈地道，“不过，我发现，钱真是不够用。我还要购买战刀、作战服等，这些实在是太费钱了。”

“哈哈！你小子还知道啊！对了，我来找你，是想问你一件事。”邬通收了笑容，沉声道，“前不久，是不是有一个叫张昊白的年轻人得罪过你？”

罗峰闻言一怔。

邬叔怎么知道这件事的？自己还没来得及去找张昊白麻烦呢！

“没错，他曾经找人想打断我的手和腿。”罗峰点点头。

“哦！原来如此。张昊白的叔叔张泽虎是雷电武馆的武者，他请Y城雷电武馆总教官帮忙说情，准备和你私了那件事情。”邬通笑道，“罗峰，你刚刚不是说缺钱吗，可以让他帮帮你。”

第37章

谈判

罗峰心中一动。

极限之家的武者论坛资料库中，有很多有关武者之间矛盾的帖子。在C国，六大基地市的武者都会受到政府的管制和法律的约束。可是，一旦他们离开基地市，进入怪兽所在的区域，就不受法律的约束了。

那是武者和怪兽厮杀的地带，不受法律的约束。武者常常行走在生死边缘，彼此之间产生矛盾，趁机杀了对方的事情并不少见。

各大武馆是不想看到这种事情发生的。武者是武馆的主要力量，是武馆用来对付怪兽的一大利器。

他们不想武者们在内讧中损失太大，所以就产生了内部谈判的说法。武者之间有仇怨，没关系，那就坐在谈判桌上谈判，以此来了结彼此的恩怨。实在谈判不了的，那就用另一种解决办法。

“罗峰，你现在只是一个新人，刚刚跻入武者的行列，还是不要树敌为好。”邬通笑道，“你才成为武者没多久，正是需要用钱的时候。”

“嗯！”罗峰点点头，“邬叔，私了就私了吧。不过，我不能轻饶了张昊白。当时如果我的实力弱，可就真的被打断手脚了。”

“那是当然。”邬通郑重地道，“不让他们长长记性，还以为我们极限武馆的人好欺负呢。”

“邬叔，你说，我找他们要多少钱比较合适？”罗峰问道。

他不懂谈判的规矩，还是先问清楚比较好。

邬通思忖片刻，道："招惹你的是张昊白，他只是一个普通人，最好别超过5000万。不过，你可是咱们极限武馆的精英，要价也不能太低了，最低也要1000万。1000万到5000万之间，你自己随便报个数字吧！"

"嗯！"罗峰点点头。

"你同意的话，那今晚我就通知他们来见面了。"邬通笑道。

"好，麻烦邬叔了。"罗峰笑着说道。

罗峰回去后，先将《九重雷刀》的秘籍收好，然后进入极限武馆内部的网络极限之家，又查找了有关武者谈判的一些资料。

"哦！原来是这样。赔偿金的多少，竟然牵扯到武者的面子问题。"

罗峰一连看了很多帖子，心中总算对晚上的谈判有点底了。

"小峰啊，吃饭了。"龚心兰的声音从楼下传来。

"来了，妈。"罗峰当即关掉电脑，到了楼下。

楼下的大厅中，父亲和母亲都坐在餐桌旁，一个保姆还在厨房炒菜。

"罗华呢？"罗峰疑惑地道，"还没回来吗？"

现如今，家里请了两个保姆，都是40多岁的中年妇女。一个保姆专门照顾罗华，毕竟罗华行动不便，有人专门照顾他的话，他就能经常出去逛逛了。

"你弟弟在旁边的莲花池公园玩，刚刚他打来了电话，马上就回来了。"罗洪国回道。

"嗯？这段日子，弟弟好像经常去那个公园。"罗峰有些疑惑。

龚心兰低声笑道："小峰啊，你弟弟结交了一个朋友，是女孩子哦！"

"什么？"罗峰很惊讶。

以前，罗华可是从不和别人有过多交流的，更别说交朋友了。

如今，他们搬到明月小区才一个月，罗华竟然就交上了朋友，对方还是女孩子。这么短的时间，罗华到底发生了什么变化？

"小峰，你弟弟认识了一个女孩，他们有很多共同语言。"罗洪国笑着说道。

"嗯！弟弟能结交朋友，对于弟弟来说，这是好事。"罗峰道。

Y城，天都花园小区。

“叔。”张昊白看着张泽虎，心中很紧张。

这些天，张昊白一直在担惊受怕中度过，连晚上睡觉都怕安全局的人会来把他抓走。

“阿虎，只要能保下昊白，我们吃再大的亏都没什么。”张泽龙说道。

“大哥，你放心！”张泽虎回道。

张泽虎身材高大，给人的感觉很强势。他一咧嘴，就露出雪白的牙齿。

“那个罗峰只是新晋武者，只跟军区中圈养的怪兽厮杀过而已。如今他已经是极限武馆的武者，应该知道规矩的，不敢胡来。若是他真的胡来，我也不怕他。哼！想跟我‘开山虎’过不去，那就是找死！”

听到张泽虎这么说，张泽龙父子都松了一口气。

“好了，这事就交给我解决吧！我过去了。”

张泽虎挥挥手，当即朝外面走去。

外面停着一辆改装过的六轮重型悍马车，车内的人朝外张望着。

那人看到张泽虎，当即笑道：“虎哥，好了吗？”

“嗯！走，去接老李，之后直接去极限会馆。”张泽虎上了车，当即说道。

“好！”

“轰隆隆——”六轮悍马车发出低沉有力的声音，迅速离开了天都花园小区。

傍晚时分，Y城明月小区。

极限会馆二楼的会客厅内，罗峰等人出现在这里。

“小峰啊，今天真是巧啊！你孔叔和陈大哥都在这里。”邬通朗声笑道。

罗峰当即看向那两人。

邬通身侧的两人气势都很强，其中一人身材精瘦，脸上有一道伤疤，目光冷厉，让人感到害怕。而另外一人身材壮硕，浓眉虎目，一看就是热情的人。

“陈大哥，孔叔。”罗峰连忙打招呼。

这两人可都不是一般人。现如今，Y城的极限会馆住着三名战将级武者，分别是总教官邬通、“火炮”陈谷、“鹰刀”孔泉。邬通已经隐退了，不再和怪兽厮杀，陈谷和孔泉却经常离开基地市，出去猎杀怪兽。

这两人正是明月小区武者的领头人。

“小峰啊，你的事情我们都知道了。你放心，我们会替你出头的。”陈谷嗤笑一声，又道，“雷电武馆的人再嚣张，也不敢欺负到我们头上来。”

“没错！”孔泉点点头。

片刻后，会客厅中极限武馆的人和雷电武馆的人分坐两边。极限武馆这边足足有20多个人，而雷电武馆那边只有8个人。

“邬通，这件事情的确是虎子的侄子不对。”一个大胡子壮汉讨好地笑道，“不过，他那侄子还是一个小孩儿，根本不懂事，而且是普通人，不是武者，你们就大人不计小人过，别跟他计较了。”

“老李，你别扯那些没用的。”邬通冷笑一声，“你们今天来这里，显然就是要和罗峰私了，对吧？开山虎，你说话啊！”

在武者圈子里，张泽虎外号“开山虎”，出了名的勇猛狠辣，其使用的兵器是一把双手握的巨型开山刀。

“邬馆长。”张泽虎微微一笑，目光落在罗峰身上，“这件事情还是小罗亲自说吧！小罗，你认为，这件事情要如何解决，你才满意啊？”

“闭嘴！”孔泉瞪大了眼睛，怒喝道，“罗峰是我们极限会馆的精英，也是我们的好兄弟。你是什么货色，竟敢叫他小罗？”

张泽虎心中一凛。

在武者圈子中，孔泉可是一个狠人，张泽虎根本不敢招惹他。

“张先生。”罗峰站起身来，微微一笑，“这件事情本是我和令侄的私事，如今劳烦我众哥哥出面，我实在是不好意思。其实，按照我自己的想法，那个张昊白要打断我的手和腿，这是小事，可是他竟然敢打我爸，那就是找死！”罗峰一瞪眼喝道。

张泽虎闻言，被吓了一跳。

在场的极限武馆的武者们却都笑了。这张泽虎可是资深武者，如今也是高级战士级武者，离成为战将级武者只差一步了。在他面前，罗峰竟然丝毫不惧，还胆敢放狠话，罗峰这小子很有胆量啊！

“哼！罗峰，那你打算怎么办？说！”张泽虎有些不悦，脸色很难看。

罗峰淡淡一笑。

他可没把张泽虎放在眼里。不谈将来，即便是现在他的身体素质在中级战士级武者中都算上等，接近高级战士级武者了。至于他的精神念力，按照身体素质和精神念力相差两个级别来看，最起码达到初级战将级了。

“一句话，你给我5000万，我就给你面子，这事情就这么算了。”罗峰笑着说道。

“你可真是狮子大开口啊！5000万，你打劫呢！”张泽虎瞪大了眼睛。

“嗯！这要求确实高了。”雷电武馆的李馆长眉头一皱，道。

罗峰微微一笑，并不答话。

“我觉得要求不高。”邬通笑着说道。

“罗峰，我给你500万，此事就此了结，否则，你就是不给我张泽虎面子。”张泽虎狠狠地盯着罗峰。

500万？

极限会馆的人都很不悦。今天极限会馆的陈谷和孔泉都出面了，张泽虎看在这两位大人物的面子上，再怎么说，也不该给这么低的价格。价格太低，那是不给面子。

“哦？是吗？那我还真不给你面子了。”罗峰也瞪大了眼睛，冷冷地道，“张泽虎，5000万，一分都不能少，少一分，你就准备去安全局见你侄子吧！”

第38章

火锤小队

张泽虎怒极反笑，他没想到，罗峰这个新晋武者竟然敢不给他面子。

“你确定要5000万，还一分不能少？”张泽虎目露凶光，仿佛要吃人一般。

罗峰却丝毫不惧。

他之前在极限之家上看了不少帖子，他知道，谈判的时候，最忌讳的是一方低头，谁先低头就代表主动认输了。这件事情本来就是他占理。按道理，如果身份对等的两个人谈判，犯错的一方理应赔礼道歉。

可是，张泽虎一来到极限会馆就显得很嚣张，显然打定主意欺负罗峰是个新武者。可惜，罗峰根本不吃他那一套。

“好了，听我一句。”邬通开口了，“罗峰、开山虎，你们都各退一步，就3000万吧！张泽虎，对于你而言，3000万不算多。你只要拿出这笔钱，这件事情就了结了。罗峰，你没意见吧？”

罗峰点点头：“就按邬叔说的办。”

“开山虎，你说呢？”邬通看向张泽虎。

会议室内，其他人的目光都落在张泽虎的身上。张泽虎气极，猛地站起身来，道：“让我向这个小兔崽子低头，做梦！老李，我们走！”

“你不同意私了的话，回头可要准备支付1亿，才能保住你的侄子哦！”邬通笑道。

“我宁愿给国家1亿，也不愿意给这小兔崽子3000万。”张泽虎看向罗峰，嗤笑道，“小子，武者可不是那么好当的。待你离开基地市，你就会知道，怪兽是多么可怕，随时都可能遇上各种凶险情况。那些怪兽可不比军区的怪兽，军区的怪兽都是圈养的。你可别那么早丧命，好好保住自己的小命，否则将来怎么和我比？对了，我提醒你一句，我成为战将级武者只差一步，而你要很久才能成为战将级武者。不知道，你能不能活那么久。”

罗峰微微一笑，道：“多谢张先生关心。你还是想想，怎么筹1亿给国家，保你侄子吧。”

“哼！”张泽虎脸色一沉，“我们走！”

“1亿啊！”陈谷故意大叫道。

张泽虎等人没有多说什么，直接离开了。

见张泽虎等人离开了，会议室里的人当即喧哗起来。

“果然如传闻一样，这张泽虎的脾气臭得很。明明是他的侄子不对，竟然还不肯低头道歉。”邬通摇摇头，没好气地道，“他宁愿缴纳1亿，也不肯出3000万了结此事，真是蠢货！”

武馆有贡献点，国家也有贡献点。对国家有功的，根据贡献的大小，国家会给予一定的贡献点，达到1万点贡献点，那就是一星级了，10万点贡献点就是二星级，这跟武馆的规矩是一样的。

当年，曾以一人之力，在大江江畔斩杀虎头怪蛟，解救数十万百姓后，英勇牺牲的董南彪，就被国家授予四星级英雄的称号。

除此之外，还可以靠捐款来获取贡献点。如果给国家捐款，也是可以获取贡献点的，捐助1万，可得到1个贡献点；捐助1亿的话，就可以得到1万贡献点，也就是一星级贡献点。

张泽虎不肯和罗峰私了，那唯一的办法就是以他侄子的名义向国家捐1亿，让他侄子的国家贡献点达到一星级。作为一星级公民，张昊白是拥有特权的，是不可能因为和罗峰的这点矛盾而被判刑的。

“即便他给国家1亿，让他的侄子成为一星级公民，可是，一星级公民对付武者，就算不被判刑，也会被关押几个月，要受一些罪的。”陈谷嗤笑道。

“人家不肯低头，能怪谁呢？”

“人家有钱啊，不在乎啊！”

极限武馆的武者们朗声大笑着。

“罗峰。”邬通看向罗峰，笑道，“诸葛主管嘱咐过，要将你安排到战将级武者小队，这样的话，你在基地市区之外更容易得到历练，安全也更能得到保障。我准备让你加入火锤小队。”

“火锤小队？！”罗峰心中一惊。

诸葛主管未免太重视他了，竟然让他加入战将级武者小队中的火锤小队。

离开基地市，进入荒野区猎杀怪兽的那些小队的实力不等。一般而言，一支小队中有一名战将级武者，那就算得上是战将级武者小队了。

“罗峰。”陈谷拍了拍罗峰的肩膀，朗声笑道，“我就是火锤小队的副队长，以后你跟着我，我保护你。不过，罗峰，这丑话可得说在前头，火锤小队会给你机会去历练，让你和那些怪兽去厮杀，但是你自己得努力，不能总寄希望于小队其他队员的帮助。第一次任务之后，如果你还不能适应这种历练，我们就只能将你踢出小队了。”

“陈大哥，我明白。”罗峰笑着点点头。

武者小队的队员都是在生死边缘做事，如果有一个队员成了累赘，对小队的影响就会非常大。

“那我就放心了。还有……”陈谷顿了顿，又道，“你现在买好兵器了吗？”

“还没有，我准备购买好一点的兵器。可是，好一点的兵器都只有达到一星级贡献点，才能半价。”罗峰无奈地摇摇头。

陈谷顿时笑了起来：“这很简单啊！你告诉我，你想要买什么兵器，我来帮你购买。你的贡献点不够，可是我的贡献点足够啊！我现在拥有的贡献点离二星级不远了，我可以半价购买兵器和装备，回头你将货款打到我的账号上就行。”

“嗯！”旁边的邬通点点头，道，“一般的冷兵器、热武器等装备，可以让别人帮忙购买。但是，各种秘籍是不能让别人帮忙购买的。”

罗峰点点头。他购买了《九重雷刀》，那么在极限武馆、地下联盟、雷电武馆等势力联合的信息资料库中，就会显示出罗峰购买了《九重雷刀》前三重。那么，罗峰以后施展出九重雷刀刀法就没事。

可是，如果杨武没买过这种秘籍，却能施展出九重雷刀刀法，一旦被发现，杨武就会被抓进监狱，因为那是涉嫌私自抄袭并传播《九重雷刀》秘籍，侵犯了雷神的版权。没有购买这本秘籍的话，就没有资格修炼。

如果让别人代为购买，那么信息资料库中只有别人购买的信息，没有自己购买的信息。即便买了，也不敢修炼。

而兵器就没有这种要求。

“罗峰，你把要购买的兵器都写下来，回头我帮你买。”陈谷说道。

“嗯。”罗峰点点头。

而后，他立即找纸笔写下来。统一的5系装备，半价为900万的作战服全套，血影战刀二号系列的战刀，半价为300万，5系的盾牌150万，6系的飞刀一共10把，半价为150万，总价为1500万。再加上背包、通信手表等小工具，罗峰的装备便配齐了。

罗峰家二楼的练武厅中。阳光透过窗户照进来，令整个练武厅都亮堂堂的。

罗峰穿着宽松的练功服，盘膝坐在练武厅中。练武厅的面积超过100平方米，里面空荡荡的，罗峰的面前摆放着一本秘籍——《九重雷刀》。

“听说九重雷刀刀法很难修炼，不知道到底难在哪里。”

随即，罗峰翻开秘籍，看了起来。

第 39 章

十重暗劲

罗峰翻开《九重雷刀》秘籍的第一页。

“快！”罗峰看到扉页上最显眼的一个大字，心中一颤。

这只是《九重雷刀》原版秘籍的复印版本，然而，复印的字迹“快”就能让罗峰感到心颤。由此可知，创造这门功法的雷神的实力是何等可怕。

罗峰继续看下去。

“天下武功，无坚不摧，唯快不破。”

“你挥刀的速度一定要快，当挥刀的速度快到极限时，那你就无敌了。”

罗峰翻阅秘籍，有些激动：“洪的绝学《灭世》也写了这一条，他的最强绝招的秘诀也是快到极限，一招之下，天地震荡，无所不灭。”

“我所创的《九重雷刀》的根本奥义就是一个字——快！”

罗峰翻到第二页，继续看下去。

“为什么仅仅是出手快，就会有这么大的威力呢？第一点，当你挥出去的刀快到连对手都无法做出反应的时候，你可以迅速击中对方，而对方根本来不及挥刀。即便你的力量只有对方的十分之一，对方也抵挡不住你的攻击。所以，这一招可以让你攻击对手的弱点。

“其次，你挥刀快的话，你挥出去的刀的威力是很惊人的。也就是说，在刀的质量不变的情况下，刀的攻击速度越快，它能发挥出的威力就越大，当刀的速度快到一定程度时，甚至能将钢铁切割开来。

“快，可以令对方来不及防御！快，可以令你的刀无坚不摧！无论是从哪方面看，快速地挥刀，才是最佳的攻击方法。”

罗峰连连点头。

其实绝大多数武者都明白这个道理。

快到极限，才能天下无敌！

“这个道理天下武者都知道，可是，能将此运用到实践中且成功的，少之又少。”雷神在秘籍中的描述充满自信，“我所创的《九重雷刀》使得我的刀法成了全世界速度最快的刀法，也令我拥有全世界最快的速度和最强的体魄。”

罗峰看到这里，眼睛一亮。

“《九重雷刀》蕴含整套身法‘流光’、整套导引术‘九重浑源’，以及整套刀法‘雷刀’。三者中，导引术是其根本。只有靠导引术，你才能拥有强大的体魄。身体素质是武者的根本，而刀法和身法是武者要掌握的技巧，需要一次又一次修炼和领悟。”

罗峰继续往后翻阅。

这本秘籍上记载的导引术一共有三篇。按照秘籍上的记载，九重浑源导引术一共有九篇。同样地，这本秘籍上的刀法也只有前三重，身法也仅仅只有前三重。

罗峰一字一句地看着，过了好久，他才全部看完。

一抬头，已经是晌午了，阳光变得很毒辣。

阳光透过窗户照射进来，令整个练武厅更加耀眼。

“不可思议，真是不可思议啊！”

罗峰完全被雷神所创的《九重雷刀》给征服了。

虽然刀法和导引术仅仅只有前三重，但是已经让罗峰目瞪口呆了。相较于秘籍上记载的东西，网络上流传的一些技巧根本不值一提，简直就是小巫见大巫。

“我先试试修炼刀法。”

罗峰将秘籍放在练武厅的角落，而后取出血影战刀。

“哧”的一声，血影战刀出鞘了。

血影战刀长101厘米，刀刃长78厘米，刀宽达5.2厘米。这把刀早就已经开锋了，其主材料是二级克罗合金。

这把血影战刀可不便宜。即使半价都高达300万，其本身的重量为112千克。

“开始！”罗峰大喝一声。

他站在练武厅的中央，手中的血影战刀一次次挥出。

九重雷刀刀法之所以威力极大，靠的是一种奇妙的发力技巧。

普通人全力挥出一刀，基本会使出十成力道，而《九重雷刀》修炼者挥出一刀的时候，仅仅使出七成力道。在使出第一重力道的时候，他们会努力让身体再度使出第二重力道，同样是七成力道，两重力道叠加，就是十四成力道。

九重雷刀一共分为九重：

第一重，可以多发一重暗劲，也就是发挥出十四成力道。

第二重，可以多发两重暗劲，可以发挥出二十一成力道。

第三重，可以多发三重暗劲，可以发挥出二十八成力道。

……

第九重，可以多发九重暗劲，可以发挥出七十成力道，也就是身体原有力道的七倍。

这是什么概念呢？

也就是说，一名初级武者如果领悟到九重雷刀的第九重，那么他的实力几乎和初级战将不相上下。

“好难啊！传言果然没错，修炼九重雷刀刀法是极难的，连入门都这么难。”罗峰连续挥出数百刀，心中暗道。

他一次次尝试，想要看看，自己是否能在挥出一刀的基础上，再发出一重暗劲，和血影战刀的力道叠加。可是，他根本没法做到。

这实在是太难了！

要知道，挥刀一瞬间就结束了。在这一瞬间，要使得身体在第一次挥刀发力的同时，内部再次发出力道，根本没办法做到。

“我不能好高骛远！九重雷刀刀法的第一重就有十八招。按照秘籍的记载，练习这十八招刀法，有利于领悟九重雷刀刀法第一重的发力技巧。”罗峰暗自思忖。

这十八招刀法练的次数多了，再加上一点悟性，自然能悟出其中的精髓。

“小峰，吃饭了。”

“小峰，快点下来吃饭。”

罗峰父母的声音从楼下传来。

“来了。”罗峰当即将血影战刀插回刀鞘，并将其悬挂在墙壁上，又将《九重雷刀》秘籍放回自己的卧室中，这才下楼去吃饭。

时间飞快流逝。

虽然罗峰加入了火锤小队，但是这段时间火锤小队的人正在休假。

趁着这段时间，罗峰一直在琢磨《九重雷刀》秘籍中的刀法、身法、导引术。在此期间，他将导引术配合基因原能修炼，效果很明显。他身体力量的提升速度明显快了一大截。

至于《九重雷刀》的身法和刀法，罗峰连第一重都没练成。

虽然没练成，但是现在罗峰的身法更灵活了，对刀法力道的控制也更加自如了。

“虽然我无法瞬间发出一道暗劲，但我对肌肉力量的控制比过去要精准。”

罗峰一个人在练武厅之中，默默地穿上作战服，在长裤的大腿外侧位置，分别别了五把飞刀。

他的脚上穿着合金战靴，身上穿着作战背心，双臂赤裸，双手都戴着护腕。

而后，他背上武者专用背包，拿上盾牌和一把血影战刀。他右手的护腕上戴着一块通信手表，背包内还放了几瓶水和一些高能量的食物。

“今天是8月28日，是我第一次离开基地市，开始正式执行任务的日子。”罗峰深吸一口气。

没错！今天就是火锤小队出发去荒野区的日子！

“罗峰！”外面传来陈谷的叫声。

“来了。”罗峰应了一声，立即跑下楼。

刚下楼，他就看到家人都在客厅中等他。

父亲罗洪国、母亲龚心兰都站在一旁，担心地看着他。弟弟罗华则坐在轮椅上，默默地看着他。他们知道今天是罗峰离开基地市，进入荒野区的日子。

荒野区是人类基地市以外的大陆的统称，包括破败的城市、郊区、山区、湖泊等等。

“小峰，小心点。”龚心兰忍不住叮嘱道。

“放心吧，妈。”罗峰咧嘴一笑，“好了，我走了。你们在家等着我，过些日子，我就回来了。”

说完，罗峰直接朝门外跑去，和别墅门口的陈谷会合。

看着身穿作战服的罗峰和一个同样全副武装的魁梧大汉迅速离去，罗洪国三人都默默无言，目露忧色。

“走，罗峰，现在我们三个去HR联盟商城，而后和队长他们会合，之后一起出发前往荒野区。”

“是，陈哥。”

罗峰、陈谷以及一个背着铁枪的男子上了极限会馆的专车。

第40章

HR联盟商城

JN基地市是C国六大基地市之一，极为富饶。主市区内有一座88层高的摩天大楼，摩天大楼的墙上写着非常耀眼的“HR”这两个英文字母。摩天大楼的周围有漂亮的广场，还有整个JN基地市最大的喷泉。广场的周围足足有上千名持着真枪实弹的士兵在巡逻，禁止外人踏入摩天大楼。

过往的路人经过这里，都好奇地看着这座摩天大楼。

整个JN基地市，绝大多数人一辈子都没进过摩天大楼。

“嘀！”一道声音响起。

顿时，站岗和巡逻的士兵立即让开。

一辆印有“HR”字母的军用越野车驶了进来，停在摩天大楼的大厅门口。而后，车门打开，三名全副武装的武者下来了，他们或背着铁枪，或背着战刀和盾牌，或背着两个大铁箱。

“先生，请进。”摩天大楼大厅门口的守卫恭敬地道。

这三名武者直接步入摩天大楼。

“走，罗峰，我们去旁边的吧台坐坐，等队长他们过来。”陈谷说道。

“我还没见过队长，不知道队长长什么样。”罗峰心中暗道。

坐下后，他仔细地观察着HR联盟商城。这可是全世界各个超级大家族和财团联手组建的地下联盟商城，也是各大势力位于JN基地市的总部。整栋摩天大楼可谓是极尽奢华。

大厅的地面光可鉴人，一些简单的装饰品都非同一般。

大厅中的服务生都很不错，男的俊美，女的窈窕动人，每个人都带着让人如沐春风的笑容。

罗峰、陈谷以及另外一名队员张科都坐在沙发上。

“三位先生，想喝点什么？”服务生微微躬身，笑着问道。

“铁观音！”

“普洱茶，带点茉莉花香味的。”

陈谷和张科这两名资深武者直接说道。

罗峰听了，有些惊讶。

在极限会馆的时候，这两位可是经常喝酒的。

张科看到罗峰脸上的表情，笑着解释道：“罗峰，进入荒野区，可大意不得，不许饮酒。”

罗峰恍然大悟！

也是，荒野区危险重重，时刻不能大意，现在怎么能喝酒呢？

“那给我也来杯普洱茶吧！”罗峰笑着说道。

大厅中回荡着悠扬的音乐声，这是笛子吹奏的曲子，至于是什么曲子，罗峰很难辨别出来。

不过，笛子的声音时而悠扬，时而轻快，让人心中十分舒坦。

“罗峰，一楼是宾客休息的地方。二楼往上的楼层，就是商城卖东西的地方了。”陈谷笑着说道，“这地下联盟商城物品的价格一般比极限之家网络商城的物品全价要低一些，当然，比网络商城物品的半价要高。”

罗峰点点头。

只有极限武馆的内部人员才能享受半价。

“地下联盟商城最大的好处就是，我们可以以高价将猎杀的怪兽身上的一些材料卖给他们。”陈谷解释道，“我们如果将猎杀的怪兽身上的材料卖给武馆，价格会比较低，但是武馆会给我们贡献点。如果卖给地下联盟商城，价格会比较高，却没有贡献点。到底选择哪种售卖方式，自然是由你自己决定的。”

罗峰点点头。

他看过武者论坛上的一些帖子，早就知道了。

“王大哥，你大半夜都没睡觉，先休息休息吧，这里交给我。”一道清脆且温柔的声音响起。

罗峰仿佛触电一般，猛地转头看去。

吧台内，一个身穿白衬衫、黑西服长裤的少女正和服务员换岗。

这酒吧一共有十二名服务生和一名经理。酒吧是24小时营业的，8个小时换岗，三班轮换。

“徐欣？！”罗峰震惊地看着吧台内的女生。

徐欣一副职业女性的打扮，举手投足间都很自然。能够在地下联盟商城迎宾大厅的酒吧中当经理的不是一般人。这可是专门招待武者的地方。

即便是地下联盟商城中的一名普通服务生，恐怕都要求是名牌大学毕业的，还要经过诸多培训，更别说酒吧经理了。

“徐欣她……”

过去她还是个朴素的高中女生，现在怎么一下子气质完全不同了？

“陈哥、张哥，我过去一下。”罗峰说道。

而后，他将背包、盾牌、血影战刀等都放在沙发上，朝吧台走去。

吧台内。

徐欣正低着头，盘点吧台内的酒水的数量。

忽然——

“徐欣。”一道熟悉的声音响起。

“嗯？！”徐欣大吃一惊。

在这一楼大厅内，知道她本名的人很少，一般都称她为徐经理。

至于那些武者，根本就不知道她的名字。

怎么会有人直呼她的名字，而且声音还这么熟悉？

徐欣当即抬起头来，看向出声之人。

吧台外的罗峰正低头看着里面，而半蹲着盘点酒水的徐欣刚好抬头。

两人四目相对。

这一刻，罗峰和徐欣心中都有一些紧张，又有一丝悸动。

“罗峰，你怎么在这里？”徐欣反应过来，连忙站起来，笑着问道。

“你都能在这里当经理了，我怎么不能出现在这里？”罗峰笑着说道。

他看着眼前的年轻姑娘，不由得想起了高中的日子。那时候，他坐在教室的后面，默默地看着徐欣的背影。

本以为自己以后很难再见到徐欣了，没想到，竟然在HR联盟商城的酒吧遇见她了。此次是他第一次去荒野区，出发之前遇见了她，他觉得和她很有缘分。

“啊！罗峰，你是武者了？”徐欣看到罗峰的打扮，惊喜地说道。

“嗯！我马上就要去荒野区了。”罗峰回道。

“荒野区？”徐欣的脸色微微一变。

对于生活在基地市的人而言，荒野区就是死亡禁地的代名词，那里充斥着各种各样的怪兽，有阴险诡异的，也有强大野蛮的，还有许多是近乎无敌的。

只有强者才会去那种地方闯荡，和怪兽厮杀。

徐欣没想到罗峰竟然成了武者，而且马上就要进入荒野区了。

“罗峰，队长来了，快过来。”陈谷大声喊道。

“我过去了。”罗峰对徐欣说了一声。

“嗯。”徐欣点点头。

罗峰走回原先的位置。

这个时候，又来了三个人，其中两个人的模样很像，旁人一看就知道他们是双胞胎。这两个人都背着盾牌和一把弯刀，第三个人则身材壮硕，身后背着两柄泛着银光的黑色大锤。

“罗峰，这两位是大名鼎鼎的魏家兄弟，魏铁和魏青，人称‘双月弯刀’。”陈谷介绍道。

魏家兄弟向罗峰点点头，然后卸下身上的盾牌和弯刀，坐了下来。

“铁哥、青哥。”罗峰笑着打招呼。

火锤小队的其他人都比罗峰大很多，大多数都比罗峰大十岁以上。

和其他五人相比，罗峰的确是个小弟弟。

“这位就是我们火锤小队的队长，‘双风锤’高风。”陈谷说道。

罗峰不由得看向高风。

高风不算很高，刚过一米八而已，他的身体很壮实，感觉像是钢铁铸造的一般。

高风咧嘴一笑，道：“罗峰，你也是用刀的，待进入荒野区，多跟魏铁和魏青学学经验。你的天赋不错，我相信，你很快就能融入我们的。”

“嗯！”罗峰点点头。

无论如何，他都不能成为这支战将级精英小队的累赘。

“我们休息一下，稍后就出发。”高风说道。

“是，队长。”

包括罗峰在内的五个人都点点头。

二十分钟后，高风便起身了。

“走，出发，去荒野区。”

罗峰立即将血影战刀、盾牌等都背起来。

“罗峰。”一道声音响起。

罗峰转头看去。

此刻徐欣显得很紧张。

不知道怎么回事，她一想到罗峰马上就要进入危机四伏的荒野区，就有些心慌。

“嗯？”罗峰看着徐欣。

“过几天，我就要开学了。不过，每个周末我都会来这里上班的。”徐欣喊道，“你到时候一定要过来找我。”

徐欣喊出这番话时，她的脸都红了。

“好，我一定来找你。”

罗峰露出一丝笑容。

“罗峰，你这么快就认识了美女，厉害啊！”旁边的陈谷拍拍罗峰的肩膀，调侃道。

“年轻小伙就是厉害啊！”旁边的高风也大声笑道。

自他们决定让罗峰加入火锤小队起，他们就将罗峰当成了兄弟。

罗峰不好意思地笑笑。

“走吧！”

“上车！”

火锤小队一行六人乘上HR联盟专车，直接前往火车站，而后乘坐列车离开基地市，赶往荒野区。

第41章

荒野区

JN基地市北方几百千米处有一个军区驻扎地。

“轰隆隆——”列车在军区的站点缓缓停下。

一名名全副武装的武者接连走下列车，足足有二十余人，这二十余人分成了四支小队。

“罗峰，平常我们出去猎杀怪兽，中途补给的时候，都会进入军区。”陈谷指着前面一座五六十米高的铁塔，又道，“你看到那座铁塔了吗？在我们国家，乃至于全世界，任何一个军区内都会划分出一个特殊区域，作为武者补给基地，专门供武者休息。而武者补给基地一般都会建造一座灯塔，寓意照亮武者回家的路。”

罗峰点点头。

武者补给基地处于军区内部，有一座座幽静的小楼，环境非常好。

“火锤小队，你们就在E6号楼休息。”补给基地的一名军官递给火锤小队队长高风一把钥匙，拍了拍高风的肩膀，笑道，“老高，你这次准备狩猎多久啊？如果弄到什么好货，可以卖给我们地下联盟啊，我们一定出高价给你。”

补给基地内的不少服务人员穿着军装，实际上，他们是分别来自于极限武馆、雷电武馆、政府军队以及地下联盟的。他们既是补给基地的服务人员，同时也会向武者们收购一些怪兽身上珍贵的材料。

“哈哈！行啊！”高风朗声大笑，“快点安排人给我们准备午饭吧。”

这个补给基地并不算大。

“E6号楼，在那里。”火锤小队的人很快就找到了E6号楼。

E6号楼一共有三层。高风将带有芯片的钥匙划过大门，这三层小楼的大门便打开了。

火锤小队离开补给基地前，拥有这座三层小楼的使用权。

“我得躺下睡会儿，我昨晚都没睡好啊！”陈谷放下背上的两个大铁箱，直接跳上沙发，在沙发上躺了下来。

“你们现在好好休息，今天晚上我们就出发了，到时候都给我精神点。”高风叮嘱道。

“明白。”

张科和魏家兄弟都恭敬地应道，显然早就知道规矩了。

“晚上就出发？为什么不白天出发呢？”罗峰有些吃惊。

“罗峰，你也不看看现在是什么天气，现在可是八月底，正是一年中最热的时候。大热天的，我们还要背着数百千克的装备赶路，带多少水都不够喝的，到时候只能喝河里的水。”陈谷看了罗峰一眼，笑道，“晚上凉快一些，赶路的时候不至于那么渴，节约水，赶路的速度也快啊！”

“哦！原来如此！”罗峰讪讪一笑。

虽然他提前看了不少帖子，但是还真的没有注意到这一点。

“嗯？”罗峰的目光透过落地窗户，看到补给基地中的人，“陈哥，你看，那不是张泽虎吗？”

张泽虎此时身上缠着纱布，纱布上隐隐有血迹，显然他受伤了，正在补给基地休养。

陈谷转头看去，道：“没错，就是张泽虎！”

“嘿！”陈谷走到门口，大喊一声，“开山虎，你怎么了？上次不是还好好的，怎么就伤成这样了？”

正和同伴边走边聊的张泽虎不由得转头看去，他一眼就看到了小楼门口的陈谷等人，气得牙痒痒。

随即，他强忍怒火，嗤笑道：“陈大炮，你们火锤小队也算是精英小队，怎么带一个新人啊？哈哈！你就不怕全队被这个累赘给拖死？”

一般而言，精英小队都是配合好的，很少愿意带新人。

即便新人的身体素质再好，可是新人没经验，在关键时刻容易掉链子，很容易拖累老队员。

张泽虎和陈谷两人一来一往地相互讥讽着。

高风怒喝了一句，张泽虎就再没有吭声了。

虽然他有时候总和陈谷较劲，但是他可不敢得罪高风。因为高风是使冷兵器的，而陈谷是使热武器的。

使热武器的武者，即便是实力达到顶峰，最多是初级战将级武者，因为枪械等热武器最多能威胁初级兽将级怪兽，而张泽虎离成为初级战将级武者只差一点点了。

“哼！没想到，罗峰竟然混到火锤小队了。”张泽虎和队友继续往前走着，嘴里还嘀咕着，“本以为他会进入一支普通的武者小队，那样的话，我可以找机会狠狠地教训他一顿，让他知道惹了我的后果。现在，他竟然进入了火锤小队。”

张泽虎气得牙痒痒。

“虎子，刚才陈谷旁边的年轻人就是害得你花了1亿元的罗峰？”旁边的独眼中年人问道。

“对，就是他。”张泽虎眼中闪烁着凶光，“这个小兔崽子真狠！我本以为他不敢做得太绝，没想到，他竟然真的上报给安全局了。那次谈判之后，安全局的人就直接冲到我侄子家，要抓我侄子。我没办法，只能以我侄子的名义给国家捐助了1亿元，让我侄子成为一星级公民。不过，就算这样，我侄子也要被关押几个月。”

一想起自己大哥当时焦急的模样，还有张昊白被安全局的人带走时惊恐的表情，张泽虎就更加愤怒了。

之前，他可是向他大哥保证过的，不会让张昊白有事的。

虽然后来他花了1亿，保住了张昊白，可是张昊白还是要被关押几个月，受一些苦。

“算了，别想太多。你那个侄子吃些苦头没坏处。”独眼中年人劝慰道，“你抓紧时间好好休息，你这伤不算重，再过三天就差不多好了，到时候，我们就可以出发去荒野区，继续对付那老家伙了。待杀了那老家伙，我们队就赚了。”

“嗯。”张泽虎点点头，随即瞥了远处的E6号楼一眼，嗤笑道，“我敢打赌，罗峰第一次进入荒野区，非死即伤。”

“哈哈！你真是怨气不小啊！不过，那小子第一次进入荒野区，受伤是在所难免的。”独眼中年人笑着说道。

傍晚时分，全副武装的火锤小队离开了补给基地，进入了荒野区。

“陈谷，把你的一个铁箱给我。”高风说道。

“哦，那就辛苦队长了。我背着这两个铁箱子，短时间，我还能撑住，时间长了，就受不了了。”说完，陈谷将其中一个大铁箱递给了高风。

高风右手接过大铁箱，直接背在身上。他可是火锤小队的第一强者，对于他来说，这点重量根本不算什么。

“咔！”陈谷打开另外一个铁箱子。

铁箱子内有一把通体呈银灰色的机枪，枪口闪烁着金属的光泽。除了这把银灰色机枪外，还有大量的子弹链条。乍一看，密密麻麻的，将整个大铁箱都装满了，由此可知子弹数量极多。

“陈哥，这是什么枪？”罗峰疑惑地道。

“M81型号，口径12.7毫米，一分钟可以发射50发到300发子弹，可调速。”陈谷得意地笑道，“这把枪的材质是三级克罗合金，即便是连续不断地发射子弹，这枪管发热的程度也不会影响到子弹发射的精确度。”

罗峰疑惑地道：“陈哥，你怎么不用火神炮？火神系列的机枪的威力不是更大吗？”

“咦！你还真不懂！”陈谷瞪大了眼睛。

旁边张科笑着说道：“罗峰，火神系列的重机枪的威力的确很大。可是，火神系列的重机枪太耗费子弹了，一分钟可发射7000发子弹，有的重机枪的射速更快，耗费的子弹更多。你知道这是什么概念吗？一分钟可以发射7000发子弹，而能威胁初级战将级怪兽的子弹至少重50克，假设是1万发子弹，就有500千克重。”

“你背着500千克的子弹，赶数百里路，最后杀怪兽的时候，一分多钟，火神炮就将子弹给耗光了。”张科笑着看向罗峰，“你现在觉得火神系列的重机枪好不好？”

罗峰恍然大悟。

的确，子弹的重量是一个大问题。一分钟能发射7000发子弹，那得带多少子弹才够啊？

“除了军队专用，或者武者小队专门对付某一头怪兽，需要大量子弹的火神机枪外，平常我们这种小队出动时，是不可能使用那种火神重机枪的，因为我们根本没有那么多子弹，也背不了那么多子弹。”陈谷自嘲地一笑，“我这次一共只带了1万发子弹，都累得够呛，还要劳烦队长帮我背一部分。”

陈谷身上缠着子弹链条，手持机枪，和罗峰并肩前行。这两人处在队伍的中间位置，受到其他人的保护。

魏家兄弟则走在队伍的最前面。

高风和张科殿后。

“我们沿着这条高速公路往前走，大概三天的时间，就能抵达目的地——0201号县级市。”高风说道。

罗峰不由得开始观察眼前的高速公路。

对于生活在基地市的人而言，高速公路是很陌生的。他们眼前的这条高速公路早已经破败不堪，路面有着好几道裂缝。

一眼看去，高速公路上随处可见一辆辆破败的或是已经碎裂的轿车、货车、卡车等等，破轮胎到处都是，还有一些已经发黑的血迹。

“走吧！”

火锤小队一行六人沿着高速公路不断前行。

“哧——”

“嗷——”

高速公路两旁的田地里和破败的村落中不时传出一阵阵怪兽的吼叫。

罗峰甚至能看到不少怪兽的身影。

火锤小队的其他五人都很放松，罗峰却不敢有丝毫松懈，因为随处都能看到怪兽。

“罗峰，前面有一头等级介于G级和F级之间的独角野猪，交给你了。”高风的声音响起，“这是你进入荒野区的第一战！”

“罗峰，这是你的第一战，别大意。这些怪兽的野性和灵性可比军区圈养的怪兽强得多。”陈谷郑重地提醒。

罗峰回以一笑。

他感觉得到陈哥对自己很关心。如今火锤小队中的成员和自己关系最近的，无疑是同住在明月小区的陈谷和张科。

至于队长高风和魏家兄弟，他们和他的关系没那么好。

第42章

独角野猪

毕竟过去他们素不相识，他只是一个新人，要得到他们的认可并不是一件容易的事。

“加油，罗峰！你现在的身体速度、神经反应速度已经达到高级战士级身体素质的合格线，你的力量也接近高级战士级，对付那头独角野猪，没问题的。”张科难得地鼓励道。

高风和魏家兄弟则都期待地看着罗峰。

“哧！”罗峰拔出血影战刀。

他左手持着盾牌，右手握着血影战刀，微微一笑，道：“队长、陈哥，你们等着，我将那头独角野猪的独角给弄来。”

罗峰说完，缓缓朝前方靠近。

火锤小队的其他成员目送罗峰走过去。

“队长，这可是罗峰的第一战，你让他对付接近F级的独角野猪，要求是不是高了点？”陈谷忍不住开口了，“虽然我们是火锤小队，成员都是精英，确实该对罗峰这个新成员考验一番，但是这得一步步来吧，我觉得先让他对付G级怪兽比较好。”

“对啊，可不能操之过急。”张科附和道。

“队长的安排没问题。”魏铁沉声道，“罗峰的身体素质根本不弱于那头怪兽。虽然他对付那头怪兽难度比较大，但是只要他肯吃点苦头，应该还是能赢的。”

“这可是他第一次进入荒野区。”张科有些不满。

“他第一次进入荒野区又怎样？我不希望他成为我们的累赘。如果他连接近F级的独角野猪都对付不了，怎么跟着我们去猎杀厉害的战将级怪兽？”魏青皱眉道。

很显然，陈谷和张科都帮着罗峰，魏家兄弟则是带着怀疑的眼光看着罗峰。

“别吵了。”高风开口了。

陈谷等人顿时安静下来。

“先看看吧，看看罗峰和独角野猪这一战的情况。”高风面无表情，冷冷地说道。

罗峰仿佛灵活的豹子般迅速地蹿到一辆倒翻在高速公路上的轿车后面，朝前方不远处的独角野猪看去。

那头独角野猪全身的毛发是黑色的，仿佛一根根黑色钢刺，它那根深灰色的独角仿佛一把尖刀。在夕阳的照耀下，深灰色独角折射着骇人的光芒。

当初在武者实战考核过程中，铁毛野猪仿佛一辆重型悍马车，野蛮狂猛，这独角野猪给人的感觉则是灵活与彪悍并存。

“这是我的第一战，一定要打得漂亮点。我能加入火锤小队，虽有诸葛主管嘱托的原因，更重要的，还是靠陈哥和张哥帮忙。”罗峰很清楚这一点。

他只是一个新人，是很难加入精英战将级小队的。高风和魏家兄弟对他持怀疑态度，这是正常的，他必须靠战斗证明自己。

罗峰死死地盯着前方正在寻找猎物的独角野猪。

H、G、F这三个级别，分别对应初级兽兵、中级兽兵、高级兽兵，眼前的这头独角野猪的实力显然接近F级。

独角野猪发出声声嘶吼，同时扫视着周围。

“它发现我了。”罗峰的心跳加速。

“轰——”

独角野猪猛地飞奔起来，仿佛疾速行驶的坦克，直接撞向罗峰前面破旧的轿车。

罗峰仿佛一只灵活的猴子，迅速闪躲开来。

“轰隆”一声，那辆轿车直接被撞飞了，在高速公路上接连翻滚着。

罗峰闪躲开来后，立即冲向独角野猪。

“受死吧！”罗峰一声低吼。

他整个人仿佛一道闪电，手中的血影战刀疾速朝独角野猪的颈部袭去。

撞飞小轿车的独角野猪一时间来不及稳住身体。

可是，当罗峰靠近它的时候——

“嗖！”一道黑影朝罗峰的脑袋劈来。

“好险！”罗峰吓了一跳，双脚一用力，疾速转身，避开这道黑影的袭击。

这道黑影正是独角野猪那根仿佛铁鞭一般的尾巴。

“砰！”独角野猪甩动尾巴之后，气势陡然变得凌厉起来。

它猛地扑向罗峰，那粗壮的铁蹄和锋利的独角直接朝罗峰刺来。

“这头独角野猪的速度太快了吧！”罗峰立即后退一步，手中的盾牌往前顶。

“砰！”盾牌和独角野猪的铁蹄猛地撞击。

撞击的瞬间，罗峰借着反弹力迅速一个倒退，在地上一个翻滚，卸去了冲击力。

而独角野猪飞速朝罗峰追来。

罗峰一个翻身，踩在一辆破旧的卡车上，而后一闪身，躲到了卡车后面。

他有卡车作为掩护，并没有被疾速冲撞而来的独角野猪伤到。

远处，看到这一幕的火锤小队五人都微微点头。

“队长，罗峰的反应还不错吧！”陈谷笑道。

高风点点头，笑道：“的确不错。我以为，他第一次面对独角野猪，会吃点苦头。没想到，他的临场反应极快，而且他的基本功非常不错，还知道用盾牌卸去冲击力，此招非常巧妙，动作如行云流水。面对独角野猪一系列猛烈的攻击，罗峰竟然没有受伤，他的确很厉害。”

一直板着脸的魏家兄弟，此时脸上的表情也轻松了很多。

“魏铁、魏青，罗峰不错吧？”张科笑着问道。

“这一战还没结束，一切还很难说。”魏铁淡淡地说道。

火锤小队的五人继续将目光投向罗峰和独角野猪。

罗峰的注意力高度集中。

他心中暗惊：“这独角野猪好阴险，一开始，它故意向我示弱，而后，突然用尾巴攻击我，同时，铁蹄和独角接连朝我袭来，最后，它疯狂地撞向我。幸好这几天我修炼了《九重雷刀》秘籍，对力量的控制更加精准了。”

若非这一个月他修炼了《九重雷刀》秘籍，恐怕他早就身受重伤了。独角野猪这一系列的攻击，威力极大，他使用了精神念力做辅助，才没有受伤。

独角野猪嘶吼着，它没有愚蠢地去撞击大卡车，而是纵身一跃，跳过大卡车，迅速冲向罗峰。

“哼！独角野猪，这一次，你死定了！”

罗峰猛地一脚踹在旁边的一个破轮胎上，破轮胎迅速撞向独角野猪。

独角野猪丝毫不减速，它低下头来，头顶的独角锋利无比，竟然直接将那破轮胎给划开了。之后，破轮胎被撞飞了。

而罗峰踢走破轮胎后，立即冲向独角野猪。

独角野猪在撞开破轮胎的同时，一转头，它的独角刺向罗峰。

“去死吧！”

这一刻，罗峰陡然一个转身，灵活地避开了独角的袭击。

在旋转的同时，他手中的血影战刀借着旋转的力道瞬间挥出。

血影战刀的刀光疾速朝独角野猪袭去。

“扑哧！”罗峰的血影战刀直接劈中独角野猪的颈部。

罗峰清楚地感觉到，独角野猪不仅毛发极其坚硬，就连毛皮也很坚硬，不愧是连普通子弹都无法穿透的毛皮。

独角野猪的颈部渗出了鲜血。

罗峰这一刀仅仅劈入独角野猪颈部大概五厘米深，就劈不动了。

“嗷——”独角野猪疯狂地嘶吼着，猛地转头，撞向罗峰。

身受重伤的独角野猪更加疯狂了！

“发生什么了？”

“好灵活的身法！”

魏家兄弟的脸上都露出了惊讶的表情。

“罗峰竟然能精妙地避开独角野猪的独角那一击，简直不可思议！”魏铁惊叹道，“而且，他离独角野猪那么近，竟然敢直接旋转身体，就不怕独角野猪的独角刺穿他的身体吗？这简直让人震惊！他这是运气好，还是真有这么强的实力？”

罗峰那一旋转看似简单，却透露出惊人的身法。

“好！”

“干得漂亮！”

陈谷和张科忍不住喝彩。

“这小子很有实力。”高风笑着说道，“在如此危险的情况下，他竟然敢那么做，而且还成功了，他的身法不一般，时机把握得很准。不过，怪兽之所以难对付，就是因为生命力极强，罗峰要杀了这头独角野猪，可不是那么容易的事。”

火锤小队的五人隐隐有些担心。

此刻，五人继续看着远处。

独角野猪已经彻底被激怒了。

第43章

惊人的进步

鲜血沿着独角野猪的颈部流下，滴在满是灰尘的高速公路上。

独角野猪的双眸中泛着凶光，它发出一声声低沉的嘶吼，而后疯狂地冲向罗峰。它的铁蹄、独角、尾巴同时袭向罗峰。

“它的颈部已经受伤了，转头的灵活性明显降低了不少。”

罗峰灵活地避让开来。

在武者实战考核中，他可是同时面对七头H级怪兽的围攻，以此训练身法的。七头H级怪兽围攻的威力和这一头接近F级的独角野猪的攻击威力相差不大。

“嗖！”罗峰不退反进，做出了一个飘逸的侧身避让动作。

独角野猪的独角离罗峰只有三厘米了，可是这三厘米犹如天堑一般，令独角野猪根本伤不到罗峰分毫。

“出刀！”罗峰手中的血影战刀从高处迅猛地劈过来。

独角野猪立即狂吼一声，四蹄猛然发力，欲避开罗峰的这一击。可是，罗峰出刀的速度太快了。

“哧——”罗峰的血影战刀又一次劈中了独角野猪的颈部。虽然不是劈中刚才的位置，但是这一次竟然劈入了大概八厘米之深。

“哼！这独角野猪受伤了，它的颈部肌肉没办法发出全力抵挡，并且下一次它的颈部防御力会更弱。”

罗峰在发出这一击的同时，立即闪躲开来，轻易地避开了独角野猪又一次报复性的攻击。

而后，罗峰再次靠近独角野猪。

独角野猪发出愤怒的吼声。

“最后一次！”

罗峰连续移动三步，竟然产生了一道幻影，再一次避开独角野猪的攻击。与此同时，罗峰再次一刀劈了过去。

“扑哧！”

这一刀刚开始劈下去还挺难的，但当劈进独角野猪颈部的十二厘米处后，阻力立即锐减。罗峰的血影战刀硬是一下子将独角野猪的头颅劈开了近三分之二，随后，他迅速拔刀，撤退。

一阵凄厉的吼叫声响起。

独角野猪全身抽搐着，四蹄无意识地疯狂蹬踏着，高速公路的地面都被蹬得裂开了。随后，独角野猪飞奔着，轰然撞击高速公路旁边的护栏，将护栏都给撞断了。

独角野猪的声音渐渐变得微弱，它不再有反应。

罗峰站在高速公路断裂的护栏边，看着躺在地上一动不动的独角野猪。

“死了！”罗峰用血影战刀将独角野猪的独角给割了下来。

独角野猪全身最贵重的就是这根独角。

远处观看战况的火锤小队五人都长叹一声。

“怪物！”

魏家兄弟惊讶地说道。

“怎么样？我推荐的人不错吧！”陈谷得意地说道。

如果说之前他们都是很惊讶的话，那现在就是震惊了。

“不可思议。”张科忍不住感叹道。

高风盯着远处的罗峰，道：“罗峰的身法怎么这么厉害啊！论速度，独角野猪比他要快一些。可是，刚才他连续几次避让，显得那么轻松，而且，他的每个动作都那么完美。如果他能保持身法千百次，那就是入微级了。”

“他才18岁，如果身法真的达到了入微级，应该被送到武馆全球总部进行特训。”魏铁忍不住说道。

所谓入微级身法，是指同等级武者可以用最小的力量做出最完美的避让动作。这种避让动作的难度很高，普通武者能做到一两次，可是很难做到千百次。如果能做到的话，那就意味着该武者的身法达到了入微级。

“我们得到宝了！”高风笑道。

魏青难得地点点头，道：“嗯！好好培养一下，我们火锤小队就多了一个骨干。”

“我和老二来教他。”魏铁说道。

陈谷和张科都笑了。作为不知道在生死线上走了多少次的资深武者，他们很清楚，有一些所谓的天才，身体素质很好，但是在和怪兽厮杀的时候，却发挥不出十分之一的实力。所以，他们根本瞧不起所谓的天才。

真正的高手是经历过无数次生死战斗考验的。

罗峰是天才，而他第一次的表现就这么好，显然他在战斗方面的实力也很强。

“队长。”罗峰从远处跑过来，“这独角……”

“你杀的独角野猪，这独角当然归你。”高风笑道。

罗峰点点头。

怪兽中，兽兵级怪兽身上的材料一般都不怎么值钱，因为武者完全可以凭借热武器杀死兽兵级怪兽。即便是一名初级战士级武者，只要枪法好，也能轻易杀死兽兵级怪兽。

“这独角卖给武馆的话，应该值3000元，还能得到贡献点。如果卖给地下联盟，应该能卖到5000元。”陈谷笑道。

兽将级怪兽身上的材料才是值钱的，领主级怪兽身上的材料更能卖出天价。

“罗峰，你刚才的表现只能算是勉强及格。”魏铁道。

“铁哥？”罗峰看过去，“请铁哥指点。”

“你的身法基础不错，可是效率太低。”魏铁板着脸，“待会儿，你好好看看，我是如何杀一头F级怪兽的。”

罗峰刚才杀的是一头实力接近F级的怪兽。

赶路片刻后，罗峰一行人遇到了一头F级的猫科类的虎猫怪兽，这只虎猫身上有着点点斑纹，身体十分壮硕，仿佛一头牛犊子，灵活性、凶残程度要比独角野猪强得多。

“看我的。”魏铁冷冷地道。

“嗖！”魏铁左手持着盾牌，右手拿着一把弯刀，迅速冲向虎猫。

“铁哥可是高级战士级武者，和这F级的虎猫怪兽的身体素质不相上下。”

罗峰仔细地看着，只见魏铁根本没有避开，直接冲向虎猫怪兽，发出了沉重的撞击声。

不，准确地说，虎猫怪兽嘶吼着朝魏铁扑去，两者即将相撞的一瞬间，魏铁一个侧身，他的盾牌斜着和虎猫怪兽碰撞了一下。

虎猫怪兽重心不稳，歪向一侧。

“扑哧！”魏铁快速挥出一刀，而后迅速退开了。

他看着虎猫怪兽痛苦地吼叫着。

最后，虎猫怪兽渐渐无力地倒下，没有了气息。

魏铁割下虎猫怪兽的尾巴，取出尾巴中一根近乎透明的筋，放进背包里，便走了回来。

“罗峰，你看到了吗？我的身法不如你，我使用的力量也没有超过你。可是，我一招就杀了虎猫怪兽。”魏铁看着罗峰。

罗峰仍旧很惊讶，没有回过神来。刚才的战斗的确很惊险，不过，魏铁瞬间就杀了虎猫怪兽。而罗峰为了猎杀独角野猪，一次次避让，然后发起攻击，最后才杀了独角野猪。整个过程，罗峰耗费了不少力气和时间。而独角野猪的实力明显比虎猫怪兽要弱很多。

“你好好想想吧！”魏铁没有多话，让罗峰独自一人思考。

罗峰完全被魏铁的实力震撼了。

魏铁的速度不是最快的，技巧也不是最好的，可是人家轻易就杀了虎猫怪兽，效果就是那么好！

“杀怪兽的时候，最佳方法是要找准怪兽的弱点。”魏青走过来，对罗峰说道，“一般而言，走兽类怪兽的弱点是眼睛、喉咙、嘴巴。次一等的怪兽的要害是其柔软的腹部，再次一等的怪兽的要害才是颈背。”

罗峰知道这些，可是怪兽的移动速度那么快，要刺中怪兽的眼睛是很难的。而且，独角野猪、虎猫怪兽一般都低垂着脑袋，要刺入其喉咙也是很难的，攻击其腹部也有难度，劈砍其颈背是最简单的。

“当然，攻击怪兽弱点的机会是很少的。怪兽并不傻，它会保护好自己柔弱的部位。不过，武者可以自己创造机会。就拿我哥刚才猎杀虎猫怪兽来说，他通过斜角度的碰撞令虎猫怪兽失去重心，这样一来，虎猫怪兽就露出了脖子。他的弯刀瞬间从盾牌下方刺向虎猫怪兽的脖子，令虎猫怪兽瞬间毙命。”魏青缓缓地道，“我哥最后是从盾牌下方出刀的，让虎猫怪兽根本来不及反应。”

罗峰点点头。

“记住，学会利用自己的优点。”魏青语重心长地说道，“对付怪兽的时候，你要做到最有效、最简洁。你的身法的确很好，可是你不必每次都展示身法，一切行为的最终目的是杀了怪兽。”

“明白。”罗峰点点头。

魏青难得地露出一丝笑容。

“出发。”高风挥手，下令道。

火锤小队显然是将罗峰当成未来的骨干在培养，一路上，魏青和魏铁接连出手对付一些怪兽，时而也让罗峰自己对付怪兽。通过言传身教，让罗峰积累一些实战的经验，当然，罗峰也没有辜负他们的期望，罗峰的进步速度很惊人。

一路上，就连战将级强者高风都出手过几次，亲自教导罗峰。

罗峰渐渐明白，杀怪兽的时候，要让自己每一次的攻击都发挥出最大的威力。然而，自己第一次猎杀独角野猪时，一次次避让，实际上就是在显摆，根本是无用功。

之后，罗峰的攻击渐渐变得直接、干脆、高效。

三天后。

清晨，一条破旧的环城公路上，火锤小队一行六人前行着。

“前面有两头F级的狮獒犬怪兽，罗峰，你去杀了它们。”高风命令道。

“是，队长。”罗峰应道。

而后，他直接朝狮獒犬怪兽奔跑过去，速度并没有很快。

“嗷——”两头狮獒犬怪兽疾速冲向罗峰。

狮獒犬怪兽的眼神十分可怕，它们并没有把罗峰放在眼里，当双方距离很近的时候，罗峰脸上露出了一丝笑容。

“嗖！”两头狮獒犬怪兽的速度陡然加快，全身的毛发瞬间竖起。

罗峰瞬间靠近它们，使出诡异的步伐，正是九重雷刀的身法之一——流光。

他引得狮獒犬怪兽的双爪朝自己扑来，而后一转身，精准地避开狮獒犬怪兽利爪的攻击。在双方身体错开的瞬间，他的血影战刀瞬间刺出。

“噗！”血影战刀直接刺入狮獒犬怪兽的脖子。

罗峰迅速向前冲，而后转头，看向另外一头狮獒犬怪兽。

“嗷——”另外那头狮獒犬怪兽看见自己的伙伴受伤了，竟然低吼一声，飞速逃走了。

高风等人看到这一幕，都露出了一丝笑容。

论实战经验，罗峰还比不上魏家兄弟。但是论身法，罗峰并不比魏家兄弟弱。

“罗峰，走，我们快点进入县级市。狮獒犬怪兽都是群居的，刚才逃跑的那头狮獒犬怪兽估计很快会带一群狮獒犬怪兽过来。”陈谷道。

罗峰点点头。

火锤小队一行六人当即朝目的地走去，半晌，他们进入了0201号县级市。

第44章

制高点

火锤小队悄然进入了0201号县级市的郊区。

“罗峰，这三天，我们是沿着高速公路赶路的，走的地方都属于荒凉地带。”陈谷一边走，一边压低声音道，“绝大多数怪兽都生活在城市中的建筑密集区、县级市、市区等地方，这些才是真正危险的地方。”

“明白，陈哥。”罗峰点点头。

他早就在帖子中看到过一些关于怪兽聚集的习惯等内容。

怪兽在和人类的长期战斗中，总结出了一些经验。它们生活在空旷的荒凉地带，没有遮挡物，即便和武者相隔很远的距离，也很容易被武者锁定，武者可以通过重型狙击枪和导弹等进行远程攻击。

而市区中的建筑众多，它们只要躲在建筑密集区，那么，重型狙击枪就很难有机会击中它们，除非狙击手来到市区。武者一旦进入市区，难免会和怪兽进行巷战，那么怪兽会占有极大的优势。所以，建筑密集区才是怪兽的集中营。

“我们火锤小队的目标自然是兽将级怪兽，不过……”陈谷低声提醒道，“兽将级怪兽具有一定的智力，与人类相差不大。兽将级怪兽会命令大量兽兵级怪兽聚集在它的周围，听从它的指挥。也就是说，几乎每一头兽将级怪兽的周围都有大量兽兵级怪兽，所以，要猎杀一头兽将级怪兽的难度很大。”

罗峰点点头。

兽兵级怪兽和兽将级怪兽的实力差距极大，更重要的是，两者的智力也相差极大。

兽将级怪兽为了保命，会召集大量兽兵级怪兽守在自己周围。除了极少数喜欢独行的怪兽外，绝大多数兽将级怪兽的周围都有很多兽兵级怪兽。

“所有人都小心点，前面区域中有铁甲牛怪兽的老巢。”高风突然说道，“那群铁甲牛怪兽的首领应该是一头上级兽将级怪兽。此外，那老巢中的铁甲牛怪兽很多，我们最好绕行，不要惊动它们。陈谷，别开枪。一旦有铁甲牛怪兽攻击我们，记住，务必瞬间击杀，别让铁甲牛怪兽呼唤同伴。”

“是，队长。”其他五人都点点头。

不同于外面的荒凉地带，郊区和城区要危险得多。

火锤小队一行六人沿着一条狭窄的小道，小心翼翼地前行。

“停！”最前面的魏铁一抬手，紧紧地盯着前方。

只见一头体形庞大的铁毛野猪怪兽躺在地上，旁边的两头虎獒犬怪兽正大口大口地吃着肉。

忽然，虎獒犬怪兽抬起头来，看向远处的火锤小队。

“我们绕开，不要动手。”高风轻声道。

在高速公路的荒凉地带，罗峰他们很恣意，遇到怪兽，说动手就动手。可是，现在是在城区，他们不敢这样做了。

一路上，他们都小心翼翼地，十余次避开怪兽，击杀了八头普通的兽兵级怪兽。

一群人终于抵达了第一个目的地——0201号县级市的蓝天小区。

蓝天小区之所以被火锤小队定为第一个目的地，是因为这个小区中有三栋21层高的住宅楼。

“走，上顶楼的天台。大家小心点，说不定住宅楼内会冒出一头怪兽。别发出大的声响。”

火锤小队的六人沿着楼梯小心地往顶楼走去。

“嗷——”一阵低沉的兽吼声回荡在住宅楼中。

火锤小队六人眉头微皱。

走在最前面的魏铁低声道："怪兽应该就在楼上，大家都小心点。"

所有人都手持兵器，随时准备出手。

而使用热武器的陈谷被安排在中间的位置。

六人一步步往上走。

"小心！"罗峰一眼就看到前方的拐角处突然冒出来一头狮獒犬怪兽。

那头狮獒犬怪兽足足有两米高，全身的毛发细长，体形巨大，仿佛一辆大型军用越野车。

这头狮獒犬怪兽见到他们，立即低吼一声，疾速地冲了过来。

火锤小队的人在下面的楼梯上，而狮獒犬怪兽往下俯冲，加上其庞大的体积形成的动能，攻击力极大。

"嗖！嗖！"最前面的魏家兄弟的动作几乎一模一样，他们一手持盾牌，一手拿弯刀，同时朝上方冲去。

两人和狮獒犬怪兽擦身而过。在擦身而过的瞬间，那两把弯刀刚好划过狮獒犬怪兽的前爪关节位置。

魏家兄弟使出了一模一样的招式。

狮獒犬怪兽不由得一个踉跄，有些不稳地落在台阶上。

这个时候，张科一个飞奔，同时手中的合金长枪直接刺向狮獒犬怪兽。

"哧！"长枪瞬间刺穿了狮獒犬怪兽的脑袋。

狮獒犬怪兽的四爪蹬踏两下，就无力倒下了。

魏青、魏铁、张科这三人配合得很巧妙。魏家兄弟率先伤了狮獒犬怪兽的前肢，令狮獒犬怪兽身体不稳，而后，张科瞬间出枪，一击毙命。

张科的枪法十分精准，直接刺穿了狮獒犬怪兽的脑袋。

在爬上顶楼的过程中，火锤小队只遇到了三头怪兽，算是运气不错了。其中一头怪兽竟然是从楼下冲上来的，罗峰和高风处于队伍的后部，罗峰出手击杀了那头G级怪兽。

六人走出楼梯口，来到了这栋21层高的住宅楼的天台。

"关闭楼梯口。"高风下令道，"防止有怪兽从下面跑上来。"

“是。”罗峰和张科当即去关楼梯口的铁门，还找了铁棍将其卡死。

“呼！总算能松一口气了。”张科脸上露出了笑容。

而后，他直接坐在天台上，从背包里取出了食物和水。

“你们都带望远镜了吧？”高风问道。

其他五人都点点头。

“所有人取出望远镜，站在天台边上，朝下看，看看能不能找到兽将级怪兽。记住，身体别露出太多，如果被下面的怪兽发现了，那就麻烦了。”

其实，他们在天台上是很安全的。21层高的住宅楼天台，一般的怪兽根本无法从下面爬上来。

即便有兽将级怪兽指挥怪兽们从楼下杀上来，威胁也并不大。这里的楼梯很窄，怪兽们想要上来需要一段时间，火锤小队完全有充足的时间逃掉。

不过，小心驶得万年船，警惕一些总是没错的。

“兄弟们，开始搜寻兽将级怪兽。”

罗峰当即从自己的背包里取出了望远镜。

对于武者而言，望远镜、钢丝等都是必带的，这些辅助工具的作用很大，而且不重。

罗峰蹲坐在天台的边缘，用望眼镜往下方看，下方的一条条街道上随处可见怪兽。

“城市密集区的怪兽数量的确比荒郊野外的要多得多。”

其中一条街道上，起码有数百头怪兽在前行。

即便是战将级武者，如果被数百头普通怪兽围攻，逃出来的可能性也不大。

“队长，那些都是兽兵级怪兽啊！”

“我这边也没看到兽将级怪兽。”

包括高风在内的五人也都拿着望远镜从不同的方位朝楼下察看。

站得高，才能看得远。在21层高的住宅楼的天台，的确能看得很远，自然能看到很多怪兽。

“咔！”一个铁箱打开了。

火锤小队中唯一没有使用望远镜的陈谷打开了铁箱。

铁箱中除了有大量弹药外，还有一个长方形的木盒。陈谷打开木盒，里面放着一些枪械零件。

陈谷迅速进行了组装。

片刻后，一把近两米长的通体银灰色的重型狙击枪就组装完成了，瞄准器等光学器材也全部安装好了。

陈谷将十颗特殊的子弹压入弹夹。

“队长，你们若是发现了兽将级怪兽，立马通知我。”陈谷道。

“嗯！你先睡一会儿，养养神。找兽将级怪兽的事交给我们。”高风点点头，吩咐其他人，“大家认真点，别看漏了。”

他们在制高点用望远镜找兽将级怪兽，这是在城市中猎杀兽将级怪兽最简单的办法，这可比在街道上找兽将级怪兽的速度要快得多，安全性也更高。

罗峰、张科、魏家兄弟以及高风这五人都拿着望远镜仔细地察看下方的每一处。

至于陈谷，他抱着重型狙击枪睡着了。

第45章

兽将级怪兽

火锤小队躲在蓝天小区住宅区的天台上，寻找兽将级怪兽。

离0201号县级市大概15千米的高速公路上，一支精英小队正在迅速朝0201号县级市的方向前行。

这支精英小队也有六人，他们所穿的作战服的左胸口处有老虎的印章。

这正是JN基地市名气极大的虎牙小队。

虎牙小队中，使用热武器的有两人，使用冷兵器的有四人。使用冷兵器的四人中，有两人是战将级武者，其他两人是高级战士级武者。而使用热武器的两人都是战将级武者。

其实，使用热武器的武者只要有足够的天赋和经验，成为战将级武者是很容易的。因为他们猎杀怪兽时主要是靠枪械子弹的威力。

“老韩，你发现那老家伙的位置了吗？”张泽虎低声问道。

张泽虎正是虎牙小队中的一员，他是高级战士级武者。

“我在老家伙身上留下了定位信号弹，我收到了信号，老家伙距离我们大概20千米。据我判断，老家伙应该在前方的0201号县级市内。”一个男子手持类似罗盘的仪器，他一边看着手中的仪器，一边说道。

“太好了！总算确定老家伙所在的位置了。”

“这次若是能猎杀老家伙，我们小队可就赚啦！”

虎牙小队的其他人闻言，都笑了。

之前他们猎杀怪兽的时候，碰巧发现了狼类怪兽中的“猎杀者”。大涅槃时期之前，人类社会中的猪、犬、猫、牛、羊等是最多的，所以，现如今，猪类、犬类、猫类、牛类、羊类、蛇类等怪兽居多，而狐狸、猴、蝎子、狼、虎、豹等变异形成的怪兽是非常罕见的，狼、虎、豹等本来就很强，经过变异之后，就变得更加可怕了。

当然，一些普通怪兽数量极大，其族群中也会产生一些极为可怕的怪兽，比如猫类怪兽中就有一种可怕的怪兽——九命猫妖。

九命猫妖是猫类怪兽中最可怕的，它有九条尾巴，实力更是超越了领主级。在整个地球上，九命猫妖是排名靠前的可怕怪兽。

狼类怪兽的繁衍能力较强。数十年来，武者们经常会碰到一些狼类怪兽。

而猎杀者是狼类怪兽中非常可怕的变异族群，又称狼族中的王者——银月狼族。每一头银月凶狼几乎都是独行的，它们喜欢猎杀其他怪兽，很阴险狡猾，所以被称为猎杀者。

武者们发现，实力最弱的银月凶狼都达到了中级兽将级，每一头银月凶狼都可以卖出天价。

“我们追杀的那头银月凶狼应该达到了高级兽将级，甚至接近领主级。幸亏这头银月凶狼在和我们交手前已经身受重伤，我们才能再次重伤它。”虎牙小队的队长说道，“如今我们都已经养好伤，并且养精蓄锐，这次务必抓住机会，一举猎杀这头实力变弱的银月凶狼。”

“是，队长。”虎牙小队的六人都充满了信心。

如果猎杀了那头银月凶狼，能得到堪比平常他们辛苦一两年才有的收获。

蓝天小区，一栋21层高的住宅楼的天台上。

火锤小队的五人都拿着望远镜仔细地寻找兽将级怪兽。

罗峰左手拿着望远镜，右手拿着水壶轻轻喝了一口水，随后放下望远镜，拧紧水壶的盖子，将水壶放入背包，这才继续拿着望远镜朝下面察看。

“队长，我们就在这里傻傻等着吗？”罗峰问道。

“当然！”高风放下望远镜，笑着说道，“在这片区域，这栋21层住宅楼算是很高的，我们在这栋住宅楼的天台上，靠望远镜可以看到周围四五平方千米的区域。这个县级市不算大，但是，由于建筑物的阻碍，我们寻找兽将级怪兽的效率没有那么高。可是，这已经算很好了。大家又能休息，又能寻找兽将级怪兽，这是目前最好的办法。”

罗峰点点头。

“队长，你们看这边。”张科忽然惊呼起来。

他的手指向下方的某一处。

“嗖！”其他四个人都跑过去。

他们都拿着望远镜朝下方仔细察看。

罗峰顺着张科指的方向，通过望远镜看到西北角区域的几条街道上，出现了数十头独角野猪和铁毛野猪，而后，独角野猪和铁毛野猪的数量不断增多，算起来有数百头，而且出现在他们视线范围内的猪类怪兽还在不断地增加。

“嗯？”罗峰眼睛一亮。

其中一条街道上，一头体形类似坦克的通体红色的巨型怪兽缓缓地前行，它的前后都有一群猪类怪兽。

“这是嗜血坦克？！”罗峰一惊。

猪类怪兽中，排名第二的是嗜血坦克。嗜血坦克全身长满大量的鳞甲，防御力惊人，乍一看，仿佛一辆装甲坦克。论防御力和冲击力，它丝毫不比真正的坦克弱。

“是嗜血坦克！”

“哇！一条大鱼啊！”

“队长，你看它身上鳞甲的颜色，应该是初级兽将级，接近中级兽将级。”

火锤小队的几人议论起来。

“嗯！嗜血坦克身上的东西卖价比较高。”高风笑了，又道，“虽然这家伙只是初级兽将级怪兽，可它的卖价能和一些中级兽将级怪兽相比。这可是一条大鱼啊！大家都打起精神来！”

“老陈。”

“陈谷。”

听到队员的声音，陈谷终于睁开了眼睛。

陈谷站起身来，问道：“兄弟们，你们找到兽将级怪兽了？”

“你来看。”高风笑道。

陈谷迅速走过去，拿起望远镜一看，道：“你们竟然找到了猪类怪兽中排名第二的嗜血坦克！这家伙的防御力很惊人啊！幸好我带了穿甲弹，一般子弹恐怕都破不开它的鳞甲，看来，要动用我的宝贝了。”

“快去拿你的宝贝！子弹能值几个钱啊！”高风催促道。

陈谷的动作很快，他很快就冲到铁箱旁，取出三颗血红色弹壳的子弹，换下了重型狙击枪的子弹。

陈谷趴在天台边上，架起银灰色的重型狙击枪，枪管在阳光照射下，折射出耀眼的光芒。

而后，陈谷伸出手，感应了一下风向，进行了仔细的测试计算，调整了一下瞄准光学器。

火锤小队的其他五人都不敢出声。

突然——

“砰！”一道低沉有力的声音响起。

几乎一瞬间，子弹已经出膛，射了出去。

虽然这颗合金穿甲弹的威力惊人，速度是音速的好几倍，但是因为它的速度远超音速，所以产生的音爆声在子弹射出之后才抵达嗜血坦克的耳边。

嗜血坦克缓缓地走在街道上。

“噗！”

嗜血坦克耳背的鳞甲冒出了火星，猛地出现一个窟窿。

子弹硬生生地穿了过去。

“嗷——”嗜血坦克痛叫一声，侧身晃动了两步。

待它站稳后，立即发出一声声怒吼，顿时周围零零散散的猪类怪兽疯狂地朝它聚集。

嗜血坦克的耳背渗出丝丝血迹，它愤怒地吼叫着，可是它根本不知道，到底是从哪里射来的子弹。

天台上，陈谷微微抬头，将眼睛从瞄准器的位置移开，自信满满地道："我的运气不错，射中了嗜血坦克的要害，这嗜血坦克的生命力极强，没有立即死去。不过，五分钟内，它一定会倒下。"

远距离狙击时，最有效的就是第一枪，因为此时兽将级怪兽根本没有任何防备。可是，一旦第一枪没击中兽将级怪兽的要害，那就麻烦了。

兽将级怪兽的防御力很强，子弹能穿透它的身体就不错了，所以一般都要用穿透力极强的穿甲弹，而非杀伤力极强的爆裂弹。

毕竟若是穿透力都不够的话，还谈什么杀伤力啊？

"好枪法！"张科竖起大拇指。

"这嗜血坦克的脑袋才是要害，即便你射穿它身上的鳞甲，对它也没多大影响。"高风笑着说道，"陈谷，你这一枪真是厉害。"

若不是陈谷这一枪奏效了，他们想要猎杀有大量怪兽护卫的嗜血坦克，实在是太难了。

"别夸我了。"陈谷笑道，"现在，我们还是想想办法，将嗜血坦克的尸身弄到手吧！那头嗜血坦克的周围可是有数百头怪兽，若是我们去慢了，说不定就被哪支武者小队给捡便宜了。"

"陈谷，你别乌鸦嘴了。这个县级市内的武者小队最多三支。"高风笑笑，又道，"好了，大家收拾一下，赶紧出发，将嗜血坦克的尸身弄到手。"

第46章

虎牙小队

“张科，你帮陈谷背一个铁箱。”高风吩咐道。

“是，队长。”张科当即朝陈谷走过去。

陈谷将重型狙击枪拆卸开来并放到木盒内，然后将木盒和装有大量子弹的铁箱递给张科。

随后，陈谷打开了另外一个铁箱，拿出了一杆机枪。他的身上缠着大量弹链，弹链的一端直接连在机枪上。

“啧啧！”罗峰见状，不由得惊叹。

对付兽兵级怪兽时，高等热武器的作用是很大的，陈谷刚刚就一枪击毙了嗜血坦克。当然，他那一枪也有运气的成分，毕竟能一枪击中嗜血坦克的头颅，射穿嗜血坦克最坚硬的头盖骨，着实不容易。

嗜血坦克的身躯庞大，就算中枪也影响不大。所以，武者能一枪将其毙命的机会是很少的。其要害极少，主要是眼睛、头盖骨下方、耳背等位置，陈谷精准地击中其耳背，一是靠技术，二是靠运气。

若是嗜血坦克警惕一些，改变一下移动的方向，根本不会被那一枪击中。

“走，下去。”高风一声令下。

罗峰等人立即沿着楼梯迅速下楼。五分钟后，他们出现在一条小巷子里面。

领头的魏铁偷偷朝外面张望一下，而后回过头来，道：“队长，那嗜血坦克已经倒地，它死了。”

“老陈，厉害啊！”高风竖起大拇指。

陈谷嘿嘿一笑。

“不过，队长……”魏铁顿了顿，继续道，“那嗜血坦克尸身周围聚集了数百头怪兽，我们想要得到嗜血坦克的尸身，不容易啊！”

这是武者远程攻击兽将级怪兽麻烦的地方，即便成功了，要取兽将级怪兽尸身上的重要材料也是很危险的。不过，这比正面和兽将级怪兽厮杀要安全得多。

“老规矩，魏铁、魏青，你们两个去打乱怪兽群，而后我们趁乱一起上。”高风下令。

随即，他转头看向罗峰。

此时，罗峰屏住呼吸，大气都不敢出。要冲击数百头怪兽，这是他加入火锤小队以来做的最危险的一件事情。当然，据他看到的一些帖子所称，这只是武者小队面临的比较危险的情况，比这危险得多的情况也是有的。

“罗峰，待会儿你就跟在陈谷的身边。你的任务是保护好陈谷，不让怪兽袭击陈谷。”高风郑重地道。

“放心，队长，我一定不让怪兽靠近陈哥。”罗峰点点头。

“好，出发！”高风一声令下。

“嗖！嗖！”两道流光从魏家兄弟的手中飞出，仿佛两道闪电，飞出上百米远，随后落入怪兽群中。

这两道流光其实是两个椭圆形的黑色球体，这两个椭圆形的黑色球体上还有着红色的时间信号。

那些怪兽注意到了黑色球体，都警惕地避让。

“嘀！嘀！”

“轰隆——”两颗定时炸弹猛然爆炸，强大的爆炸力和飞溅的碎片，震得定时炸弹旁边的两头怪兽跌了个大跟头，全身都是血。

与此同时，两颗定时炸弹产生了大量的烟雾，烟雾迅速朝四面八方弥漫开来。

两颗定时炸弹炸死了一头怪兽，并且伤了五六头怪兽，更多的怪兽只是受到烟雾的影响。

“冲！”高风一声令下。

“嗖！嗖！嗖！”

罗峰全身的力量爆发，他一手持盾牌，一手持血影战刀，迅速跟随在陈谷旁边。

火锤小队的六人的速度都十分惊人。距离兽群中的嗜血坦克的尸身还有150米，他们仅需四五秒钟就跑到了嗜血坦克的尸身旁。

而且，这还是在兽群的攻击下减缓了的速度。

“轰！”高风快如闪电，冲在队伍最前面。

他单手持着一柄重锤，疾速挥舞起来，刹那间，两头兽兵级怪兽当场丧命。

一方是中级兽兵级怪兽，一方是实力接近中级战将级武者的初级战将级武者，双方的实力相差极大。

高风一手拿着重锤，另外一手拿着一把匕首，几乎瞬间就扑到了兽将级怪兽嗜血坦克的尸身旁。他拿起匕首，迅速朝嗜血坦克耳背的弹孔刺进去。在他取嗜血坦克身上材料的时候，火锤小队的其他五人面临着危机。

“快，罗峰，保护好老陈。”张科舞动着一杆长枪。

魏铁和魏青则在高风的周围守护着。

嗜血坦克肉身极其坚硬，剖开嗜血坦克这个任务，如果是魏铁等人来做的话，需要耗费很长时间，而力量惊人的高风只需半分钟就足够了。

“轰——”

“嗷——”

周围的怪兽发现了罗峰等人，当即嘶吼着冲过来。

“滚。”罗峰移动两步，避让开来的同时，左臂上的盾牌狠狠地砸在一头独角野猪怪兽身上。

独角野猪的四蹄不由得一扭动，庞大的身躯跌倒在地上，使得早有裂缝的水泥街道猛地一震，扬起大量灰尘。

罗峰不求杀敌，只求能以最小的代价撑过这半分钟。

此刻，张科舞动着一杆长枪，击毙了两头兽兵级怪兽。

这时，三头怪兽同时攻向张科。

张科是没有盾牌的，手中只有一杆长枪。

“不好。”张科挥出一枪后，脸色一变。

一头铁毛野猪怪兽的冲击速度绝对能达到50米/秒。铁毛野猪怪兽的体形如小型卡车，速度却赶得上跑车。张科来不及抵挡，有三头怪兽正在围攻他。

“这次怕是要受重伤了。”张科心中暗道。

“砰！”旁边冒出来一人，这人正好一脚踹在飞奔的铁毛野猪怪兽身上。

在疾速飞奔时，铁毛野猪对身体的控制要弱很多。那头铁毛野猪被踹得身体一歪，直接跌了个大跟头，而后迅速爬了起来。

“张哥，我们靠着点，一起对付怪兽。”罗峰说道。

“罗峰，谢啦！”张科感激地道。

刚才如果不是罗峰帮忙，他肯定会身受重伤。

张科心中暗道：“让罗峰加入火锤小队果然没错。他的步伐快，身法灵活，是个厉害的高手。”

“好身法！”一直受到罗峰保护的陈谷称赞道。

这一批怪兽可是足足有数百头。

一开始，只有数十头怪兽和罗峰等人厮杀，很快地，更多的怪兽围了过来。幸好有烟雾阻挡了其他怪兽的视线，否则它们都会围拢过来。

“不好，队长，快点。”魏铁大声喊道。

时间每过一秒，火锤小队就多一分危险。周围的怪兽正在迅速增加。

“陈谷，开枪！”高风下令道。

“是。”陈谷舔了一下嘴唇，冷冷一笑。

陈谷旁边的罗峰和张科立即后退一步。

随着陈谷扣动扳机，顿时，一发发子弹从枪口疾速射出，这些都是陈谷高价购买的穿甲弹。对付兽将级怪兽，穿甲弹都算是具有威胁的，何况是对付兽兵级怪兽。

“嗷——”顿时，周围的怪兽发出惨叫声。

一颗颗穿甲弹射入一头头怪兽的体内。

这些怪兽的身体庞大，且生命力强，身体被子弹射中，也不会丧命。当然，如果它们的头颅被子弹射中，会直接丧命。

穿甲弹射不穿兽将级怪兽的头颅，射穿这些兽兵级怪兽的头颅却是没问题的。

“砰！”一头怪兽的头颅被射中。

它当即跌倒在地，没了气息。

“哈哈！让我给你们点颜色看看！”陈谷冷冷地道。

他那蕴含克罗合金的枪管不停地射出穿甲弹，瞬间就压制住了其中一方的怪兽群。

罗峰和张科则对付其他方向的怪兽，防止它们进攻陈谷。

枪声接连响起。

烟雾中的怪兽瞬间确定了方向，疯狂地朝他们冲了过来。

顿时，群战开始了。

陈谷使用机枪的能力极强，一人相当于十名武者。可是，机枪一响，就会引起更多怪兽的注意。

“好了，我们走。”高风成功采集了嗜血坦克身上的材料，当即大吼一声。

罗峰等人顿时松了一口气。

“嗖——”火锤小队的六人飞速逃跑。

“轰隆隆——”数百头愤怒的怪兽疾速追来。

数百头怪兽一起奔跑，地面都被震动了，整条街道旁边破败的住宅楼都微微震动起来，甚至还发出了轰隆隆的回声。

“怪兽群真可怕。”罗峰回头看了一眼，心中一惊。

愤怒得发狂的数百头怪兽飞奔过来，场面很震撼。

“这边。”六人立即拐进一条巷子。

巷子很窄，两头怪兽在里面并排而行都是不可能的，它们只能一一进入巷子。趁着这个机会，火锤小队的六人快速地进入建筑密集区，而后不断地拐弯，进入一条条小巷子，很快，他们就将怪兽群完全甩掉了。

半个小时后。

罗峰一群人悄悄来到了海浩大酒店的天台上。

“哈哈！大家这次干得不错。”高风笑着说道，“陈谷那一枪打得很准啊！罗峰，你也不错，救了张科一回。嗯！这头嗜血坦克虽是初级兽将级怪兽，但是实力不可小觑。这应该是我们猎杀初级兽将级怪兽中难度最高的一次。这次，咱们小赚了一把。没想到，第一天就有这样的收获，真是开门红啊！一个月后，我们的收获肯定不小。”

其他人都笑了起来。

罗峰看了通信手表一眼，道：“有人打过我电话！”

这作战通信手表很特别，即使有人打电话过来，也不会发出很大的声音，打扰武者。只有武者自己查看手表，才能发现是否有人打电话。

“家里的电话。”罗峰笑了笑，开始语音命令，“回拨！”

“嘀嘀……”通信手表很快便拨通了罗峰家里的电话。

“喂，哥。”通信手表那头传出一道熟悉的声音。

罗峰不禁笑了，道：“罗华，你最近不是认识了一个女生吗，怎么还有时间给我打电话啊？”

“哈哈……”

陈谷等人都看向罗峰，笑了起来。

“我有女朋友，也不能忘了老哥啊！”通信手表那头的罗华嘿嘿笑道，“对了，哥，我打电话给你，是想要告诉你一件事，小楠已经正式答应当我的女朋友了。”

罗华的声音很大，他显然很高兴。

在罗峰的记忆中，罗华已经很久没这么开心过了。

“爱情的魅力果然非常大。”罗峰心中默默地道，“弟弟残疾这么多年，他心理上的压力一直很大。”罗峰为罗华感到开心。

“嗯！对了，爸妈呢？”罗峰问道。

“爸妈一起去买菜了。”罗华回道。

罗峰点点头。

母亲现在总算可以上午去买菜了，而父亲也总算可以不用干活，陪着母亲去逛菜市场了。

“我没事，就是想告诉你这件事。哥，你在基地市区外闯荡，一定要小心啊！”罗华关切地道。

“放心！”

通话结束，罗峰一脸笑容。

“好了，既然罗峰打完了电话，大家都过来一下。”高风说道。

顿时，罗峰等人走过去。

“今天我们刚刚进入这个县级市，就有了非常不错的收获。老规矩，按照大家在战斗中的贡献来分配战利品。不过，要等我们这次猎杀结束，回到补给基地，再分配战利品。”高风说着，表情变得严肃起来，“记住！时刻要保持警惕！这里可是建筑密集区，是怪兽的巢穴所在。整个县级市中，兽将级怪兽非常多，大家千万不能大意，若是陷入危机中，那可就麻烦了。每年为了执行任务而丧命的武者可是很多的。”

“嗯！”陈谷、张科、魏家兄弟、罗峰都郑重地点点头。

罗峰心里很清楚，政府军队的武者的安全性是最高的，而他们这种闯荡荒野区的武者的死亡率是很高的。

“刚才大家都厮杀了一场，耗费了不少体力，昨夜又在赶路，肯定都很累。现在大家好好休息，下午四点再行动。”高风说道。

“是！”

“终于可以休息啦！”

六人在天台上或坐着，或躺着，开始休息。

火锤小队躲在海浩大酒店天台上休息的时候，虎牙小队则进入了0201号县级市内。

一行六人小心翼翼地穿行在一条破败的巷子中，他们发现巷子中散乱着怪兽的尸身。

“停！”身材精瘦的队长摆摆手，其他人都停了下来。

虎牙小队的队长沉声道：“所有人听好了，这次我们的目标只有一个，那就是猎杀那头已经受伤的银月凶狼，所以，我们千万不能招惹其他怪兽。遇到其他怪兽，我们能躲则躲，能逃则逃，最好别和它们战斗，一旦受伤，那就麻烦了。”

那五名队员都郑重地点点头。

那头银月凶狼可是高级兽将级怪兽。猎杀这头银月凶狼，可比猎杀数十头初级兽将级怪兽都要赚得多。

“还有，待我们追上银月凶狼，切记，都不要轻易动手。那头银月凶狼已经受了重伤，我们只需要袭击两三次，就能将它击毙。我再提醒大家一次，千万别和它硬拼。如果逼急了它，它真的会拼命的，到时我们有人会丧命的。”

其他五人点点头，表情都十分凝重。

他们要猎杀的可是银月凶狼。银月凶狼是高级兽将级怪兽，还是狼类中的王者，即便受了重伤，战斗力还是很强的。一旦银月凶狼发狂，虎牙小队的人根本很难抵挡，死伤大半都有可能。

“我们可以让它不断受伤，不断流血，耗死它。”虎牙小队的队长自信地一笑，“这种县级市级别的区域，很难吸引战神级的武者小队。一个县级市内估计也就只有几支队伍，而我们虎牙小队应该算得上是这个县级市中最强的，不用怕银月凶狼会被其他武者小队抢走。”

一般而言，厉害的战将级队伍大多在市区级区域中活动。因为那里单独活动的兽将级怪兽更多，更有挑战性。

火锤小队之所以来到这里，其中一个原因就是罗峰这个新人加入了火锤小队，以致火锤小队的整体战斗力下降了，否则火锤小队也会进入市区，去猎杀怪兽。

“队长，如果真有武者小队拼命去抢银月凶狼呢？”独眼中年人皱眉道。

“放心。”旁边的张泽虎淡淡一笑，“连我们都不敢逼那头银月凶狼太紧，其他武者小队哪有这个胆子啊？再说了，这个县级市中的武者小队的队员大多是战士级的，能有一名战将级武者就不错了。他们去抢夺银月凶狼，不被银月凶狼直接撕成碎片才怪。”

“嗯。”虎牙小队的队长点点头，又道，“其他武者小队根本没能力抢夺银月凶狼。如果有武者小队敢抢银月凶狼，我们直接解决那个武者小队。”

“是！”其他五人都点点头。

“出发。”虎牙小队的队长一挥手。

这六人立即悄悄迅速前行。

基地市不同于荒野区，基地市是人类居住的城市，那里有法律，人类是受政府管控的。而荒野区是怪兽盘踞的地方，这里黑暗、混乱、血腥的事情太多了。为了争夺一具能卖出天价的怪兽尸身，武者小队不惜互相残杀。当然，一般都是实力强的武者小队去抢夺实力弱的武者小队的战利品。

进入荒野区的武者，死在怪兽手中的很多，死于别的武者手中的也不少。

傍晚时分，火锤小队的六人吃饱喝足，其中五人拿着望远镜不时朝下方察看。

“两个小时了，我们看到了两头兽将级怪兽。”魏铁无奈地道，“可惜，每头兽将级怪兽的周围都有大量的兽兵级怪兽，不好动手啊！还是市区好，市区的兽将级怪兽更多，甚至会碰到领主级怪兽，在那里，普通的兽兵级怪兽主要集中在领主级怪兽和厉害的兽将级怪兽的身边，还有不少兽将级怪兽是独行的。”

刚刚陈谷用狙击枪开了两枪。可是，这次运气并不好。这两枪虽然击中了两头兽将级怪兽，但是并没有杀了它们。其中一头兽将级怪兽的实力非常强，几乎没受到任何影响。而另外一头兽将级怪兽虽然身受重伤，但是并没有死。更重要的是，它们都有大量的兽兵级怪兽在周围保护着。

“县级市就是这点不好，普通的兽将级怪兽都能统领一大群兽兵级怪兽。”张科无奈地说道。

“可是县级市相对比较安全啊！”高风笑笑，又道，“整个县级市，高级兽将级怪兽也就一两头。而且，它们的周围都有大量的兽兵级怪兽，我们根本靠近不了它们。至于普通怪兽群，以我们小队的实力，即便是硬闯都能逃得掉，根本不用害怕。”

市区的兽将级怪兽很多，武者很容易遭受多头兽将级怪兽的围攻。

“嗯？”罗峰拿着望远镜朝下方看去，“这，这是兽将级怪兽？”

只见十余头兽将级怪兽出现在街道边缘。这十余头兽将级怪兽的身上都有着斑点，乍一看，类似老虎，正是猫科怪兽中的虎猫一族。这十余头虎猫怪兽的体形都很庞大，其中有一头虎猫怪兽有两条尾巴。

“长着双尾的兽将级怪兽？”罗峰又惊又喜。

虎猫一族中，双尾的是初级兽将级，三尾的是中级兽将级，五尾的是初级领主级，七尾的是高级领主级，而八尾的已经超越了领主级，是虎猫一族中实力超强的怪兽。

猫科动物中，凡是九尾都是九命猫妖，是地球上的排名靠前的可怕怪兽。

“队长，你们看，那是兽将级虎猫怪兽。”罗峰大喊道。

“兽将级虎猫怪兽？”

顿时，其他五人都冲了过来，拿着望远镜看向下方。

“真的是虎猫怪兽！虎猫怪兽不喜群居，果然如此。兽将级虎猫怪兽的周围只有十六头兽兵级怪兽。”高风朗声大笑，“兄弟们，准备动手吧！”

“那里只有十六头兽兵级怪兽，我一个人就能解决。”陈谷嘿嘿一笑。

其他五人闻言，都笑了。

“出发。”高风一声令下。

罗峰等人立即离开了天台。

这次陈谷不打算开枪了，唯恐没杀死却惊跑了那头虎猫怪兽。

那头虎猫怪兽仅仅带了十几头兽兵级怪兽，这在小县级市中可是很少见的。

第47章

动手

罗峰跟着火锤小队的五名老队员，利索地翻墙，悄悄进入了街道旁的一片住宅区。

住宅区内，十余处围墙已经倒塌了，水泥路早就被杂草覆盖了，围墙的墙脚长满了青苔。

“‘肥羊’就在前面。”魏铁透过倒塌的围墙的缺口朝外面的街道看去，“咱们运气不错！这双尾虎猫怪兽正悠闲地带着手下寻找猎物呢！”

罗峰也透过墙缝朝外看。

远处大概五十米外的街道上，兽将级虎猫怪兽正带领一群普通怪兽闲逛着。

“兄弟们，记住……”高风低声道，“第一，待会儿你们的任务是击杀那些普通虎猫怪兽，至于那头兽将级虎猫怪兽，你们都离它远一点，以防受伤。它交给我就行了，一头初级兽将级虎猫怪兽而已，我一个人能对付得了；第二，陈谷不要开枪，若是出现了突发情况，再开枪不迟。一旦开枪，我们必须立即逃离战斗的地方。”

“明白。”罗峰等人都点点头。

枪声是很容易吸引怪兽的。如果他们躲在高楼天台上，距离远，开枪的话，怪兽无法判定枪声发出的位置。可是，这是在平地上，一旦开枪，他们很容易暴露，很快就会吸引周围大量的怪兽围攻过来，时间越久，吸引的怪兽就越多。

“好！我们这次速战速决！动手！”高风一挥手。

“嗖——”

六道人影几乎同时飞奔出去。

就连陈谷也出动了，他的左手拿着机枪，右手拿着一把短尖刀。

六人化作六道幻影，疾速冲向虎猫怪兽群。

双尾虎猫怪兽感觉到动静，全身的毛发都竖了起来。

它立即怒吼一声，周围的十六头虎猫怪兽也都发出吼叫声，吼叫声在街道两侧不断地回荡着，震耳欲聋。

一头头矫健强壮的虎猫怪兽猛地朝六人飞扑过来。

罗峰看着朝自己飞扑过来的一头虎猫怪兽，脚下一动，瞬间避让开来。

而后，他手中的血影战刀顺势朝那头虎猫怪兽的喉咙袭去。

那头虎猫怪兽低吼一声，竟然略微一低头，用下巴抵挡住了罗峰这一击。

“哧！”血影战刀划向虎猫怪兽的下巴。

虎猫怪兽的下巴上顿时出现了一道血痕。

“这虎猫怪兽的反应真快，比狮獒犬怪兽的反应快多了。”罗峰心中暗道。

他一落地，便感觉到一阵腥风吹来。

另一头虎猫怪兽已经朝他张开血盆大口。

罗峰一手持盾牌，一手持血影战刀，大步往后退，拉开一点距离。而后，他直接举起盾牌一个侧顶，右手的血影战刀疾速刺向虎猫怪兽。

血影战刀擦着盾牌的边缘，瞬间刺入那头虎猫怪兽的下巴。

罗峰猛然一拔刀，大步后退。

“噗——”那头虎猫怪兽被刺中，猛地喷出一口血。

而后，它的身体一晃，轰然跌倒在裂开的水泥地上。

“小心！”一声大喝猛然响起。

“哐！”旁边不远处的魏家兄弟瞬间被撞得飞出。

魏铁整个人狠狠地撞在街道旁的围墙上。

“轰隆”一声，年久失修的围墙直接倒塌了，魏铁瞬间倒地，猛地吐出一口鲜血。

此时，撞飞魏家兄弟的双尾虎猫怪兽几乎瞬间就到了罗峰的面前。

“这也太快了吧！”罗峰吓了一跳，当即一个横移。

“还是慢了一点点！”

很显然，罗峰躲避的速度还是慢了一点点。

眼看那头双尾虎猫怪兽的利爪就要击中罗峰了。

突然，一股无形的精神念力瞬间作用在罗峰右手的护腕上，精神念力使得罗峰横移的距离明显增加了一大截。

双尾虎猫怪兽的利爪擦着罗峰的身体而过。

“哧！”

罗峰顺手一记反击，锋利的血影战刀划过双尾虎猫怪兽的前肢，发出了骇人的声音。然而，这一刀连双尾虎猫怪兽前爪上的皮毛都没有划破。

“兽将级怪兽的速度很快，防御力也很惊人。”罗峰大吃一惊。

“扑哧！”双尾虎猫怪兽落地，其利爪将水泥地面都抓出了窟窿。

“孽畜！！！”高风犹如一道闪电疾速从旁边猛然撞击过来。

他的气势很强，两柄巨大的重锤仿佛旋转的风轮狠狠地砸过来。

因为大意，使得伙伴受了伤，此时他气急了。

双尾虎猫怪兽中了罗峰一刀，却似乎一点事都没有，一转身，咆哮着朝高风撞去。

“砰！”重锤和利爪重重地撞击在一起。

高风和双尾虎猫怪兽都一个踉跄。

高风左脚一发力，再度飞扑过去，丝毫不给双尾虎猫怪兽再一次袭击伙伴的机会。

此时双尾虎猫怪兽的一只前爪已被重锤砸得骨折了，它的身体有些不稳。

两者硬拼，高风竟然占了上风。

“轰隆隆——”

高风的重锤不断地砸向双尾虎猫怪兽。

距离火锤小队大概500米的地方有一栋六层住宅楼。

虎牙小队的六名队员正在那栋住宅楼的天台上，用望远镜观察四周。

“队长，周围的怪兽比较多，我们想要在不惊动绝大多数怪兽的情况下，抵达5千米外银月凶狼所在的位置，难度很大。”独眼中年人皱眉说道。

虎牙小队的队长眉头紧蹙。

忽然，他的目光落在远处正和虎猫怪兽群厮杀的火锤小队的几人身上。

“那是火锤小队？！”虎牙小队的队长脸色一沉，“他们也来到这个县级市了！”

“火锤小队加了一个新人，整体实力下降，所以才来这个县级市的吧！”独眼中年人说道，“那个使用双锤的人是高风。高风的力量真大啊，竟然敢跟初级兽将级怪兽硬拼。我早就听说，他的力量和一般的中级战将级武者不相上下，就是速度要慢一些，果然很厉害啊！”

背着一把巨型开山刀的张泽虎闻言，连忙拿起望远镜朝那个方向看去，而后不由得惊叫道：“还真是火锤小队！罗峰那个小子竟然也在那里，似乎表现还不错。”

张泽虎的双眸中闪过一丝杀意。

“队长，就是那个小兔崽子害得我损失了足足1亿元……”张泽虎顿了顿，继续说道，“不如我们趁机弄死他吧！”

对于张泽虎而言，1亿元算得上是一笔巨款了，毕竟他只是高级战士级武者，出生入死两年才赚足1亿元。

“趁机杀了罗峰？”虎牙小队的其他人都心中一惊。

“好办法！阿晓、东子，你们先用狙击枪对付火锤小队的重要成员，然后立即开枪射击怪兽群。我们离得远，突然射击的话，那些怪兽察觉不到子弹是从哪里射出的。那些兽兵级怪兽的智力都很低，一旦中枪，它们只会愤怒地进攻它们能看到的人类。”虎牙小队的队长冷冷一笑，又道，“到时候，街道周围的其他怪兽会迅速被火锤小队吸引，围攻火锤小队。如此一来，会引得大量怪兽朝那边聚集，其他地方的怪兽就少了，这样一来，我们就可以轻松地横穿这个区域了。”

除了张泽虎和队长，虎牙小队的其他人都愣住了。

对其他武者下毒手，他们倒是做过。可是，一般都是为了抢夺怪兽的尸身，而这次是为了杀罗峰，这……

“东子，你给我瞄准那个罗峰，一枪把他给毙了，给我出口恶气。”张泽虎咬牙切齿地道。

“动手吧！”虎牙小队的队长下令道。

“是，队长。”两名使用热武器的队员不再迟疑。

他们一直在生死边缘闯荡，这样的经历实在是太多了。

“哼！罗峰，这次有你好受的。”张泽虎站在天台的边缘，看着已经成功猎杀了双尾虎猫怪兽的火锤小队，露出一丝冷笑，“尽情地乐吧，待会儿你就要没命了。你害得我损失了1亿，我要你的命，你去地狱后悔去吧！”

虎牙小队的两杆狙击枪已经架起。

两名使用热武器的队员正趴在狙击枪后面，他们都选择使用大威力的穿甲弹，而后瞄准、调整角度等。

随后，两人都向旁边的队长点点头，表示准备好了。

虎牙小队的队长一挥手。

两名队员同时扣动扳机。

“砰！砰！”两道低沉的枪声突然响起。

两发子弹疾速射向远处正在解剖双尾虎猫怪兽尸身的火锤小队。

枪击声虽然很响，但是子弹射出的速度是音速的好几倍。

火锤小队的人完全没听到枪声，可是子弹已经朝他们袭来了。

第48章

全队遇袭

“虎猫怪兽尾巴中的那根筋可是很值钱的。”罗峰拿起血影战刀，划开虎猫怪兽的尾巴，取出了那根透明的筋，看向旁边的魏铁，笑道，“不愧是铁哥，刚才双尾虎猫怪兽把你撞得都吐血了。看到那一幕，我吓了一跳。现在看来，你根本没啥事嘛！”

“你傻啊，那大家伙这么撞过来，我怎么可能不吐血？如果我硬撑着，伤害更大。不过，我也不弱，现在已经恢复过来了。”魏铁说道。

“好了，大家都快点采集怪兽尸身上的材料。”陈谷笑着说道。

火锤小队六人的心情都好得很。

队长高风蹲坐在双尾虎猫怪兽尸身旁。这双尾虎猫怪兽的尸身解剖起来挺难的。

“罗峰给咱们小队带来了运气，第一天，我们就接连击毙了两头兽将级怪兽。”高风一边解剖，一边笑道。

“哈哈！队长，你得奖励我。当初，可是我力荐罗峰加入火锤小队的。”陈谷嬉笑道。

其他人顿时都大笑起来。

“嗯？”突然，罗峰的眼睛瞪得滚圆。

罗峰能够在神经反应测试中避开大量橡胶子弹，其反应能力是极强的。

此刻，他判断出引起前方空气震荡的幻影是一发子弹。

子弹的速度比神经反应测试机的橡胶子弹的速度快得多，罗峰根本来不及出声提醒。

罗峰心里极度紧张，心跳陡然加速，全身的汗毛竖起，神经更是绷紧到前所未有的程度，连识海深处的精神念力也迅速遍布全身。

生死时刻，求生本能使得他的身体和精神状态瞬间达到了巅峰。

穿甲弹从远处疾速射来，直接袭向他的脑袋。

罗峰将原本用来割双尾虎猫怪兽尾巴的血影战刀条件反射似的挥了出去，全身的力量迸发。而且，身体的中枢腰胯部位在发出这一股力量后，竟然再次迸发出了一股力量。

“成功了！”

在生死危机面前，他的精神和身体瞬间达到巅峰，身体自然而然地迸发出了第二股力量。

没想到，在这个瞬间，九重雷刀第一重刀法也练成功了。

刹那间，血影战刀挥出去的速度加快了。

“加速！”罗峰的精神念力作用在血影战刀上，使得血影战刀的速度再次加快。

“减速！”

与此同时，他的部分精神念力直接作用在那颗疾速飞来的穿甲弹上，穿甲弹的速度顿时锐减。

“锵”的一声，罗峰的血影战刀直接抵挡住了那颗穿甲弹。

穿甲弹的顶端凹陷下去，而后被血影战刀弹射开去。

“砰！”另外一颗穿甲弹射向了高风的脑袋。

按照虎牙小队的计划，首要目标就是杀了罗峰，而火锤小队中实力最强的人是高风，所以第二发子弹的目标是高风。

此时，高风正蹲坐在双尾虎猫怪兽尸身旁，背对着子弹射来的方向，根本没注意到穿甲弹。

高风手中的匕首猛地一用力，割开了双尾虎猫怪兽的皮，这次发力也令他的身体一晃，原本射向他脑袋的穿甲弹顿时偏了。

正当他想感慨双尾虎猫怪兽的皮很是坚硬的时候——

“嗖！”

穿甲弹擦着他的耳朵射过，强劲的旋转气流使得他的耳朵瞬间出血。

“咻！”穿甲弹射入了高风旁边的张科的肩膀中。

“轰”的一声，张科的右臂断了，鲜血直流。

“啊！”张科痛苦地大叫一声。

“狙击枪的穿甲弹？！”高风看着眼前受伤的张科，大吼一声，“小心敌袭！”

“到底是哪个浑蛋！”魏铁和魏青大喝一声。

同时，火锤小队的人都迅速移动。

很显然，有狙击手已经瞄准他们了，他们哪里还敢站在原地啊？刚才高风是因为在用力划双尾虎猫怪兽的皮，使得身体晃动了，才躲开了穿甲弹的袭击。然而，他的耳朵还是受伤了。

“砰——”四道枪声接连响起。

“那边！”高风等人红着眼，看向枪声传来的方向。

只见远处的天台上有几道人影，一下子就消失不见了。

“那是虎牙小队！！！”高风咬牙切齿地道。

罗峰却没有看清。他们离得那么远，而且那几道人影瞬间消失了，想要看清楚，得有惊人的视力。

武者的听力和视力是随着身体素质上升而提高的。火锤小队的六人中，队长高风的身体素质接近于中级战将武者。

故而，只有他一人看清了那些人影。

“虎牙小队？张泽虎所在的虎牙小队？”罗峰不由得怒火上涌。

之前他调查过张泽虎，知道张泽虎是虎牙小队的一员。

“他竟然想要趁机杀了我！”

罗峰想到这，心中一凛。

此刻，罗峰真正地感觉到武者之间并非都是和和睦睦的。

“张科！”

“老张！”

“张哥！”

其他三人都围了过去。

罗峰也跑到了张科的身边。

张科倒在地上，脸色煞白，他的右肩完全被穿甲弹震得粉碎，右臂早就断了。

这一枪的威力实在是太大了。

旁边的陈谷正给张科止血。

“对不起！张科，你是替我受了这一枪。”高风捂着头，很自责。

“张哥。”罗峰双拳紧握，眼眶泛红。

当初，是张科和陈谷将他带入火锤小队的。如今，张科却因为他受了如此重伤。

“不好！”高风脸色大变，大喝道，“快逃！”

刚才虎牙小队的两名队员一共射出了六发子弹，其中两发子弹是射向罗峰和高风的，还有四发子弹是射向火锤小队周围的怪兽群的。怪兽群被枪声惊到了。

此时，周围响起了怪兽的怒吼声。

火锤小队的人这才明白虎牙小队为什么多射出四发子弹了。

“好阴险。”

“他们想要杀了我们所有人。”

“快逃。”

魏青一把背起失血过多的张科。

一群人立即飞奔而逃。

“轰隆隆——”前方的街道上出现了许多铁毛野猪怪兽。

铁毛野猪怪兽的体形极大，数百头铁毛野猪怪兽一道跑过来，使得地面剧烈震动，仿佛发生了地震一般。

火锤小队的人大惊失色，刚要改变逃跑的方向，后面就传来了剧烈的震动声。

只见数量更加惊人的怪兽冲了过来。

不仅仅有独角野猪怪兽，还有狮獒犬怪兽，加起来超过1000头。

“这下麻烦可大了。”

所有人脸色大变。

“翻墙！”高风一声令下。

“嗖——”高风带着队员们迅速翻过破败的围墙。

而那些怪兽之前受到了四发子弹的攻击，愤怒万分。它们认定这种阴险而恐怖的暗器是火锤小队的人发出的。

当它们看到火锤小队的人翻墙的时候，并没有放弃，疾速朝他们冲过去。

“轰隆隆——”

独角野猪怪兽低着头，狠狠地撞击着围墙。

经过数十年风吹日晒，围墙早已破败不堪，几乎瞬间就轰然倒塌了。

顿时，上千头怪兽朝火锤小队冲了过去。

火锤小队的人回头一看，不由得大吃一惊。

“兄弟们，这次咱们是凶多吉少了，分开逃命吧，能活一个是一个。如果大家一起行动，必死无疑。”高风一边跑，一边怒吼道，“阴险无耻的虎牙小队，我高风这次如果不死，一定要让你们血债血偿！！！”

“大家分开逃！”魏家兄弟也大声喊道。

面对上千头怪兽的围攻，即便是战将级武者，也只能狼狈逃窜。

“张泽虎！”罗峰心中很愤恨。

他心里很清楚，虎牙小队这次之所以偷袭他们，很可能是因为张泽虎想报复他。

“虎牙小队的人不会无缘无故向我们发起攻击，一定是因为张泽虎想报复我，结果却害得张哥变成了这个样子。”罗峰心中十分愧疚。

“张泽虎！虎牙小队！我一定不会放过你们！”罗峰眼中露出一丝杀意。

“队长，陈哥。”罗峰大喝一声。

高风等人顿时都惊愕地看向罗峰。

罗峰低吼一声，道：“你们都跟着我，我们都能活着离开！”

只听得“呼呼”的声音，罗峰大腿上别着的一把把飞刀瞬间飞了起来，而后环绕在罗峰的周围。

高风等人本来以为此次是凶多吉少，急着分散逃离，以获取一线生机。

此刻，他们看到罗峰身体周围竟然悬浮着六把飞刀，都不急着逃命了，愣在了原地。陈谷甚至猛地揉了揉眼睛，他没看错，那六把飞刀的确是悬浮着的。

“精神念师！”

“隔空控物！”

“罗峰是精神念师？！”

高风等人都大吃一惊。

他们都很激动，脸涨得通红。

高风大喝一声，道：“听罗峰的，跟罗峰走。”

“轰隆隆——”怪兽群离他们越来越近。

破败的水泥地面都裂开了，就连旁边的建筑上都有粉末掉落。

古语说万马奔腾，这里的每一头怪兽比以前的战马可强大得多，上千头怪兽奔腾起来，那场面可比万马奔腾更加可怕。

“左边！”罗峰低吼一声。

火锤小队的其他成员立即跟着罗峰，猛然改变方向，朝左边冲去。

腥臭的怪兽气味弥漫开来。

罗峰一行人没有疾速往前逃，反而是朝左边跑，瞬间就和追杀而来的怪兽群遇上了。

就在这个时候，罗峰咬紧牙关，目光冷厉，身体周围悬浮着的六把飞刀瞬间出击了。

“嗖——”六把飞刀瞬间化作幻影，其中一把飞刀直接刺向一头飞奔而来的狮獒犬怪兽的脑袋。

这把飞刀在罗峰的精神念力的操控下，以惊人的速度再次袭向下一头怪兽。

眨眼的工夫，靠近罗峰等人的数十头怪兽全部被飞刀击毙。

高风、陈谷、魏家兄弟以及脸色苍白的张科都惊呆了。

他们听说过精神念师的实力很强，可今日一见，仍然觉得太震撼了。

“咻——”

六把飞刀全部出动，周围20米范围内的怪兽瞬间被击毙。

这极强的杀伤力很吓人。

“不好！我消耗精神念力的速度太快了。”罗峰心中暗惊。

每一次击出飞刀，他都要消耗不少能量。这些怪兽的头骨可比普通的山石要坚硬多了，现在他才杀了50多头怪兽，精神念力消耗很大。

罗峰身后的陈谷惊叫道：“天哪，精神念师也太强了吧！即便是上千头怪兽，罗峰也能把它们全部解决啊！”

“陈谷，你想得太简单了。这样大的动静，对于我们是非常不利的，时间拖得越长，会引来越多的怪兽。现在的怪兽还不算多，过一会儿，很可能会有5000头怪兽围过来，时间再长的话，甚至会有1万头怪兽围堵过来，其中还有不少兽将级怪兽。精神念师的实力再强，也对付不了那么多怪兽啊！而且，你以为精神念师仅仅凭飞刀就能猎杀怪兽，那是需要消耗精神念力的。”高风没好气地道。

在怪兽的围攻下，火锤小队的人竟然还有空闲聊天，由此可知，他们现在的处境还算是比较安全的。

“翻墙。”罗峰一声令下。

其他人当即飞奔起来，冲到前面的一堵围墙前。

而后，一个个接连翻身一跃。

虽然此时已经死了不少怪兽，但是其他怪兽根本不怕死，竟然嘶吼着继续冲了上来。

但凡是离罗峰等人比较近的怪兽，全部被击毙。

现如今，罗峰的身体素质勉强能达到高级战士级，精神念力一般比身体素质高两级，那么他的精神念力最多也就达到中级战将级。

精神念师是武者中最可怕的存在，可以轻易地杀了同等级的怪兽。

罗峰可以隔空控物，他完全可以控制飞刀杀了远处的怪兽。

不过，现在罗峰对于飞刀的控制力并不是很强，在保证飞刀威力最大的情况下，他只能同时使用两把飞刀。

随着使用的飞刀数量增多，每一把飞刀的威力就减小了。

罗峰也可以一次性使用上百把飞刀，可是那样一来，不但飞刀的威力很小，可能连飞刀袭击的精确度都无法保证。

此刻，罗峰可以保证六把飞刀都能对付初级兽将级怪兽，袭击的精确度同样能保证。

如果只使用两把飞刀的话，罗峰可以保证这两把飞刀发挥出最大的威力，而且能对付中级兽将级怪兽。

“轰隆隆——”那些怪兽撞破了围墙。

“咻！”一些怪兽刚靠近飞奔中的火锤小队，就被飞刀给击毙了。

远处的街角，火锤小队的人一拐弯，立即甩掉了不少怪兽。

这时候，虎牙小队的人已经跑到很远的地方了。

火锤小队吸引了大量怪兽，使得路上的怪兽少了很多。虎牙小队很快便跑了很远，待到了新的怪兽密集区，虎牙小队的前进速度才再次减慢，他们小心翼翼地前行着。

“刚才到底是怎么回事，怎么一个都没杀死？”虎牙小队的队长皱眉问道。

“队长，刚才我瞄准了火锤小队的队长高风，可是那高风正好在解剖双尾虎猫怪兽的尸身。当时他挥起匕首发力，身体一歪，穿甲弹从他的耳朵旁边擦过，重伤了火锤小队的另外一名队员，使那名队员的右臂断了。至于他到底有没有死，无法确定。”阿晓说道。

“哼！高风真走运！”张泽虎眉头一皱，看向另外一名队员，“东子，我让你杀了罗峰，他怎么没死呢？”

当时他们和火锤小队离得远，子弹的速度又快。两名狙击手只有使用狙击枪，通过光学瞄准器才能看清当时的情况。

“罗峰……”东子迟疑了一下，才道，“他的运气也很好！我开枪的时候，他正在用血影战刀解剖双尾虎猫怪兽，而后顺势挥刀，正好抵挡住了我的穿甲弹的袭击。”

东子可不认为罗峰的神经反应速度能那么快，能意识到自己遭到了袭击，而后快速抵挡住了穿甲弹。在他看来，罗峰只是运气很好。

毕竟想要抵挡住穿甲弹的袭击，对于武者的眼力、神经反应速度、刀法精准度等的要求都很高。

“罗峰也走了狗屎运。”张泽虎没好气地道。

“不过，你可以放心。”东子得意地一笑，又道，“之前我们对怪兽群放了四枪，已经惹怒了那些怪兽，那些怪兽正追杀火锤小队呢！那可是1000多头怪兽，火锤小队即便再厉害，也不可能对付这么多怪兽。”

“不！”虎牙小队的队长摇摇头，道，“不一定。火锤小队的人如果分开逃的话，其中有一两个人很可能成功逃脱。”

说到这，虎牙小队的队长露出一丝阴险的笑：“当然，即便是这样，对我们虎牙小队也没有任何威胁了。”

“队长，说不定人家刚好碰到战神级武者，被救了呢？”独眼中年人道。

“他们现在是在一个小县级市，那么短的时间内，想要碰到一名战神级武者，还要得到这名战神级武者的帮助，这可比中彩票的概率还低得多。”虎牙小队的队长咧嘴一笑，“好了，我们出发吧！那老东西还在四处活动呢，我们得尽早追上它。”

“是！”

虎牙小队立即继续前行。

另一边，罗峰一行人冲上了一栋普通的六层住宅楼的天台。

“咔！”通往天台的楼梯门直接被锁死了。

“快，让老张躺下。”陈谷连忙说道。

“拿药。”高风急切地道。

张科的伤势很重，若是放任不管的话，他会因失血过多而丧命，幸好刚才陈谷已经给他止血了。不过，这么重的伤势，必须先进行简单的治疗，毕竟0201号县级市距离补给基地很远，走路需要足足三天。

现在这种情况，他们若是背着张科赶路三天，张科绝对会承受不了的。

“老张，把它含在嘴里，补充能量。”陈谷取出一颗药丸，放进张科嘴里。

“魏铁，仔细地处理一下张科的伤口。”高风道。

火锤小队的人都忙着照料张科。

张科因体内及时得到了能量的补充，没有那么痛苦了，眉头舒展开来。

随着治疗顺利进行，火锤小队的其他人都渐渐放松下来。

“还好。”罗峰长舒一口气。

看着脸色惨白的张科，想到他那连半个肩膀一起消失的右臂，罗峰不由得心生内疚：“张哥以后可能没办法使用长枪了，他的武者生涯也算完了。”

罗峰认为虎牙小队之所以对他们动手，十有八九是因为他。看到张科，罗峰就内疚不已。

“虎牙小队！张泽虎！”罗峰怒火中烧，“我发誓，一定不会放过你们，一定让你们尝尝被追杀的滋味。”

“虎牙小队的那群浑蛋，下手如此狠，显然是要灭掉我们火锤小队啊！”陈谷忍不住骂道。

“这仇我一定要报！”魏铁怒吼一声。

“这群浑蛋，我一定让他们后悔。”高风双拳紧握，而后看向罗峰，“幸好这次有罗峰，我们才有惊无险。对了，罗峰，你是怎么做到隔空控物的？”

顿时，重伤躺在地上的张科以及火锤小队的其他四人都看向罗峰。

第49章

休整

罗峰在控制飞刀救出大家的时候，暴露了自己是精神念师的秘密。

“你们想必早就猜出来了。好吧，我承认……”罗峰露出一丝无奈的笑容，“我是精神念师。”

“哈哈！”陈谷朗声大笑，道，“罗峰，我果然没看错你。”

魏青和魏铁都露出了笑容。

“我们火锤小队竟然有一位精神念师！”高风笑着点点头，“如果虎牙小队的人事先知道罗峰这么厉害，一定不敢跟我们耍阴招。他们若是知道得罪了一位精神念师，一定后悔莫及吧！”

“他们到时肯定肠子都悔青了。”魏铁冷冷地道。

旁边躺着的张科忍不住道：“虎牙小队那群浑蛋，厉害的也就是那两名中级战将级武者。而罗峰现在的身体素质基本达到高级战士级，按道理，精神念力比身体素质的级别高两级，罗峰的精神念力应该跨入了中级战将级。罗峰又是精神念师，实力超越中级战将级武者，甚至可以和高一级的武者相比。”

所有武者都知道，精神念师的实力是很可怕的。

精神念师绝对可以横扫同等级的武者。

任凭武者的刀法、盾法、身法再厉害，精神念师都可以躲得远远的，而后操控飞刀迅速攻击武者。而且，精神念师操控的飞刀可以瞬间转弯，飞刀的速度更是赶超音速。

同等级的武者怎么和精神念师斗？

“罗峰，只要小心一点，你一个人就能横扫整个虎牙小队！”陈谷咧嘴一笑，“这次虎牙小队居然敢阴我们火锤小队，这是他们做的最愚蠢的一件事。”

“不过，我们这次真的很走运。”高风唏嘘不已。

高风的身体素质很强，和中级战将级武者差不多，可是面对怪兽群的袭击，他是束手无策的。

这就是一般武者和精神念师的区别。

“张哥。”罗峰半蹲在张科的面前，他看着脸色苍白的张科，低声道，“这次虎牙小队对我们下手，很可能就是因为我上次得罪了张泽虎，是我连累了你，害你断了一只手臂。对不起！”

一时间，其他人都不说话了。

他们都看着罗峰和张科。

“罗峰，”张科露出一丝笑容，道，“你别把所有事情都往自己身上揽。这次可是你救了我们整个小队。至于我……”张科低头看了看自己右肩位置的伤口，他那断了的右臂早已经遗落在之前的地方。

“我这自由武者的生涯算是完了。”张科叹息一声。

高风、陈谷、魏家兄弟、罗峰都沉默着。

“不过……”张科露出一丝笑容，又道，“其实，这已经是我预料中的最好的情况了。大涅槃时期，我还是个孩子，我亲眼看到很多人被怪兽杀害，当时我就发誓，长大后一定要亲手猎杀怪兽，成为一名英雄。

“我一直在努力修炼。终于，我成了一名自由武者，不时进入荒野区，猎杀怪兽，我完成了儿时的梦想，成了人们眼里的英雄，我爱的人很崇拜我，最终嫁给了我，而我的女儿一直为我感到骄傲。

“随着时间流逝，我杀的怪兽越来越多，渐渐地，我有些厌倦了。每次进入荒野区，我的家人总是很担心，他们担心我会丧命，而我也担心再也看不到他们。可是，我没勇气退出火锤小队。这些年来，我早已经习惯了。”

这一刻，罗峰心中很不好受。他是感同身受的，他的父母和弟弟也很担心他。

“这次受伤，也算是给了我一个退出火锤小队的理由。”张科微微一笑，“十多年来，我厌倦了猎杀怪兽的生活。以后我可以去武馆任职，以我的战绩，完全可以当区级极限武馆的教官，这样一来，我有更多的时间可以陪家人。退出火锤小队之前，能和你这位精神念师做兄弟，也算值了。”

罗峰挤出一丝笑容。

“兄弟，以后好好享受安定的生活。”高风鼓励道，“有什么事的话，尽管找我们。咱们在一起共事七八年了，可是出生入死的好兄弟。”

“嗯！”张科点点头，“我可不会客气，有麻烦肯定找你们，特别是罗峰。据我所知，精神念师有一个实力提升期，罗峰的实力还会大大提升，以后可了不得。罗峰，将来有事麻烦你的话，你可不能推托。”

“张哥，以后你的事就是我的事！”罗峰说道。

张科点点头，旋即问道：“对了，罗峰，你怎么没告诉我们，你是精神念师啊？”

“我不想招惹麻烦。”罗峰无奈地一笑，“我是精神念师的事情一旦曝光，就没有平静的生活了。”

他在极限之家看了很多帖子后，得出一个结论——自己是精神念师的秘密最好不公开。

一旦公开，自己就会成为极限武馆的重点培养对象，会被送到极限武馆全球总部接受各项培训。

这样一来，他就无法保持现在这种平静的生活了。虽然现在他不时要来荒野区猎杀怪兽，但还是可以回去和爸、妈、弟弟团聚的。

“嗯。”高风点点头，“罗峰的想法是对的！现在不管是政府军队，还是各个武馆、大家族等，都会疯狂抢夺精神念师。一旦有精神念师出现，就会引得各方势力争夺。政府军队会第一时间使出各种手段，而各大武馆也会第一时间将精神念师调走，待和政府军队达成协议，才会放精神念师回来。”

精神念师就是一张王牌。

每一位精神念师的作用都很大，足以引起各方势力争夺。精神念师虽然拥有特权，但是时刻处于风口浪尖，不能再过普通武者的生活。

“我希望大家帮我保密。”罗峰说道。

“嗯！我们一定不说，我们就希望你保密呢。”高风朗声大笑。

旁边的陈谷点点头，道：“没错！我们火锤小队有一位精神念师，而别的武者小队不知道此事。这样示敌以弱，让别人没戒心。若谁敢惹我们，很容易吃大亏。而且，以后猎杀怪兽，我们也不容易遭受危险。”

一张王牌藏匿起来才叫底牌，一旦公开就没有奇效了。

“没错！以后队长正面硬抗怪兽，而罗峰使用飞刀暗中偷袭，一打一个准啊！”魏铁笑着说道。

旁边的魏青也道：“没错，罗峰先用战刀攻击怪兽，让怪兽误以为罗峰是使用战刀的，然后罗峰偷偷使用飞刀，出其不意，肯定能打怪兽一个措手不及。”

火锤小队有了一位精神念师，整体实力便大大增强了。

火锤小队的人兴奋地议论着。自从他们知道罗峰是精神念师后，都兴奋不已。一位精神念师的加入，给火锤小队增添了很多好处。

许久，火锤小队的队员们才开始休息。

天色渐渐暗了下来，能够看到满天繁星。

星空下，罗峰静静地坐在天台的边缘，思忖着傍晚的一战。

“那颗穿甲弹射过来的那一刻，我竟然使出了九重雷刀第一重刀法！”想到这，罗峰站起身来，走到一边，拔出了血影战刀。

“呼！”

他一个跨步，腰胯部位瞬间爆发出一股力量，当肌肉力量传递到手臂的瞬间，腰胯部位自然而然再次爆发出一股力量，接连两股力量传入手臂之中。

“扑哧！”血影战刀化作一道光芒，划过长空。

“果然，我已经能做到多发出一道暗劲，两股七成力量结合，就是十四成的力量。”

罗峰感觉到，在身体多发出一道暗劲后，根本没办法再发出一道暗劲。

虽然只是如此，但是已经不错了。

九重雷刀刀法入门很难，罗峰竟然能在生死时刻领悟出第一重刀法，将来一定有希望继续提升刀法。

忽然——

“嗷——”一道愤怒的狼嚎声从下方某一处传来。

正在休息的队员们都被吓醒了。

“那是狼的叫声！”高风沉思道。

“下面竟然有狼类怪兽。”陈谷倒吸一口凉气。

狼类怪兽可是不好惹的。

“狼类怪兽？”罗峰也大吃一惊。

罗峰拿起望远镜，跑到天台的边缘，循着狼叫声朝下面看去。

第50章

银月凶狼

靠着带有夜视功能的高倍望远镜，罗峰发现大概1千米外的一条街道上有一头巨狼。

巨狼体形高大，近三米高，五六米长。这头巨狼全身毛发都是灰色的，只有额头位置隐隐有一撮白毛。

即使远远地看着，罗峰都能感觉到那头凶狼很不好惹。

“这是……”罗峰的脑海中浮现出有关怪兽的信息。

“那是‘猎杀者’银月凶狼。”旁边传来陈谷的惊呼声。

“那是狼类怪兽中的王族——银月凶狼？！”罗峰不由得一怔。

银月凶狼是狼类怪兽中的王族，成年的银月凶狼很凶悍，实力最弱的都是中级兽将级，兽将级的银月凶狼平常毛发呈灰色，战斗时，全部毛发会变成银白色，而额头的那撮白毛会变成血红色。

银月凶狼以诡诈阴险、疯狂凶残著称。仅仅是它的毛发，就能卖出天价。它的毛发具有很多特殊的作用，它的头盖骨更是无比坚硬，卖价同样很高。

“这是一头高级兽将级的银月凶狼。”罗峰根据其体形、毛色做出了判断，不由得倒吸一口凉气。

银月凶狼天生就凶残，比其他怪兽要厉害得多。

“看，它的腹部受伤了，而且伤得蛮重的。”魏铁低呼一声。

顿时，其他人都转头看向队长高风。

“队长，这可是高级兽将级的银月凶狼，比十头高级兽将级的虎夔犬怪兽还要贵。若是能猎杀这头银月凶狼，我们可就赚了。”陈谷激动地道，“队长，快做决定吧！”

旁边的魏铁也催促道：“队长，银月凶狼正在疾速前行，很快就会消失在我们的视线范围内，不能再迟疑了。”

“即便银月凶狼身受重伤，也不是我们能对付的。”高风大喝一声，“你们清醒一点，别被金钱冲昏了头脑。”

虽然银月凶狼受了重伤，但是其战斗力还是很强的。要知道，没有受伤的高级兽将级银月凶狼是极其厉害的，即便是高级战将级武者，也绝非银月凶狼的对手。

“队长，我去试试。”罗峰说道。

“罗峰……”高风略一迟疑，问道，“你有把握吗？”

“我没有十足把握，毕竟，过去我都没见过银月凶狼。不过，如果遇到危险，我有把握能够逃脱。”罗峰笑道。

他可是精神念师，精神念师最让人嫉妒的就是踏物飞行的能力。

罗峰可以瞬间将精神念力作用在合金战靴上，令自己跃起惊人的高度后，将盾牌放在脚下，这样就能站稳。

而后，通过精神念力控制盾牌飞行，他自然也能飞行了。

飞行是精神念师最让人嫉妒的能力，连战神级武者都望尘莫及。这也是精神念师会遭到天下各方势力争夺的一个原因。

“好！罗峰，你小心点，能猎杀银月凶狼最好，不能的话，千万别强迫自己，安全第一。”高风嘱咐道。

“放心吧。”罗峰笑笑。

他当即手持盾牌和血影战刀，直接从六层住宅楼的天台上一跃而下。

“呼！”罗峰疾速下坠。

一般而言，高级战士级武者的身体极其强悍，是能够承受得住从六层楼下坠时的那股冲击力的。罗峰不是高级战士级武者，却同样可以做到。

他将强劲的力量作用在脚下的合金战靴上，速度锐减。

半晌，他轻松地落在下方的地面上。

“嗖！”他飞速朝外奔去，仿佛灵活的猿猴，而后两次飞跃，来到街道上。

天台上火锤小队的其他人用望远镜看着。

“这才是罗峰的真正实力啊！”魏铁忍不住感慨道，“精神念师不愧是武者中最可怕的一群人，实力实在是太惊人了。有了精神念力，他们的速度、灵活性等都可以达到不可思议的地步。此外，他们还能隔空控物。”

“的确很厉害！”陈谷点点头。

“哈哈！我们应该高兴啊！”高风微微一笑，“一位精神念师加入了我们火锤小队。”

听到这话，其他人顿时笑了。

“队长，你说，罗峰能杀了那头银月凶狼吗？”躺在地上的张科问道。

“难说。”高风迟疑地道，“那头银月凶狼是高级兽将级的怪兽，而罗峰是刚好跨入中级战将级的精神念师。他若是对付弱一点的高级兽将级怪兽，还是很有希望能成功的。可是，他要对付的是实力极强的银月凶狼，幸好这头银月凶狼已经身受重伤，罗峰还有一丝战胜的希望。”

几人都拿着望远镜，关注着下方的罗峰的动静。

罗峰仿佛一道闪电，在街道上疾速前行。

“这头银月凶狼逃得真快。”罗峰抄近路，原本以为自己能阻拦银月凶狼，不承想，离银月凶狼只有一小段距离时，银月凶狼朝左边疾速奔去。

“呼！”

罗峰猛地转弯，一跃而起，越过左边的一堵围墙，进入了一片荒芜的住宅小区，直接抄近路，朝银月凶狼追去。

“嗷——”正悠闲地躺着休息的两头虎獒犬怪兽看到罗峰，顿时站起来，发出低沉的怒吼声。

紧接着，这两头虎獒犬怪兽朝罗峰冲了过去。

奔跑中的罗峰却根本不闪躲。

“扑哧——”

罗峰裤腿上别着的两把飞刀化作两道流光，疾速朝两头虎鍪犬怪兽射去。

两头虎鍪犬怪兽根本来不及躲闪，被飞刀射穿了脑袋。它们直接跌倒在地，那两把飞舞的飞刀滴血不沾，划出一道弧线，直接飞回到罗峰的裤腿上。

“嗖！”罗峰悄然跃起，进入了旁边的巷子。

他一眼看到，那头银月凶狼正在巷子的尽头。

“嗷——”银月凶狼停下，狠狠地盯着不远处的罗峰。

“这是那头身受重伤的银月凶狼！”罗峰眼睛一亮，脸上露出一丝笑容，“我这就和你大战一场，正好看看我现在的实力如何。”

而后，罗峰一步步朝银月凶狼走去。

银月凶狼静静地站在原地。

它的双眸中闪烁着血光，同时它全身的毛发像瞬间被灌输了能量似的，从之前的灰色瞬间变成了银白色，它额头上的那撮白毛变成了血红色的。

一时间，银月凶狼变得耀眼夺目。

银白色的身躯，血红色的王冠。

这就是银月凶狼!

罗峰一步步前行，时刻保持警惕。

他和银月凶狼之间的距离缩小到五十米的时候——

银月凶狼直接化为一道银色流光，眨眼间就到了罗峰的眼前。

“好快！”

罗峰经常在武馆中进行神经反应测试，他瞬间就判断出这头银月凶狼的速度近乎音速。

他脸色大变，一个飞跃，朝银月凶狼袭去。

而银月凶狼几乎瞬间飞跃而起，这一飞跃足足有二三十米高。

罗峰看到银月凶狼那隐隐带着血色的双眸，心中一凛。

他将强大的精神念力作用在双脚穿的合金战靴上，猛然再次跃高，躲开银月凶狼的这一击。

“它身体的移动速度达到了音速，这也算不了什么。难道它还能比我的飞刀快吗？”

罗峰躲开银月凶狼袭击的瞬间，裤腿上的六把飞刀立即飞出，六把飞刀瞬间化为六道流光，朝银月凶狼围攻而去。

银月凶狼纵横荒野区多年，智力极高。

在如此快的速度下，面对银月凶狼的袭击，在空中无法借力的武者是没办法闪躲的。只有一种人在空中还能不断地变向、加速，那就是精神念师。当银月凶狼意识到眼前的武者是精神念师的时候，不由得大惊。

这时，六把飞刀已经袭向了它。

“嗷——”银月凶狼怒吼一声。

它在空中根本无法变向、加速，只能猛地一扭身体，闪电般地袭向飞刀。

如此近的距离，罗峰的神经反应速度再快，也根本来不及让飞刀避开。

“砰！砰！”两把飞刀直接被击落了。

而身处半空中的罗峰露出了一丝笑容。

虽然他刚才发出了六把飞刀，但是他最多能保证两把飞刀发挥出最强的攻击力，所以另外四把飞刀完全是用来迷惑银月凶狼的，真正具有极大威力的是那两把飞刀。

“银月凶狼，你是死在我手上的第一头高级兽将级怪兽。”罗峰得意地笑了。

剩下的四把飞刀中，其中两把飞刀无力坠落，另外两把飞刀闪电般刺向银月凶狼的腹部。

银月凶狼在半空中无处借力，它嘶吼着伸出利爪去抵挡，但是——

“扑哧——”两把飞刀直接刺入了银月凶狼的身体。

银月凶狼发出不甘的吼叫声，而后从半空中坠落下去。

它的双眸渐渐失去了神采，临死前，它回忆起了一生，作为狼类王族，它从小就渴望成为领主级强者。它一直做得很好，达到了高级兽将级巅峰，距离领主级只差最后一步。

可是……

它遭到了一支拥有战神级武者的小队的偷袭，受了重伤。后来，它靠着引以为傲的速度逃了出去。可是，在逃亡途中，竟然又遇到了一支战将级武者小队的袭击。如果没有受伤的话，它完全可以轻易击败这支战将级武者小队。

可是，它是在身受重伤的情况下遇见了他们。

这支战将级武者小队阴魂不散，一次次追杀它。

无论它逃到哪里，那支战将级武者小队就追到哪里。

“我死在一位精神念师手里，也比死在那群浑蛋手里要好。”银月凶狼心中暗道。

它是高级兽将级的狼类王族，拥有一般的领主级怪兽的智力，而领主级怪兽的智力和人类相当。

即便是死，它也要死在真正的强者手里。

“砰！”银月凶狼的尸身重重地砸下，引得一堵摇摇欲坠的围墙轰然倒塌。

罗峰紧接着落了下来。

“没想到，我竟然杀了一头银月凶狼。”罗峰不由得惊叹一声。

他站在银月凶狼的尸身旁，松了一口气。

这时，那四把飞刀在罗峰周围飞舞着，随后飞回了他裤腿旁的飞刀袋中。

“嗯？还有两把飞刀呢？”罗峰目光一扫周围。

他看到前方水泥地面上有两个深坑，那两个深坑中有两把6系飞刀。

看到这一幕，罗峰倒吸一口凉气。

银月凶狼的速度和爪击的力量都强得不可思议。

“以防其他小队发现银月凶狼，我得先解剖银月凶狼的尸身，这头银月凶狼可是价值连城啊！”罗峰顾不得多想，立即用一把飞刀开始解剖银月凶狼的尸身。

如今，他身上的血影战刀是5系的，能和中级兽将级怪兽战斗，飞刀是6系的，能和高级兽将级怪兽战斗。

沿着银月凶狼腹部那道早就裂开的伤口，罗峰猛地一用力，飞刀疾速划下。

“嗯？”罗峰瞪大了眼睛。

虽然这道伤口早已经裂开了，但他用尽了全力，竟然都切不开半分。

这实在是太不可思议了！

要知道，怪兽的身体没有伤口时，其尸身解剖的难度是最大的，可是一旦有了伤口，解剖的难度就小很多。

“这银月凶狼不简单啊，其尸身的解剖难度都这么高。”罗峰无奈一笑。

而后，他立即用精神念力控制一把飞刀。精神念力的力量可比他手臂的力量大多了。

“扑哧！”飞刀沿着银月凶狼身上的伤口猛地一划，伤口依旧没有什么变化。

“我用精神念力控制飞刀都这么难切割？！”罗峰大吃一惊。

他心中一动，控制飞刀猛地刺向银月凶狼背部完好的一处，而银月凶狼背部只是略微凹陷，一点伤痕都看不到。

罗峰惊呆了。

“看来，我这次杀了银月凶狼，可真是走了狗屎运。”罗峰忍不住惊叹，“银月凶狼的速度达到了音速，攻击力那么强，连它这身皮毛的防御力都强得惊人。如果它没有身受重伤，根本不可能死在我的手上。我想要猎杀它，可能性恐怕只有两三成。”

若是遇到没有身受重伤的银月凶狼，罗峰的飞刀只能攻击银月凶狼的眼睛、耳朵、鼻子等皮毛薄弱的部位。

银月凶狼极其灵活，罗峰的胜算的确很低，能有两三成算不错了。

罗峰转而用飞刀切割银月凶狼的皮毛薄弱的部位，迅速解剖着银月凶狼的尸身。凡是价格高的材料，罗峰一律切割下来，然后将其放入背包。

人类社会的一些特殊发明靠的就是怪兽身上的材料。

“全部搞定。”罗峰松了一口气，控制飞刀，将其收回裤腿旁的飞刀袋中。

他心中唏嘘不已。

猎杀这头银月凶狼时，他耗费的精神念力并不多，可是解剖其尸身所耗费的精神念力要多得多。

“不管怎么样，我总算是做到了，这次我能赚不少钱了。”罗峰露出一丝笑容。

火锤小队队员的赏金是按照大家在战斗中做出的贡献分配的。即便是实力再强的队员，如果在猎杀怪兽时没出一点力气，也不会得到一分钱。

此次猎杀银月凶狼，完全是罗峰一人做到的。

罗峰的确会分到很多钱。

“如果别人发现我杀了银月凶狼，那可就麻烦了。”罗峰心中暗自思忖，“在武者看来，恐怕高级战将级武者都不能重伤银月凶狼，估计只有战神级武者能够做到。这头银月凶狼的身上有信号器，幸好被我弄掉了。”

罗峰可不想和能重伤银月凶狼的武者为敌。

当务之急，他得赶快离开这里。

片刻后，罗峰就消失不见了。

黑夜中，县级市内的大量怪兽盘踞在各处。虎牙小队正在小心翼翼地前行。

“那头银月凶狼敢在县级市里飞奔，是因为它是兽将级怪兽，其他怪兽根本不敢招惹它，可是，我们只能小心翼翼地前行……”和张泽虎并肩而行的一个光头男子咒骂道，“待杀了银月凶狼，我一定要将它给烤了。不吃它的肉，解不了我这一肚子火啊！”

张泽虎咧嘴一笑，道：“别急，那银月凶狼身上有我们的信号器，它不管逃到哪里，都是没用的。”

“那银月凶狼现在在哪里？”队伍最前面的虎牙小队的队长问道。

“队长，那银月凶狼在距离我们大概6千米的地方，现在它没有移动，应该是在那个地方休息。”东子看着定位器，笑着说道。

顿时，虎牙小队的人都笑了。

“它竟然不移动了！”

“银月凶狼也要休息啊！哈哈！”

他们最怕的是银月凶狼会疯狂逃窜。

张泽虎嘿嘿一笑，道："那头银月凶狼估计以为自己藏匿的地方很安全，所以藏起来准备养伤。它哪里知道我们的厉害呢？"

"快走！这个机会不能错过。6千米左右的距离而已，很快就到了。"虎牙小队的队长眼中闪过一道精光，"大家加快速度，说不定这一次我们能杀了这头银月凶狼。"

虎牙小队的人立即加快步伐。

他们疾速赶路，即便是途中满是怪兽，他们也能在半个小时内赶到。

半个小时后——

"前面就是银月凶狼休息的地方，大家小心点。"

虎牙小队的队长轻轻一挥手，虎牙小队的六人当即分成两支分队，从两个方向包抄，缓缓朝银月凶狼靠近。

一时间，没有人说话。

银月凶狼可是很灵敏的。

一步，两步，三步……

所有人都小心翼翼地前行。

"动手！"虎牙小队的队长一挥手，另外一支分队同时行动了。

两支分队从两个方向冲进那条巷子，刚好一前一后，距离银月凶狼所在的位置大概100多米。

六人都朝巷子中间看去，那里应该就是银月凶狼所在的地方，可是他们并没有看到银月凶狼，只闻到一股血腥气。

"嗯？"虎牙小队队长脸色一变。

"不好！"虎牙小队的人迅速冲过去。

那里除了被解剖过的银月凶狼的尸身，还有一撮泛着银光的毛发。

"浑蛋。"张泽虎抓着那撮毛发，咒骂道，"被人抢先了！"

一般来说，武者几乎都知道在受伤的怪兽身上留下信号器，罗峰自然也知道这一点，再加上这头银月凶狼本来就身受重伤，他推测很可能有信号跟踪，所以用精神念力横扫一下，就发现了银月凶狼额头的那一撮羽毛很特殊，直接给切掉了。

“浑蛋！”虎牙小队的队长咬牙切齿地道。

“这么长时间，我们都白忙活了。”旁边的独眼中年人气得脸色铁青。

“走。”虎牙小队的队长目光冷厉，怒喝道，“敢抢我们的东西，找死！据我推测，那武者小队刚刚解剖了银月凶狼的尸身，为了安全考虑，很可能会立即赶往武者补给基地，所以我们以最快的速度赶往武者补给基地，争取在半途截杀他们。”

“是，队长。”五人立即应命。

“出发！”杀气腾腾的虎牙小队队长一挥手。

同样一肚子火的虎牙小队队员们当即朝武者补给基地赶去。

第51章

补给基地

夜，繁星点点。

星空下，一道人影在破败的县级市中迅速穿行，时而沿着街道，时而跳跃着穿过住宅小区。仅仅片刻，他就抵达了火锤小队队员们所待的六层住宅楼。

“罗峰回来了。”

“嗯！他似乎没有受伤。”

火锤小队的队员们用望远镜看着罗峰进入住宅楼的楼梯。

片刻后，罗峰就回到了天台上。

“队长，陈哥。”罗峰笑着喊道。

“你没受伤！嗯！不错！怎么样，有没有猎杀那头银月凶狼？”高风当即问道。

陈谷、魏家兄弟以及躺在地上的张科都期待地看着罗峰。

“罗峰的背包鼓起来很多。”忽然，陈谷惊喜地叫道。

罗峰朗声大笑，道：“陈哥，你的眼睛真厉害。对，刚才我侥幸猎杀了那头银月凶狼，将它的尸身给解剖了，而后把它身上的珍贵材料都放在了背包里。”

“你真的杀了银月凶狼？”火锤小队的几人都瞪大了眼睛。

那可是银月凶狼啊！狼类中的王族啊！

狼类怪兽本来就少见，更别说王族银月凶狼了。

“这次也是我运气好。”罗峰感慨一声，又道，“银月凶狼的移动速度极快，估计达到了音速，其攻击力也强得离谱，身上的皮毛更是坚硬得可怕。如果不是它一开始就身受重伤，腹部有一道大伤口，我想杀了它，是很难的。”

“它的移动速度达到了音速？”陈谷很惊讶。

“这也太强了。不愧是狼类怪兽的王族，可以媲美猪类怪兽的初等领主了。”魏铁忍不住惊呼。

“不好！”忽然，高风脸色大变。

罗峰吓了一跳。

“队长，怎么了？”罗峰连忙问道。

“这银月凶狼已经身受重伤，之前肯定和其他武者厮杀过。”高风显得很着急，“那些武者说不定在银月凶狼的身上留下了信号器，若是他们循着信号追过来，找到我们，那我们可就麻烦了。”

陈谷听了，心中一惊。

“队长说得对，能重伤银月凶狼的武者不是我们能惹的，其中很可能有战神级武者。”

罗峰闻言，却松了一口气。

“队长，你放心。我虽然没多少经验，但是进入荒野区之前，我查了很多相关资料，知道一些基本常识。杀了银月凶狼之后，我就搜查了它的全身，它身上的确被留了信号器，不过那撮藏了信号器的毛被我给切掉了。”罗峰说道。

高风和陈谷都松了一口气。

他们担心罗峰这个新人经验不足，会招惹大麻烦。毕竟罗峰是抢夺别的武者重伤的怪兽，一旦被别人追上，那可就麻烦了。

“张科现在身受重伤，我们小队在荒野区不能多待。大家在这里好好休息一晚，明天天一亮，我们就立马赶回武者补给基地。”高风说道。

“是，队长。”其他人都应道。

第二天一大早，火锤小队就悄悄地离开了0201号县级市，沿着破旧的高速公路前行，朝武者补给基地赶去。

军区，武者补给基地。

“黑哥。”张泽虎正和一个大胡子壮汉聊天，“最近你看到火锤小队的人回来了吗？火锤小队的罗峰害得我花了1亿元，不找他的麻烦，这口恶气出不掉啊！”

“没有！这些登记的资料中没有火锤小队回来的信息。”大胡子壮汉微微一笑，又道，“虎子，那个罗峰惹了你，你应该在荒野区教训他，武者补给基地可是禁止动手的。”

“我当然明白，我可不想送死。”张泽虎笑道。

基地市和军区都受政府军队的管控，武者之间的仇恨再大，也不敢在军区中动手，一旦动手，后果可是会很严重的。武者补给基地毕竟是军区划出的一小块区域，安全方面是归军区负责的。

“黑哥，罗峰回来的话，你就告诉我一声。”张泽虎笑道。

“行，小事。”大胡子壮汉笑着点点头。

张泽虎笑道：“那我就先走了，回头聊。”

话落，张泽虎朝武者补给基地走去。这里说是一个基地，实际上很像住宅小区，很快，张泽虎就在武者补给基地中的一棵大树下和其他两名队员会合了。

“怎么样，虎子？”独眼中年人低声问道。

“他们还没回来。”张泽虎回道。

旁边的光头男子冷冷一笑，道：“火锤小队的人都没回来。依我看，他们肯定是在对付怪兽群的战斗中丧命了。这样也好，我们就没啥麻烦了。”

虎牙小队根本不怕火锤小队，可是如果火锤小队的人还活着的话，还是有点麻烦的。

“哼！火锤小队的其他人要怪就怪罗峰吧！”张泽虎冷笑一声，道，“他竟然敢害得我花钱。对了，你们查到是谁抢先杀了银月凶狼了吗？”

“没有。”独眼中年人眉头一皱，摇摇头，“我们没一点消息。队长正在屋里生闷气呢，砸了好些酒瓶了。”

“依我看，我们在回来的途中并没追到那人，现在想查出是谁抢了我们的猎